未来図と蜘蛛の巣
矢部嵩

装幀　カワチコーシ
写真　Unsplash / Pixabay

好きな人と週末出掛ける約束をした。通話を終えると肺の中が熱く、買い物に出て夕焼けで体を冷やした。晴れたら遠くに出るはずだったけれど前日の夜は雨が降っていて、二人で話して予定を変えて彼女の町で映画を見ることにした。返事してすぐ布団に潜ったけれど予定変更と雨のせいで上手(うま)く眠ることが出来なくて、次に起きるともう昼過ぎで、約束の時間に間に合わなくなっていた。「ごめんなさい寝過ごした」

「おはよう」連絡するとすぐ返信が来た。「了解」というスタンプも来た。

「寝坊してごめん」

「疲れてた?昨日大変だったんでしょう」

「今家出ました」

「壁画の前にいるよ」もう待ち合わせ場所に着いているみたいだった。「帽子被(かぶ)ってる」

「今電車乗りました」「どこかで時間つぶしててくれる」「着いたらいうから」

「待ってるよ」「了解」

電車が駅ではない場所で止まって、すぐ動き出すと思ったけれどそのままの場所で時間だけが流れた。アナウンスに意識を向けると先の駅で電車が止まっているらしかった。

「電車止まってるもう少しかかるかも」

「事故？」

「判んない。いってはないけど」

「どうしようかな」「買い物してようかな」

「是非是非」「ごめんね」

「ううん」「全然」

車内放送がもう一度かかり、二つ先の駅で人身事故があったことを告げた。振替輸送を勧めた後で、ゆっくりゆっくりと電車が進み始めた。今人がそこで死んだなということを肩とストラップの接触面で考えた。どこまでいうか迷ってから彼女に連絡した。「人身事故」

「本当？」「本当だ。遅延でてる」

「今日やめにする？」

「待ってるよ」すぐ返事が来た。「座れてる？寝てていいよ」

直通の乗り換えはないみたいで、電車で戻って迂回をするかバスを使って私鉄へ行くしかなかった。ぼうっとしていると人と会うのが辛くなりそうで、早く彼女に会いたいと思った。

「変な名前のカフェにいるよ」カップの写真が送られてきた。どこであるかは謎だったけれど、座ってくれてよかった気がした。

「手帳に絵を描いてるよ」動物のペン画が送られてきた。返事をどうしようか考えるうち間が空いてしまい、手が止まって結局返信をやめてしまった。会ったら話そうと昨日考えていたことが自分の中で少しずつ薄くなっていく感じがして、彼女と会っても自分には話したいことが何もないような気がした。見る映画のパンフを買えるか気になり、検索をしたけれど売り切れの報告は今のところ見つからなかった。目的地の駅名と騒ぎという文言がトレンドに並んでいて、気になったので調べると駅前で事件があったらしかった。

　つい今し方通り魔があったらしく、場所がどうやらカフェみたいだった。

「通り魔平気？」と彼女に送り、返事が来なかったのでもう一度ネットを見た。新しいニュースが短く出ていて、どうやら死者や重傷者がいるみたいだった。

「大丈夫？」と送ったが返事はなかった。検索によると改札通路が大混乱になっているみたいだった。「駅大丈夫？今どこにいるの？」

　改札すぐの喫茶店が事件現場で、女性が刺されて運ばれたみたいだった。電車を降りて通話を掛けたが、いくら鳴らしても彼女は出なかった。

　どうして返事がないのか考え、ありえそうな答えを沢山は思いつけなくて、頭の中が冷たくなって、胃腸が不安できゅっと萎(しお)れた。どうするべきか考えてから電車を諦(あきら)め駅を出ることにした。初めて降りた駅のロータリーでバスを探し私鉄の駅を目指した。

出発したバスで体を強張らせていると返信があった。

「ごめん気付かなくて」「何かあった？」

「どこにいるの？」「事件大丈夫？」

「事件って？」騒ぎに気付いていないみたいだった。

ニュースのことを彼女にいうとしばらくしてから返事が来た。彼女のいたカフェは事件現場とは別みたいで、人集りからも離れていたらしかった。「見てなくてごめん寝てると思って」

「安全な場所にいてね」「人の多いところにいてね」

「OK！」というスタンプが来た。「待ってます」

通り魔はカフェに一人で入ってそこに居た人を急に刺したみたいだった。三人刺されて一人が死んだらしく、騒ぎの中で通り魔は店から逃げて、まだ捕まっていないみたいだった。

「今どこにいるの」

「服を見てるよ」

「安全な場所にいてね」

「安全だよ」

一時間してようやく駅に着いた。居る場所を訊くと「壁画の前にいるよ」と来たのでやめてくれと思いながら早足で待ち合わせ場所に向かった。改札の外は普段通りで騒ぎらしい騒ぎもなかった。唯一ベストの警察官が喫茶店の前に屯していた。

壁画の前の彼女は一人で、側に近寄って遅れたことをもう一度謝った。横を歩く彼女の肘に大きい絆創膏を見つけて、大丈夫か訊くと痛いのだといわれた。ここに来る前転んだらしく、その時の詳しい話をしてくれた。話を聞きながら警官を通り過ぎた。この子が刺されて死んでいたのかも知れないんだなと思った。「どうしようか」

「映画行こう」

「犯人まだ捕まってないって」

「大丈夫だよ」

「まだ近くにいるかも。映画館に出るかも」

「刺されるかもね」立ち止まらずに彼女はいった。「次の回間に合いそう」

刺されていたかも知れない彼女と刺されるかも知れない町中を歩き、自分が遅刻をしなかったならやだね怖いねで済んでいたのかと思った。駅前にも普通に人が大勢居た。通り魔が来たら守ってねと、彼女が口にしたらどうしようと思った。

「待ってる間に死んでたかもね」隣の席で彼女がいった。どういう顔でいっているのかと思い、横を見た時明かりが消えた。「死んでいたかも知れないけれど、生きているものは仕方がないね」

「待たせてごめん」

「いいよ」映画が始まった。

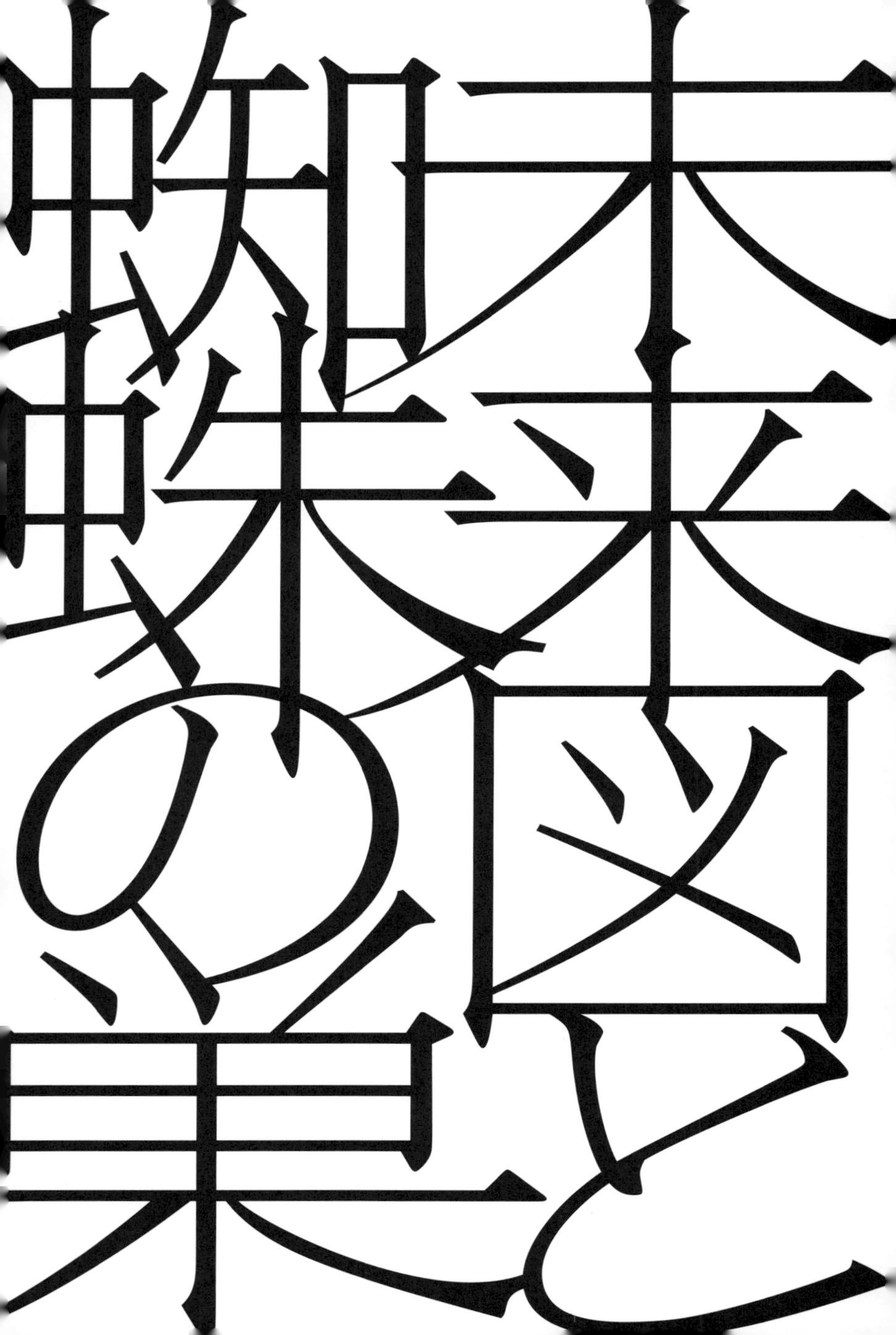

未来図と
蜘蛛の巣

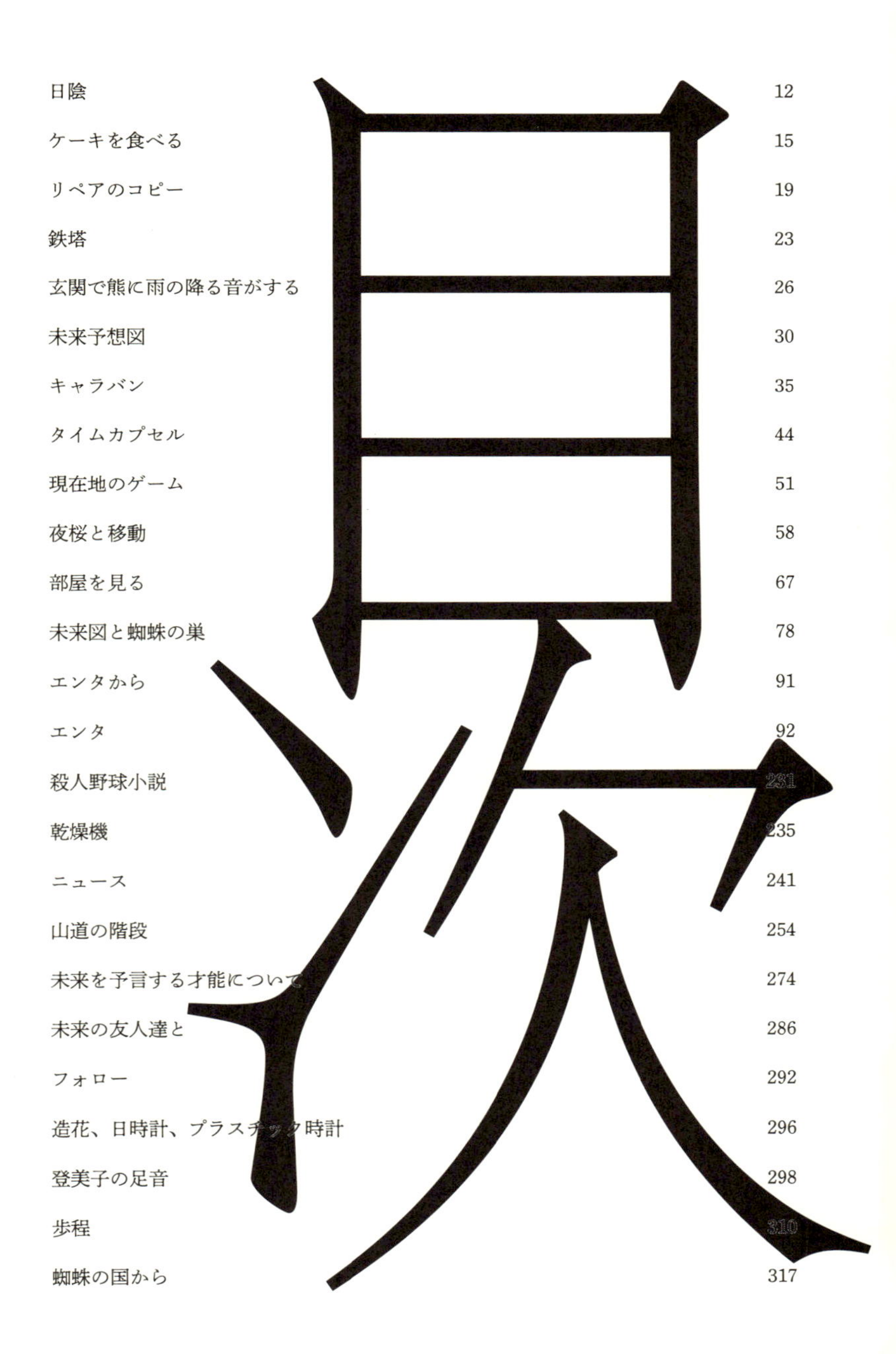
目次

未来図と蜘蛛の巣

1

日陰

春から夏にかけて友達が一人出来た。

酒木さんとは大学の学年が同じで、一緒の授業をきっかけに仲良くなった。幾つかの授業を私は彼女の隣で過ごし、そうでない時は大抵一人でいた。

周りの子は皆私より年下で、酒木さんもそうだったけれど、彼女の距離感は私の痛い部分に届かなくて、勝手にガードを下げ懇意にさせてもらったのだった。授業以外でも話をしたり、映画と歌舞伎(かぶき)を一回ずつ見に行った。彼女にも友達はあまりいないらしく、一人でキャンパスにいるところをよく目にした。

上京ではなく実家住まいだが、学内に知り合いなどは居ないらしく、昔から友達が少ない方らしく、それを苦にしてはいないみたいだった。家が近所のようなので、いつか遊びに行ってみたいと口にしたら割としっかりした言葉で嫌がられてしまった。そういう家風の家らしく、家に人を上げたこともないらしかった。

「うちは駄目なの」絶対という言葉を酒木さんは使っていた。「汚れてるの。絶対呼べない」

酒木さんはいつも黒い服を着ていて、ハンカチも傘も真っ黒を使っていた。似たような黒ずくめは学内に何人か居たけれど、人混(ひとご)みの中でも彼女は特に見つけやすかった。七月になっても袖（そで）が長くてそれで汗をかかないので筋金入りの黒ずくめに見えた。図書館前の日陰（ひかげ）の中で会うと黒すぎて彼女に目が順応しなかった。酒木さんからは独特の匂（にお）いがして背後から接近されても判るほどだった。餃子のような肉と油の匂いで、中華屋の前を通ると私は彼女のことを思い出した。いつもその匂いなので家が中華料理屋なのかと思い、そのように聞いてみたが自宅は普通のマンションで、近くには野球場くらいしかないらしかった。

　野球に話が流れた結果、二人で野球を見ることになり、地区の何かの高校野球を見るため、私達は八月のバス停で待ち合せた。球場前のバス停だったのに運賃をけちった私は駅から徒歩で向かい、道の半（なか）ばでコンビニに立ち寄って冷房を浴びた途端めまいが止まらなくなった。熱中症になるのはその時が私は初めてで、コンビニを出て少しだけ前進を試みたが、すぐに諦めそこからバスに乗った。バス停にいた酒木さんは私が体調を白状すると途端にうろたえ心配してくれた。野球観戦は一旦（いったん）白紙になり、私達は一緒にバス停に繋（つな）ぎ止（と）められた。

「だいぶ回復したから」顔も起こせぬ体たらくのまま私は彼女に弁解した。「もう少しだけこうして居させて」

　何かを大きく躊躇（ためら）った後酒木さんは顔を起こし私の手を取った。「少しだけ歩ける？」

　彼女の日傘に二人で入り、もたれ掛かって日向（ひなた）を歩いた。野球場しかないという言葉通り、近くには公園も日陰のベンチもなかった。幾らもしないで小ぶりのマンションに着くと、エントランスに私を座らせ彼女は凍（こお）ったアクエリをくれた。五分だけここで待っててといい酒木さんは駆け足で階段を上がっていった。蜘蛛の巣を見ながら私は彼女を待った。

案内された部屋で布団に横になり、溶け出したアクエリ水を時々私は口にした。日陰にある布団は冷たく、枕に手を入れると夢見心地がした。網戸の先から球場のアナウンスが聞こえた。首振り扇風機が寂しさを混ぜてくれた。

どこか別の部屋から女性と男性の抗議の声がして、部屋から出ることを禁止するような言葉を、初めて聞く乱暴さで酒木さんが口にしていた。日陰の部屋の乾いた心地よさは彼女の距離感の程よさを私に想起させた。明かりの消えた和室を見上げ、この家のどこを彼女は見られたくなかったのだろうと思った。

「ごめんねうるさくて」すまなそうに酒木さんが和室を覗いてきた。「体調どう?」

「大丈夫」鼻がつんと痛んだ。「家の人怒ってない?」

「気にしないで」布団のすぐ側に酒木さんは腰を下ろし、私の顔を覗き込んで掌で額に触ってきた。触れた掌はとても温かく、鉄棒みたいな懐かしい匂いがした。「しょっぱいものとか食べる? 梅干しならあったんだけど」

「ありがとう」立ち上がった酒木さんが離れていくので私は身を起こし彼女の背にいった。「ねえ素敵だね酒木さんち。いい匂いするし、すごい綺麗」

「知らない人んちだよここ」框で振り返り酒木さんは恥ずかしそうに笑った。「うちは駄目だよ。汚れてるから」

ケーキを食べる

従兄弟(いとこ)の三時君が恋人に惨殺された三日後、葬儀に参加するため私達家族は栗山家を訪れた。大きな栗山家には車の停(と)められる庭があり、親戚(しんせき)の車が他(ほか)にも停まっていた。客間の軒先にはテーブルと椅子(いす)とクーラーボックスが出ていて、喪主の二人がバーベキューグリルで肉を焼いていた。

「いらっしゃい！」伯父さんが笑顔でトングを振った。「よく来たね。先始めてるよ！」

両親と仲のよかった三時君は高校二年生で、早すぎる子供の死を二人とも受け止められずにいるらしかった。集合した親戚で行ったブリーフィングによると葬儀の存在自体二人は理解を拒(こば)んでいるらしかった。二人の代わりに親戚の大人達が葬儀の準備や打ち合せを行い、喪主とご馳走(ちそう)の相手は子供達ですることになった。

スライスした大量の赤身肉が金網に並べられ、変色した野菜を伯母さんが次々紙皿に摘出(てきしゅつ)していった。三時君の死に様を詳しく聞いていたのか年長の従姉が口を押さえ走っていった。大人サイズの大きな椅子に二人や三人重なって座り、大量の動物を食べて汗と脂まみれの私達の傍(かたわ)らを早めに来た弔問客らが不気味げに見て通り過ぎて行った。喪主には弔問客が見えていないようだった。道と庭の間に壁があるみたいだった。

歯を磨いた後昼寝を挟み、喪服や制服に着替え私達も通夜に参加した。幼稚園の従弟も座布団に座っていたが、喪主の二人は姿を見せなかった。空の座布団に意味のないお辞儀をし遅まきながら私達は三時君の死に顔を拝んだ。話で聞くより遺体は綺麗で、何かしら直したのだということは最後になって親達に聞いた。メリゴーランドのようなお経と4Dみたいな煙の表現、冷たい空気の中で余計なことをあまり考えず三時君に属するよう私達は務めた。自分らしさを求められない一かたまりに扱われる時間の中に私達はいた。通夜が終わってお坊さんが帰り、別室ではエプロンの伯父さんと伯母さんが待っていた。

その日の夕食は山盛りのオードブルだった。サンドイッチに五種類のサラダ、色んなチーズの盛り合わせとクラッカー、フライドチキンとローストビーフ、貝と海老のパエリアの皿がテーブルの上で重なり合っていた。ソファの上では私達の脚も敷き詰められ折り重なっていた。置き場がないので同じ取り皿を数人でシェアし、交代で料理を食べ皿持ち係になった。

夕食後床に就いた私達が交代でトイレに起きると真夜中の台所で伯父さんと伯母さんが卵を割ってミキサーで混ぜたり果物の皮を剝いたりしていた。戻った布団の中で私達は情報を共有し、今日自分達が見たものについて寝るまで一緒に考えた。

朝は皆ですき焼きを食べた。私達は白熱し肉と野菜を一つ鍋からついばんだ。親戚が揃うとテーブルも椅子も総動員で、皆で一つのものを食べれば誰かの不在を感じずに済むのかなと私達は思った。祖父母が交互に白滝でむせて、慌てて私達が打撃を加えると二人ともすぐ血色を取り戻した。伯母さん伯父さんは声を出して笑った。私達も一緒に笑っていた。
葬儀のバスに誰も二人を乗せられなかったらしく、そのことを大人達が今更ながらに話し合っていた。食器を片して空になったテーブルの前で、人は皆違うのだから、一人一人時間が違うのだからということを誰かが誰かに口にしていた。ソファにいる私達は一人一人ではなく子供達という一かたまりだった。塊で扱われる感じは私達がまだ小学生になっていなかった頃のようだった。

ひっそりとした葬儀の後皆に声をかけられて三時君は加熱処理された。清潔な処理場で弔問客と祖父母、おじおば六人、私達いとこ七人でその様を眺めていた。あこで燃えているのは私達であり、それを見ている私達は三時君に属する集団だった。ここにいる私達は三時君を含む集合なのだと思った。出された寿司を食べ私達はバスに乗った。

「全員乗ったかい」親が口にした。同じ言葉を何年も昔夏休みのキャンプ場で誰か口にしていた。八人乗りの車二台に分かれ、私達はキャンプをし、バーベキューをしたのだった。「全員いる?」「いるよ!」

家に帰ると伯母さんと伯父さんがおかえりなさいと私達にいってくれた。私達一人一人を二人は見てはいなかった。ぼんやり見た時の私達の中のどこかに、三時君が隠れている気がした。

手狭なソファで互い折り重なり境目のなくなった私達の前に伯父さん伯母さんがケーキを持

って現れた。手作りのケーキが二つあり伯父さんが一つ伯母さんが一つ、それぞれのテーブルにおいて包丁で等分した。

「どっちも同じケーキ?」

「そだよー」子供達こっちといい伯母さんがケーキを切っていった。「人数半々で判りやすいね」

皆が一つずつ自分の分を取ると大皿には余ったケーキが一つだけ残された。

伯父さんと伯母さんが時間差で叫び始めた。

リペアのコピー

　私達がまだ小四の頃、私と屑子はクラスメイトだった。一番の友達と絶交したばかりでその時私には遊び相手がいなかった。今日から時間をどうしようと思い、休み時間の教室を見つめ、机で絵を描く猫背を見つけ、私は彼女に話し掛けたのだった。彼女の描いていた花と指輪が恋い合う漫画は先月雑誌に載った衝撃的な読み切りのぱくりで、私はそれに気付いていたけれどそうとはいわずに上手いねと彼女にいった。実際彼女の絵は上手かった。必要なものを必要なだけ象(かたど)っていて、技術の他は丸写しの漫画だったけれど、私達にはそれで充分だった。

「上手だね」私が伝えると彼女は露骨にうろたえ取り乱した。彼女に向けそういう風にちゃんといった人間は私が初めてのようだった。運がいいものだと私は私について思い、屑子を見やると俯(うつむ)いて床を見始めてしまったので、耳の染まる過程が私からよく見えた。

　それから彼女と仲良くなって、屑子は描く絵を打ち明けてくれて、彼女の描く絵や漫画を読んで、私は彼女に上手だと伝えた。嘘(うそ)ではないのでそれは容易(たやす)かった。事実彼女の絵はとても上手く、描く度に上達していって、生まれたばかりの動物みたいだった。その日その日を屑子と居るため何度も私は彼女の絵を褒めた。彼女の描くお話はいつもどこか少し似通っていて、最後は大体旅に出ていたし、大事な問題は時間を未来に飛ばしてうやむやにすることで解決させていた。

朝起きて今日もあの子と居るんだと思い、また明日ねといっては夕方別れ、毎日のように私達は一緒に居たけれど、中学に入るとそうでもなくなり、学校は一緒だがクラスが分かれ、何日か彼女と話さないようなことが増え、連続してそういう日が続いた後で、そろそろと思った頃に隣のクラスから屑子がやってきて、前より長く描くようになった新しい漫画を私に読ませてくれるのだった。彼女の描く雪の表現も、音楽からの時代がかった逃げ方も、時々流行に感化されて退化する軟派さも、私にとっては彼女の美徳だった。彼女の中にも私の中にも商業出版や編集者の疑似人格が居て、こういうキャラでは人気がなさそうとか、読者のことを意識したりした。

高校では漫画の部活に入り部費で物を買ったり二人で漫画の部誌を出したりした。彼女が今までで一番長く難しい漫画に取り組む間、私は雪を見たり花を見たり、漫画映えしそうな景色を探したり、彼女のまだ知らない知識を身に付けたり、本を探して彼女に紹介したりした。彼女のお話の問題点や悪癖について、指摘して彼女と喧嘩（けんか）になったことがあって、その時初めて私は彼女の描こうとしているものや、瑕（きず）に思えたものが彼女にとって大切な何かであったことを知った。がくがく手を震わせながら架空の事実と個人的な現実の話を私に向け説明する彼女を見て、私は私が彼女の漫画を好きであるということを初めて告白した。自分の好意を彼女の前で彼女に向け伝えたのはその夜が初めてだった。

高校卒業を待って彼女が引っ越すことになり、私達は一度離れ離れとなった。最後の冬彼女は漫画を描けなくなって、判らない落ち込み方をしたり、離れたくないと泣いてくれたりした。確かなものなど私達の間には何一つなく、それが判ったということよりも、誰かが私を大事に思ってくれていたということが私には痛く、恐ろしくて堪らなかった。

未来で一緒にいるために私達は約束をした。いつか二人で漫画家になってまた一緒に漫画を描こう、そのための準備をお互いにしよう、それぞれの未来でまた再会しよう。そういうことを私がいった時彼女は戸惑うような不思議な顔をしどういうことか私に訊ねてきた「あなた漫画を描いてたの?」。彼女の疑問も尤もなものだった。私達が解決出来ない問題を私は未来で解決しようとしていて、それは私が指摘した悪癖そのものでその矛盾に彼女が気付かないわけがなかった。私の中でそれは問題の先送りというよりむしろ祈りに近いものだったがそれでも私達が真に望むのならこの無謀をも成し遂げられると思えてならないのだった。人生の半分を私と屑子は一緒に過ごし、いつでも私達は彼女の漫画を一緒に描いてきたのだから。

それから長い時間が流れ、私達は漫画家になる準備を続けていた。彼女が雑誌の佳作に入った時はとても長い電話をした。翌年彼女が違う雑誌の新人の優秀賞を獲った時、それが小四の頃一緒に読んだ雑誌だったので私も彼女もにわかには現実を受け入れられなかった。彼女が初めて編集者と会った夏の日の太陽のことを私は今も覚えている。彼女の読み切りが載った時も、連載が失敗した時も、最初の単行本の地元での配本数も、その後彼女に訪れた色んな光と

影のことも私はよく知って覚えているが、あれ以来彼女に向けて彼女の漫画が好きだというこ
とを伝えられずにいる。もう数十年直接彼女に会っていないし、最後に連絡を取ったのも学生
時代だった。描き続ける彼女に負けないように、私も降る雨や雪を見たり、話題になった映画
を見たり、彼女の読んでいなさそうな本を読んだり、彼女の漫画に出てきそうな廃墟(はいきょ)を探して
撮りためたりしていた。今の彼女の連絡先は知らないので（長いメールを送った翌日補足を送
ったら届かなくなっていた）調べたことが無駄になってしまうこともあったが、この虚無と彼
女も戦っているのだと思うと、私は一人ではないのだと感じて勇気のようなものを貰(もら)えた。も
しかしたら私はもう既に彼女に必要ないのではと思うこともあったが、それならそれで別によ
かった。私達の間に確かなものは何一つなかったし、三星屑子のペンネームでない方の名前も
もう思い出せなくなってしまっていたが、全ては最初から祈りのようなものだったし、その日
その日をどうにかやり過ごすためあの日私は未来について彼女と約束をしたのだった。屑子の
漫画は今月も載った。漫画家になれなくなるので私は昨日要介護の両親を殺した。

鉄塔

近所にあったスーパーが潰れた。次に出来るのは鉄塔と聞いた。

大きい橙が窓から見えて、コートを着て街に出るとスーパーの解体に出くわした。ずっとあった鯨型施設が歯の生えているムラサキの重機に食われ、割かれるとスーパーの腹は随分狭いようにも感じた。

「ままならぬものだな」臓器の湯気を嗅ぎスーパー好きな犬犬が呟いた。「幻想みたいなもんだったんだな」「そんなことないよ。スーパーはリアル！・リアルな死！・不景気で死ぬ！」「おれも死ぬまで続くんだろうか！」喋って犬らはウキウキ笑った。空に見えるでかい橙について聞くと太陽というのだと教えてくれた。

鯨の骨が片付けられると後には綺麗な更地が出来て、いつでも部屋から鉄塔が見えるよう自室の窓の位置を私は付け替えた。いくら待っても鉄塔は出来ずいつまでも空き地は平らなままだった。雨になる度沼を吐き出し、晴れた朝にはトントン乾いた。

私は少し心配になった「鉄塔博士が狂ったのかな？」。私が見るせいで工事が嫌になったか考えてみたけれどそういう心理を検索出来る単語を上手く思いつけなかった。抗議も兼ねて菌を送ることを考え雨靴を履いて出かけてみたけれど、フェンスは綺麗で飾り気がなく、建設会社の口の字もなかった（フェンスの手入れは有志が楽しんでいる）。

　私は一人で落ち込んだ（鉄塔を誰も作っていないみたいだった）。もしかして私が作らなきゃいけないのかと思い途方に暮れてテレビを点けた（外の世界は夕立だった）。九五年の映画に出てきた都会の本屋に二時間籠り本を五冊ちぎり一個だけ万引きして部屋に帰った。鉄塔を作れないのは誰も責められないことだったが、誰かがそれをやらなければならない筈だった。

　盗んだ本は役に立たず防水レインコートで街に出た。「何が知りたい」「鉄塔の作り方」「可能性は幾つかある。大量の鉄、銅と水、陵墓クラスの黒泥炭と貂廿尾相当のトライアルユアセルフが必要だ」「おれに出来る方法はないのか？」「これならどうだ促成栽培鉄塔キット」「よし！」怪しい水鉢を持ち帰ってからどぶに捨て一から鉄塔を作れないなら鉄のような存在から塔の構図を削り出したらいいと思った。初めて行く横文字の店でいわれるままに髪を切り刻まれ傷つきながら美容師に訊ねた「あらゆるものがなくなると思う？」。

「さあそうかもね風任せかもね。長期という言葉が終わりをかわいいという言葉が醜さを教えてくれる。ダンスダンスと口にした時上の前歯が踊っているか？」「がっかりされてしまうことが悲しい。このまま誰も何もしなけりゃ皆が傷つき悲しんでしまう」「もう誰かが何かしているしにもかかわらずそれはそうだよ。スーパーが死んで誰が生き残る？」「スーパーが死んでも鉄塔は生き残る」「嘘いえ！全部死ぬだろうが！」

　家で二人で議論する内どんどん天気は崩れていって、鼠花火の煙のような気象図になって台風が来た。テレビによれば川が氾濫し橋が折れ鉄柱が倒れたそうだった。街のどこでも強風が吹いていた。着の身着のまま私達も家を飛び出した。ずぶ濡れになって道路を泳ぎ二人同時に空き地に辿り着き空き地では愛好家達が綺麗なフェンスを庇ってスクラムを組んでいた。屈強な背中を踏みしだきフェンスを越えると鉄塔を守るべく私達もシートを張った。シートとシートを紐で括って鉄塔の入る大きい布を作った。「鉄塔は丈夫だ！人より先に折れるものかよ！」美容師が叫んでいたが当てになる話ではなかった。あらゆるものが滅びうるから私達は今ここに居るのだった。

風によろめき雨に溺れて懸命になってシートにしがみついた。鉄塔のことを支えているのか鉄塔に支えられているのか、どちらでも同じだった、私達がいなければ鉄塔はなくなってしまう気がした。そうこうする内見回りの警官が加わり犬が加わり飼い主が加わり、情報屋や本屋もスクラムに加わり愛好家やフェンスも合流し一丸となって鉄塔を守った。落雷を脳に浴び美容師が絶叫し揉まれた犬が窒息で死に、本は濡れフェンスはひしゃげ促成キットから鉄塔がぼこぼこ生え次から次へと風に飛ばされていった。鉄塔博士の笑い声が空を覆う中死を覚悟し私達は一昼夜を過ごした。気付けば夜が明け台風は通り過ぎ、死骸はどこかに飛ばされていた。

私達は泣きながら皆に感謝を述べた。全員歯がなく泥まみれだった。空き地を埋め尽くしている生物や無生物達、皆家路を辿り風呂に入って寝た。

起きて窓を見たが鉄塔はまだ出来ないみたいだった。

玄関で熊に雨の降る音がする

山へ出掛けていった二人は十二時過ぎまで帰らないらしい。

大人の居ない家の中では誰かが埃を掃く音がする。

眠れない夜だった。胸が苦しくて堪らなかった。時計の秒針がいつもよりも引っ掻き気味に聞こえて、わざわざ持ち込んだ熊の縫製も毛先が固くて邪魔にしてしまっていた。雨が降っていたけれど雲のせいで窓の外は明るくて、しかしカーテンを閉めるときっと暗すぎるだろうという予感がした。色んなことが綺麗にはまらない、どうしたらいいか判らない夜だった。

「眠れないの」マレーグマのララバイが話しかけてきた。一瞬驚いて八つ当たりしそうになった。寝てると思ったから起こさぬよう我慢してたのに、嘘寝だったのか、起こしてしまったのか。「大丈夫？」

「ごめんごそごそして」癖で謝ると息苦しさが少し減った。「誰かと寝るの苦手なんだ。寝る時じっとしてられないんだ」「そうなんだ」

「起こしちゃうから上で寝るよ」空いているベッドに行こうとすると横で寝ていいとララバイにいわれた。二段ベッドの下段には獣の臭いが充満して、毛に触れると触れた場所が痛んだ。

誰の船出も許さないような、よく出来た雨が窓の外で降っていた。

「もう十二時を過ぎた？」

「まだなってないみたい」

「早く明日になって欲しい？」

「ずっと明日が来ないで欲しい」

「二人の帰りを待ってるのじゃないの。二人はまだ帰らないのかな？」

「二人には早く来て欲しいけど二人が帰ったらその後明日が来てしまう」

「未来はそういうものだよ。待ってることと待ってないこと」

「二人とも帰ってこなくていいから明日も来ないでくれないかな？」

「そういうものとは未来は違うよ」

「明日学校で嫌なことがあるんだ。大勢の前で恥を搔くんだ」

「やったね」

「どっかに逃げれないと思う？」

「痕跡（こんせき）があれば逃げたって見つかるよ」

「二人は本当に帰ってくるのかな？」

「捨てるものを全部捨てたら帰ってくるよ」

「この家に残っているものの方を捨てたんじゃないか？」

「そりゃそうかもね」

「いつまでも逃げてたいな」

「嫌なことから？」

「出来ないと思う？」

「考え方次第だと思う」

「本当は立ち向かいたいよ。いつだって歯を食いしばりたい」

「ふふ」

「熊のような歯に生まれたかった。強い顎(あご)、強い皮膚」

「熊の中にも経済はあるよ。確かなことは不安くらいだよ」ララバイが寝返りを打つと目の前に鼻と眼球が現れた。「山で寝る熊を考えてみて。熊の巣穴を見たことがある？　やかましい山に今は孤独で、その熊に雨が降っているんだ。巣の中で熊は雨には当たらないで、寂しいという言葉もまだない、音階のないどろどろした気分で、記憶と一緒に息をしている」

「やったじゃない」

「熊にだって家族くらい居る時は居るだろうけれど」熊のことなど知らないようにいいララバイは足下の布団を引き上げた。「もう寝よう」

「明日が来ないで欲しいよ」

「そうだね」

「あと何回こんな思いを飲まなきゃいけないんだろう」

「死にたいの？」

「選びたくないって話じゃないの？」

「確かなことなどどこにもないよ」ララバイが距離を寄せてきたので寒かったのかとそれで気付いた。「もう寝よう。明日には明日も来なくなってるかも」

家の外部で降る雨の音が玄関の方で鮮明になった。二人黙って耳を澄ますと、雨に混じって小さなノックが聞こえた。

「帰ってきたんだ」思わず身を起こした。

「行っちゃ駄目だ」ララバイが押さえつけてきた。「あれは二人じゃない」

「二人だよ。十二時になったんだ」

「二人なら鍵を持ってるはずだ。車の音もしなかった」

「じゃあお兄ちゃんが一人で逃げ帰ってきたんだ」

「あの傷じゃ無理だ」

「じゃあ誰が来たの？　玄関に居るのは誰？」

「熊だよ！」

雨に濡れる知らない熊のノック音が大人の居ない家の中に響いた。時計を見るとまだ明日になっていなかった。腕を振り切り軋むベッドを飛び出すと、背後で熊の縫製が小さい悲鳴を上げた。

未来予想図

最後の課題で未来予想図を作ることになった。それまでの授業よりも簡単な課題だったが、隣の席の友人は苦労している様子だった。

「描けないの」

「描けない」描くことすらやめて彼女は俯いていた。私の視線に気付くと目線をこちらへ向けてきた。「あなたは？」

「終わったよ」

「終わったの？　描けたってこと？」

「描けてない終わりがあるの？」

「死ねば終わりだよ人は」いって彼女が机に寝そべり、私は戸惑い彼女の方を見ていた。手の動いていない私達を見咎（みとが）めた先生が呼び出し、ついでに彼女は白紙の理由を聞かれていた。

「遊んでいたの」

「ではないです。描けないんです」

「何でだろか」

「簡単にいえば未来はまだないからです」彼女はいった。「ないものは描けません」

「予想を図化すべし」

「そうなんですけど」彼女は弱った。

翌週も彼女は弱っていた。邪魔しないよう私は横で違う絵を描いた。未来予想図は景色の課題だったが、彼女の描くのは自画像のようだった。下書き途中で最後の授業が終わり、先生からは提出期限の相談があって、どうせ進路も決まっているのに今更提出物の一つくらいと私は思ったが、彼女はそうは考えないらしかった。

不器用ながらも実践的な子だと思っていたので、こういう手詰まりの仕方は私からは珍しく見えた。戻った教室は既に誰もいなくて、その日は二人で一緒に帰った。校舎の掃除は終わった後で、冬でも空気が水っぽくって、彼女について入った駐輪場は少し埃臭く、雨避け(あまよ)けには蜘蛛の巣が残っていた。

「未来のことは考えたくない」空のコップに彼女がこぼした。「一生懸命今日もやるから、先の話は許して欲しい」

「面白いこというね」

「あなたは怖くない?」

「もっと怖い物いくらでもあるよ」

「確実に来るものでも?」「枠(わく)が判んないよ」放課後のファミレスは未来を描くには心地良く、有意義を働くにはスペースが足りず、春が来た後一緒に行く高校の話を私達は二人でして、そこで起こることは何もかも予想できるようにも、何一つ予想できないようにも思えた。

「どうして未来が怖い？」

「まだない未来を本当は予想してるから」店員さんが皿を片付けていった。「私はこれから大きく遅れて、色々ついていけなくなると思う」

「何に遅れる？」

「色々だよ勉強とか。幸せとか。あなたとか。私達が今一緒にいるのはたまたまなんだよ。私本当に駄目な人間なの」

「そうかな」「そう。あなたに怖くていえないことだらけだよ」そういい彼女は私を見てきた。「あなたはきっと大丈夫だよ。あんたは本当すごい人だから」「同じ高校行くのに……」

「誰かがする未来の話は私を置いてく計画のようだ」帰り道に自転車を押し暗闇(くらやみ)を進む彼女の背中は必要以上に細く見えた。「私だって成功したい。成功を想像するのは怖い」

「坂の向こうがどうなってるかってこと？」黙って彼女がこちらを見てきた。寂しいということみたいだった。「違うの？」

「たまたまだったの」彼女の息が見えなくなった。「私が高校やめても友達でいてくれる」

「いいよ」

「私が腐乱しても許してくれる？」彼女が続けてそういった。短い付き合いの私達だったが、他人の劣化や堕落を許せないのはどちらかといえば彼女の方だった。

三月最後の授業が終わり、彼女の姿を探すと美術室の隅で提出物を作っていた。夕日が校舎の奥まで差して、油と木の粉の匂いまで照らされていた。

コートを着たまま鏡と向き合い、未来の自分を描いていた彼女は私に気付くと顔を上げこちらを見た。出来そうかどうか私が訊くと、もうすぐといって作業に戻った。

私は彼女の絵を覗き込んだ。未来予想図は完成間近だった。描かれているのは彼女だろうが、面影があるわけではなかった。顔は随分骨張っていたし、髪は半分抜け落ちていたし、頬には大きな穴ぼこが空いて、裏の奥歯を覗かせていた。右の目玉は大きく露出し、表面に三つ蠅が止まって、左の眼球は眼窩から流れ落ち、重力に吸われ紡錘形になっていた。空の眼窩を蛆虫が埋め尽くし、涙袋が倍ほど膨れ上がり、ぽっかり開いた口の中とか、鼻腔に蛆蠅や甲虫が犇めいていた。髪の毛のない側頭部には節足動物が群がっていて、頭に開いた大きな穴から百足が脳を食べているらしかった。胸元辺りの骨は露出し、鎖骨の向こうにも蛆虫の巣があった。唇だとか目蓋はなくて、顔も首も大半は蛆に集られていたけれど、残った皮膚とか目の一部とか、背景などは血で赤かった。写実的ではなかったけれど、イラスト調というのも褒め過ぎで、映画の子供の落書きみたいだったけれど、それなりに健気ではあった。

「未来のことを考えないのは無理だ」というようなことを彼女はいった。「だけど上手に考えられない」

「ふうん」私は慰めようと思った。「でも描いたじゃない」

「こんな未来しか思い描けない」

「そっか」私は彼女の肩に触った。「あなたと一緒に死ねないけどさ、あなたも私も死ぬのはよかったね」

「ありがとう」彼女がこちらを見た。西日がきつくて私には顔が見えなかった。どういう顔を彼女が今しているのか、予想してみたが判らなかった。

キャラバン

真夏の深夜日付の変わる頃家のチャイムが不意に鳴った。サッカー観戦で起きていた私が出ると、ドアの向こうに車が立っていた。

「お晩です岩手」低い声で車がそういった。

車はマーチで体は男に見えた。身長百八十センチの百五十五センチまでがフォーマルな洋装で、襟首の上に頭のかわりに白い車が載っかっていた。「赤井鳩子さんですね。結婚してください」

「何ぞ」

心当たりのない客なので私も戸惑い、騒ぐ私に家族も起き出してきた。いろいろあった結果とにかく話を聞くことになり、家に上げてお茶と水羊羹（みずようかん）を出した。

手土産だといい車は自分の後部席のドアを開け車内から見たことのない外国の野菜を取り出した。ふさの果物が一山に玉蜀黍（とうもろこし）が幾つか、野菜を包む新聞紙が外国のもので、よく知らぬ文字がたくさん書かれていた。最後にトランクから花束（はなたば）を取り出し私に渡した。花は駅前のスーパーのシールだった。「結構歩きました。バスが判らなくて」

男性車両は名をMといい、某国の皇太子という話だった。内ポケットには怪獣の詩集があり、愛読書だということだった。

「僕の国では詩は怪獣が漫画は鳥が書きます。漫画は常に風の中にあり、詩はいつも巨人に焼かれます。この詩はポケットで護身になります。一身上銃で狙われることもあります」

「車に国家があるんですか」

「これは変装です。名と顔が出ると騒ぎになるので頭を付け替えてきました」

「メディアの寵児が何しにうちに」

「僕の部屋に鳩子さんからラブレターが届いて」

「そんなもの私」

見せてもらったラブレターは確かに私の筆で、五年前病気の時分に甲子園の優勝エースに宛てて書いたものだった。勇気について綴った拙い筆致のもので、病室で撮った写真も添えてあった。「誤送の果て私の部屋へ届いたのでしょう。私宛でないことは判っておりました。しかし手紙を見るうち不思議に心が花咲く音がして、こうして訪ねた次第です」

「殊勝なことで」

手紙がエースへ届いておらなんだことも病気の書き物を不意に持ち出されたことも、ラブレを勝手に見られたことも屈辱で私は居間八畳を転がった。手紙で育てた私を愛されても単純に不快だったし、改造車にも嫌悪感があった。

「美味しいお茶ですね。この家もいい家だ」ガソリンタンクに車はお茶を流し込んだ。「よければ時々お邪魔させてください。未来のことなど話したいので」

頷(うなず)く由など私にはなかったが家族は比較的好意に車を迎えていた。「いつでも来てください。この子は夜でも起きているので」

「ではまた夜に。この羊羹は美味しいですね」車はボンネットに羊羹をしまった。


Mは近くのアパートを借りて、そこからちょくちょく私の家へ通うようになった。昼は近所のスーパーのパン屋で働いて、終わると私にケーキを買ってきてくれた。

夜にケーキを食う気もないし迷惑するのでやめろといったが、ケーキが刺身に替わるくらいで夜中のチャイムは何度も続いた。やがて私が蕎麦(そば)が好きなことを突き止められて、大リーグを見ながら二人蕎麦を啜(すす)る羽目になった。

「鳩子はテレビが好きなんですか」

「別に」

「そうですか。では夜が好きなんですね」

濃いめのつゆがぷんと香って、青みがかった灰色の蕎麦が濡れていた。テーブルの上に薬味を置く時、Mが小さくくしゃみをした。

夜のリビングのテレビの中だけ朝で、ＢＳの画面では昨日投げた日本人のハイライトが映っていた。あの日私に配られた勇気の源は、今はどこかの二軍にいるそうだった。

「鳩子は野球は好きなんですよね」

「そんなことは全然ない」

「そうですか。ではエースが好きなんですね」Mは頷いた。

夜は毎日来るのでMも毎日わが家へやって来た。蕎麦ばかり毎日はよせというと工夫もし始めた。打算で生きる私は結局そういうことをされる内には、小腹空いたな、薬飲まなきゃ（何か胃に入れよう）、ああでもあいつがどうせ来るな、何か買ってくるなら待ってみるかと車で溶けてまた固まったガムみたいな腹積りをするようになって、そういう意識の低いことをしているから夜変に落ち込んだりする羽目になる。とめどなくやって来る昼や夜を待ったことはなかったけれど、この夏の一瞬がずっと続けばいいのにということはあの日病室の小さなテレビの前で確かに私も望んでいた。


寝られない日が続いた後で、どこにも行けないような雨の日があった。スーパーはとうに閉まった後で、その日チャイムは久しぶりに鳴らなかった。

来るとも来ないとも連絡はなく、鳴らないチャイムには不思議と怖さを感じた。物音で寝付けない気がして部屋の窓から雨を弾（はじ）く道路を見ていると、いつもよりずっと遅くに傘を差したヘッドライトが歩いて来るのが見えた。

ブラシとタオルを貸しMを風呂場に押し込み、テレビを見ているとやがて車が綺麗になって出てきた。その辺にあったジャージを押し付け、Mの礼服は構わず洗濯機にかけた。

　木がうるさい中Mとサッカーを見た。ジャージのMは思ったより太ましかった。

「サッカーのこと教えてくれませんか」

「丸いのがボール、駆けるのが人、網籠がゴール、ゴールを狙う」

「成程」成程といいMはワイパーを一度動かした。盗難車というMの顔の中では運転席に若い女性が助手席に恐らく男児が乗っていた。二人とも今は起きているらしく、ドライブインシアターのようにテレビを見ていた。

　サッカーが終わると何かアニメが始まって、血などが出ていてぐろいめだった。

「蕎麦茹でますか」Mが勝手に台所に立って、私が止めると水羊羹を持ってきた。夜の道路みたいな水面を舐めながら、テレビをはね返すMのフロントを見ていた。

　サッカーのことは私もちゃんと知らず、判らないままに今日も見ていた。

「押しかけられて迷惑だったでしょう」不意にMが呟き、あんまり当然過ぎて言葉を思いつかなかった。こんな日にもう飽きたということかもだった。

「国へ帰るの」

「夏が終わります。国で収穫が始まるんです、雪のある冬を見てみたいけど、蒸す夏も一つい い味でした」

「一応訊くけど嫌いになったの。また来られてはかなわないから」

「宿題にします」

「訊いてないこと一杯話して、訊きたいことは答えられないの」

「ねえ鳩子未来だけ決めず置かせてください。決まらぬことだけ握って夜のように生きてくんです。手紙とあなたじゃ手紙の方が愛嬌(あいきょう)のある顔つきでした。でも写真じゃなくあなたを見れてよかったと思うよ」

「これ持ってって」私は居間にあった邪神ぽい何かの面を押しつけた。「偽物の私なら信じてもいいよ。勝手に想像して思ってくれていいよ。本物のことは忘れてよ。私を思ったらきっとこの面を見て。顔ももう思い出さないように」

雨の中二人バス停へ行った。無人のベンチで始発のバスを待った。Mの服はくしゃくしゃの皺(しわ)だらけだった。雨はやがて霧のようになった。定期的にワイパーが動く音が聞こえた。

駅のホームで私はMと別れた。電車に乗る時Mはアパートの鍵をくれて、怪獣の詩集も私にくれた。帰った私はそのままMのアパートに寄り、殺風景なその部屋に初めて上がり込んだ。カーテンもない角部屋に家具の類(たぐい)はなく、テレビ一つなく、ハンガー一つなかった。日陰の床にいるとうとうとして、いつしか夢の中でMと砂漠を歩いていた。

Mは人間の顔で、でも私はMだと判っていて、厚着で息苦しくて、馬的な家畜にまたがっていて、巨大な夕日が落ちるところで、隊商の列が縄のよう続いていて、Mの指差す彼方(かなた)を見ると、小さく国のミニチュアが見えて、やがて辿り着いたのは野菜の国で、街に入るとたくさんの人が出迎えてくれて、Mが私に何ごとか問いかけてきて、そこで私は目が覚めてしまった。

同じ西日が窓から射して、物のない部屋は血に染まるようだった。バイクの遠ざかる音を聞きながら、私は内ポケから詩集を取り出した。

開いた拍子に挟まっていた私のラブレターがこぼれ落ちた。

2

タイムカプセル

同窓会も半ばを過ぎて、校庭で談笑しているとこちらに歩いてくる人影があった。見覚えのある顔だったので、私は集団から離れ相手に歩み寄った。

「青沼さん?」私に気付いた黄楊公子（つげきみ）が目を細め懐かしそうに手を振ってきた。「青沼さんだ。全然変わってない。あれからもう、二十年になるなんて」

「何いってんの?」と私がいうと半月振りに会う公子もそれですっと茶番をやめた。遅刻に対し私が文句をつけるとだってといって濁（にご）った声を出した。「だって同級生と何話すの?」

「あるだろ色々天気とかスポーツとか」いいつつここ二時間の記憶が何も残っていない自分に自分でも気が付いていた。大人じみた同窓生に用事を私も思い付けずにいたし、目当てをいうならこの後が目当てで興味ない会に参加したのだった。「来るよ」

スコップ片手の男性陣が倉庫の方からドゥイドゥイ現れ、記念樹の下で働く彼らを私と公子は遠巻きに眺めていた。二十分後校庭の浅瀬からビニールシートの角が顔を出し、汚れと引き換えに巨大なコンテナが地上へと引き上げられた。

「あの中にいるのね」私は呟いた。黄身子（あだ名）は黙ってコンテナを見ていた。雰囲気でいったのでその先はノープランだったが、黄身子が茶番に乗ってこなかったので準備不足を咎められることもなかった。馬鹿（ばか）みたくでかい鋼（はがね）のコンテナは人一人くらい実際に収納出来そうではあったが、覚えていないのだから私達は、人間は詰めていないのだろうと思われた。

「何入れたんだろ本当」黄身子が隣でいった。同窓会に顔を出したのはタイムカプセルを開けるためというより、そこに自分達が何を入れたか覚えていなかったためだった。

「本当に何も覚えてないの」

「そっちこそどうなの」

「忘れるの得意だし私」覚えることより忘れる方が人生には有意義というのが私の持論だった。「あんたまで覚えてないとはね。暗記得意じゃなかったっけ?」「中学のこととか思い出したくもねえし」

開けた場所へと箱が運ばれ、置き場所が決まると少しずつ人集りが中心へと寄っていった。ボルトを外す電動工具の嘶（いなな）きが三月の暮れかける校庭に鳴り響いた。

「大事なものとか」

「大事なもの何そんなのあった?」「ないことないだろうが」「金もないのに大事なものどこで買うの私ら当時中学生じゃん」「お金じゃ買えない物とかなんだろ」「石とか紙とか樹脂製品の何かってこと?　要らんごみ入れたから何一つ思い出せないってのか」「お前人の心ないおれ悲しい」「ゴリラ」「人間くううまい」「ゴリラじゃない」

マスクをずらして話す人種から距離を取り、夜風を避けながら私達は校舎の方へと移動していった。校舎の壁は塗り替えられていた。二人で窓から教室の中を覗いた。

「何か作って入れた気もするな」

「本当いってる？　全然しないんだけど」私は振り向き黄身子の目を見た。「あんた一人で？　私も一緒？」

「三人で何か作った気がする」黄身子の方も私を見てきた。「昔一緒にホムセン行かなかった？」

「キャンプ行った時？」「その時かな。図書館で調べものしてホムセン行かなかった？」

「図書館？　何調べたの？」「覚えてない」

「何かとごっちゃになってんじゃない？」「そうかな。そうかもしれない」

　輪の中心から拍手が上がり、視線を戻すとカプセルが開いたらしかった。コンテナの蓋（ふた）がどくと恩師が誰かの封筒を取り出してみせ、保存状態は良好のようだった。

「ここまで何も覚えてないならカプセルなんか埋めなかったんじゃない？」ありそうなことだと私は思ったが、黄身子には首を横に振られた。

「開封式の案内が来たし」中心の方を黄身子が睨（にら）んだ。「カプセルは三人で詰めたよ。相談して一緒にやった気がする」

「本当に？」

「一人だったら絶対やらないもん私」「そんなん私だって」

名前を呼ばれた同窓生がきゃあきゃあ叫んでコンテナへ駆け寄り、小さな缶々を恩師から受け取りテンションのままに泣き出していた。タイムカプセルは手紙が多かったが、ノートや小冊子もあり、缶や瓶詰の人もいて、容れ物の種類やサイズなど、レギュレーションはゆるいみたいだった。

「あの頃は嫌なことばかりだったな」泣いている子を見つつ黄身子が呟いた。「上手く出来ないことばかりだった」

「ほうね」

「色々出来るようになってしまったね」「同窓会くらい出てからいってみ?」

「さぼりも出来るようになってしまった」神妙にいって黄身子は目を伏せた。「このまま何も上手く出来ず、死んじゃうんじゃないかって思ってたけど」

「当時の性格から推理出来ないかな。中学の私達ならどういう物入れそう?」思い付きを私は口にしてみた。「二十年後の自分に伝えたいことって何だろう?」

「そんなものはない」

「そうなのよな。想像出来んのよな」頷きながら五十五歳の自分を想像してみた。「生きてるかどうかも怪しいもんな」

「本当に皆死なないとは限らない」黄身子がそういい遠くを見つめた。察して私も目を伏せ口を噤(つぐ)み、ここにいないもう一人の姿を思い浮かべた。「あの子がもし今ここにいたなら、私達を見て何ていったんだろうね」

「おじゃおじゃー」浮かべたばかりの赤井温子の姿が門から現れ手を振ってきた。私と黄身子は芝居をやめてチリ子（あだ名）に文句を飛ばした。「遅い！」

「いっといたじゃん遅くなるって」混ぜて混ぜてといいチリ子がタックルをかましてきた。

「隅っこで何してんの内気？」「あんたが死んだごっこしてたの」「いじめじゃん」「そだよー」

「二十年後の自分にいいたいこと？」訊くとチリ子は歯を出し笑った。「あるとするならざまあないなだね」

「何それ」私と黄身子は思わず笑った。

笑いつつ、この軽薄な互いの姿を二十年間晒し合ってきたのだなと今更のように私は考えていた。大人になる中で色々なお互いを見続けてきたせいか、あの頃の自分達が真実どんな風だったか、今となっては判らなくなってしまっていた。

三人一緒に名前を呼ばれ、振り向くと担任だった老人が力なさげに私達を手招いていた。猫を被って三人で人混みに近付くと、私達の前にとても大きいプラスチックケースが運ばれてきた。やる気のなさをさんざんアピールした後だったので現れた箱のでかさに少しだけ私達は恥ずかしくなった。ケースを受け取ると挨拶もそこそこに輪の辺縁へ、集団の端の方へと退散していった。

「大きいつづらだ」「中身は何だ」黄身子が慎重にガムテープを剝がしていった。蓋を外して中を覗くと、ケースの中には緩衝材と、もう一回り小さい段ボールが入っていた。

段ボールを取り出すと蓋の上部に注意書きがしてあった。

『同級生から距離をとること／周りに誰もいないところで開けること』

「何じゃこりゃ」「覚えてる？」「いや」「でもこれで判った。誰かの秘密か何かしら恥ずかしい内容だ」

周囲を見回してから私達は段ボールを開けた。段ボールの中身は乾燥剤と、一回り小さいまた別の段ボールだった。

表にまた文字が書いてあった。

『本当に誰もいない？』

文面を見て私達は苦笑し、段ボールと一緒にもう少しだけ人の輪から距離を取った。この猜疑心、貧しいせせこましさ、滲み出るような自信のなさにはとても馴染みがある気がして、これを作ったのは間違いなく昔の自分達だという確信が湧き、私は何だか愛おしさを感じた。過去の自分を見に来たつもりだったが、現在と変わらないものを箱の中に見つけた思いだった。

「開けるよ」笑いつつ黄身子がいって、段ボールを開けると次の中身は箱ではなかった。ゆっくり黄身子が手を差し込んで、取り出したのは調理器具だった。

「なべ？」

「鍋だね」とチリ子が口にし、思わず三人顔を見合った。厳封された圧力鍋に小さいスイッチボックスと、『本当に覚えていないのか?』という殴り書きが張り付いていた。
スイッチを押して私達は吹き飛んだ。

現在地のゲーム

クラスの若草君はいつも朝早く、早朝の窓辺で文庫本を読んでいた。誰より早く登校するので、私が怒られるところも見ていたらしかった。

「どうして門で怒られてたの」

「見ていたの？」笑って私は鞄（かばん）を置いた。「缶コーヒー、持っていたから」

「缶コーヒー。飲んでたの？」

「拾ったの。けど、捨てる場所なくて」

空き缶拾いの話をすると、偉いねといって若草君は瞬（まばた）きした。私は少し照れくさくなって、小さい頃町内会でごみ拾いがあったこと、自分が鋼缶（スチール）の担当だったこと、今日一日で終わらせることなく、これからも続けてねと知らないおばさんにいわれたことなどを若草君に向け簡潔に説明した。町を綺麗にしている気はなかったし、ペットボトルもあまり拾わなかった。

「ただルーチンになっちゃっただけ。偉いって程のことはないよ」そういうことを口にして初めて気付いてもらえたことを内心では喜んでいるらしい自分に気付いた。「ただ何となく続けているだけ」

「ただ何となくいい人なんだ」山田さんはと若草君は笑った。「そういうのいいね」

若草君はフィギュアの選手で、オリンピックを目指しているらしかった。朝練の後登校するので、いつも来るのが早いみたいだった。

「目標シート?」

「そう」紙を一枚若草君が取り出した。「なりたい自分を書いていくんだ。夢のような目標、三十年後の目標、十年後の目標、その時自分がどうなってたいか。遠い未来から書き込んでいって、だんだん今に近づけていく。今月自分は何をするのか。今日の自分の課題は何か。順番に全部設定していき、一つずつ順に達成していくんだ」「何のために?」「人生ってのが一つのかばんでかばんには大きい荷物を先に入れないと駄目なんだ」コーチの受け売りなんだといって若草君は笑っていた。「人の生には限りがあるからすぐにかばんは一杯になる。小さな荷物で溢れる前に大事なものを詰めておくんだ。そうして意識する、今いる場所がどこか。目標まであとどれくらいか。確認しながら一つずつ達成していくんだ」「すごろくみたい」

「そうだね。そう?」若草君は笑った。「このすごろくの素敵なところはさいころじゃなくて自力なとこだね。一つずつしか進めないけど、決めた所へ自分で歩いていける」

山田さんもやってみないと若草君が差し出した紙は私には何か特別なものに見えた。「何かを続けられる人ならこういうのって向いてると思うよ。何となくでもいい人な山田さんは、目標があれば偉人にもなれるかも」

褒められたようで私は嬉しかった。若草君はちゃんとしてるな、同い年なのに未来のことを考えてるんだなと思った。家に帰って机に向かい目標欄に文学賞の名を書いてみてから自分がそうはなれないことに今更のように私は気付いた。何年かしてオリンピック選手になった若草君をテレビで見ることしか出来ないのは嫌だなと思いながら、夢のような目標の欄に「ちゃんとした人、誰と一緒に居ても恥ずかしくないような立派な人」と、なるべく綺麗な字で書き込んだ。

　翌日から目標を行動に反映させていったのだが思ったよりそれは大変なことだった。三十年後偉人になる私は高校では生徒会長、中学では学級委員長、来年には学級委員になることを目標にしていて、今月の目標がいじめを一つなくすことだったので悩んだ挙句グループに立ち向かい代わりに自分がいじめの標的にされた。それくらいなら想像通りで実際いじめはなくなったけれど卒業するまで禍根は続き中学の間私は水難と失物（うせもの）に悩まされ続けた。心はつとめて前向きでいたが体が思ったより耐えられなかったらしく学年が変わった頃から全身に吹き出物が出てかゆみと腹痛が続き下痢と共に体重がどんどん抜け落ちていった。どんな皮膚でも偉人にはなれるので必要だと思う勉強を頑張ったが、五年後の目標に定めた大学は勉強するほど遠く感じていった。

　高校に入ると悩みがますます増えた。模試（もし）の結果が目標に一度も届かず勉強における今月の目標が半年間一度も達成できなかった。面談の際担任の先生に進路の候補がどうという風にいわれ、目標のハードルを下げろという意味だと気付いた私は大きい声で抗議していた。「荷物大きい荷物！」幸い担任は生徒会と無縁だったので以後教室では愛想だけよくし、生徒会担当の教員と懇意になるよう努め用もないのに上級生のクラスに行って挨拶したりなどもしていた。生徒会選挙では人気者の若草君に応援演説までしてもらったのだが肝心の自分のスピーチが駄目駄目で、壇上に立ち暗記した原稿が頭から飛んだ瞬間果たしてこんなことが自分に向いているのかようやく私は考えることになった。希望者がいなかったので生徒会役員には結局なれたのだが、他人に左右される目標を私が私に決めても意味がないということ、目標の立て方を間違っているのではないかということ、これを書くことで一体自分は何を望んでいたのかということを今更ながらに考え込むようになり、日々の目標も月の課題も果たせないまま翌年生徒会長になり、また一つ私は目標を叶えた。生徒会長になっても成績は上がらず投げ出したい気持ちと最後までやり遂げたいという気持ちの間で引き裂かれそうになり（いじめもこの頃は見て見ぬふりをしていた）脇目を振らず過去問を見ながら通学していたある日落ちている空き缶に気付かず蹴飛ばしてしまい飛び出た中身が人に掛かって周囲の人から普通に非難された。

「見ないふり」「最低な」

「どうして門で怒られてたの」朝の教室で若草君にそう問われうっかりその場で私は泣いてしまった。中学から決めていた大学の学部は募集停止が先日告知されて、似た勉強の出来る学舎は私の頭脳では到底入れない所だった。お前はここで終わりだ、ここから先どこへも行けないのだと誰かにいわれているような気がした。三年前書いて何度となく取り出した目標シートは鞄の中で今はぼろぼろになってしまっていた。

「どこへ行くかは問題じゃないさ行ったところで何をするかが」「次に行けないよ順番を守れないよ」「もう一度目標を」「大きい荷物は後からじゃもう」「山田さんごめん僕が悪かった。きっとここさえスタートなんだ。ここから全てが始まるのなら今から君はどこへ行きたい？」

「どこにも行きたくない」私の目から涙がこぼれた。「若草君と一緒に居たい」

若草君と同じ大学を目指した私は一年後受験に失敗した。若草君とは連絡を取れなくなった。掛けるといって掛けなかった電話、やるといってやらなかったこと、予測した未来から遠ざかる感触がその頃私の全身を覆いつくしていた。かばんの中は夢でも目標でもなくかつてはその準備であったもの、塞き止められた未来に繋がる今はもう使わない不要なごみで溢れかえっていた。ごみためと化したかばんの中で中学の頃書いた未来図は色褪せ、蜘蛛の巣のような細かい折り目が一面に繁茂していた。

辿り着けなくなった未来への準備を捨て、自分のことが空っぽだと思えた時道端の空き缶がもう一度視界に入るようになった。それと同じくらい己に価値がないと判ってからもう一度私はそれを拾えるようになった。鋼と鋁のメダルによって鞄の中がいっぱいになった頃、数年来鳴らなかった電話がかばんの中にわかに震え出した。「若草君？」

「山田さん？　何年ぶりだろう今どこにいるの」「どこだろう」「心配してたんだよ。よかったら今度会わない」

予定の合った土曜日に最寄りの駅で待ち合わせして、若草君が来なかったので私は震えながら家に帰った。帰る途中で電話があった。「ごめん山田さん」「会いたくなかった？」「そうじゃない。電車が止まってしまってスマホも」「嘘でしょ？　からかってたんでしょ？　何年もして掛けてきたのはもう一度面白がろうと」「どうしてそんな」「明るい未来を想像できる？　そちらに上手く合流できる？　シナリオ通りに何もかも進まないのは私達の能力に問題があるのかな。それとも最初から私達のお話は起きる筈のない勘違いだったのか」

もう一度私達は駅で待ち合わせたのだがその日駅へ行くのに何故私は自転車を使ったんだろう？　二人で歩くのに自転車を押す気だったのだろうか？　どうして早起きしてバスで行かなかったんだろうか？　何も考えていなかったんだろうか？　車が真横をかすめるような交通量だけ多い狭路で前に落ちていた空き缶を拾おうとよれた私を車がはね飛ばし次に来たトラックが私の下半身を巻き込んだ時、見ないふりをすれば何もなかったのか、拾おうとしたからこの程度で済んだのだろうかと思った。

「もしもし若草君！」救急車の中で私は電話を掛けた。「若草君今どこ？」

「山田さん何故来ない」「事故っちゃった。若草君の声が聞こえる」「今どこにいるのサイレンで何も」「ここどこだろう。ねえ若草君私達もう会えないね」

「どうして準備をしておかないんだ。目標、計画、前もって準備を」「若草君はオリンピック出れたの？」「うるさい！」

「中身の入った缶みたい！」置いてある足の断面を見て誰かが私のためにこれを拾ってくれたんだと思った。「私達どこにいるんだろうね。いつまでもずっとここにいたいね」

夜桜と移動

夜十時になったので行動を開始したが、三人とも着替え終わる頃には十一時近くになっていた。

ワンルームの部屋は炬燵とベッドのせいでろくな動線がなくて、桃子をよけた初子がごみ箱を蹴り倒していた。

リュックの中にお酒とおつまみ、ビニール袋とチェックの膝掛け、レジャーシートと軍手とシャベル、撥水加工の黒い布団袋が入っていることをもう一度確認し、ファスナーを下ろしリュックを摑み、桃子をまたいで私は玄関に向かった。倒れないようリュックを置いて先に自分の靴を履き、立ったまま待っているとテレビとカーペットを消してから初子が遅れて玄関にやってきた。電気を消した初子が何もいわずにリュックの方を背負ったので、私も黙って桃子の死体を背負った。「行こう」

音を立てずに玄関を出て、人目を避けて裏口からアパートを出た。なるべく暗い場所を選んで遠回りしながらゆっくり路地を進んだ。大通りに出ると通過のトラックで銀色の花弁が舞い上がった。桃子を庇いつつ頭上を見ると、満開の桜が街灯に浮き上がっていた。

予想より桃子の死体は軽かったが、実際に歩き出すとあまり遠くには行けないだろうという予感がした。通行人は夜でもそこそこいて、向かってくるランナーをよけなければいけないこともあった。「初子」前が見づらいので先行する初子に声を掛けた。「前を見ていて。建物の陰や曲がり角」「何かいるの?」「警官がいないかどうか」

並木通りに沿うよう歩いて閑静な辺りで一大決心をし、一本の桜を選んでその下に桃子を下ろし、その場に私達はレジャーシートを広げた。硬さにダイブして履いていた靴を投げ出し、少し休んでから私と初子はその場で酒盛りを始めた。ビール片手にピーを食べつつ通行人が切れたタイミングで軍手をはめシャベルで地面を掘り返した。お花見している三人組のふりをして桜の下に桃子を埋めて帰ろうというのが半日かけて私達の出した結論だった。

周囲の様子を窺いながらシートをめくって土を掘り出し、人が来る度シートを戻して二人で一緒に酒を呷った。三月の夜は十分寒く、自販機でホットドリンクを買ったりもした。一時間ほどその木の下で私達は酒盛りと穴掘りをし続けた。寝かせて腰にブランケットを掛けておくとそれだけで桃子は寝ているように見えた。

幹も枝も太いので下にも空間があると思ったが、やってみると木の根が多く穴掘りはあまり上手に捗らなかった。その内帰宅の会社員に見られたり、男の集団にナンパ風に話しかけられたりし、ナンパが近くをうろついて立ち去りそうになかったので、誘拐を恐れて私達は荷物をまとめてアパートに引き返すことにした。計画に無理があったということを嘆くように初子が口にし、立案者の意見なので私も同意しておいた。

寒い夜道を三人移動し帰りも私が桃子を背負った。割れた額を髪で隠すと桃子は本当に眠っているように見えて、最後に見た彼女もそんな風だったので夜と夜とが繋がって昼間信じたものの方こそ嘘だったのではないかと思えた。三人で飲んだのが昨日の夜、起きると桃子が床の上で死んでいて、段差に頭をぶつけたらしく、風呂場の入口に桃子の髪の毛と血とがこびりついていた。大学を卒業したばかりの私達は部屋から死体が出ると就職に影響があるかについての判断が出来ず、通報の仕方を考えた結果、夜を待って桃子を捨てることにしたのだった。

アパートに戻りそのまま寝こけ、昼過ぎになってだらだら起き出し、二人一緒にスーパーで買い物をし、私が弁当を作る間初子が桃子の死体を着替えさせた。髪を洗い体を洗い、全身を拭いて化粧までさせる初子を見ながら、きっと桃子はこの子に殺されたんだろうということを私は考えていた。桃子のことを誰より好きだったのも、彼女のプエルトリコ行きに最後まで反対していたのも初子だった。

おめかし桃子の死体とともに私と初子は公園へ繰り出し、桃子の靴を手に持つ初子は保身に走っているように見えなかった。楽しそうだった。道中人に見られていたが死後硬直が解けた桃子は私には自然な酔っ払いに見えた。時折初子はわざとらしく振り返り、私や桃子に話しかけてきた。「桃子」

近所で一等大きい公園へ着いたが思ったより公園は植え込みがなく見晴らしがよく、穴掘りしたら丸見えなので死体遺棄には不向きに思えた。違う公園へ移動したがそちらにはほぼ土がなかった。次の公園は真横が民家だった。穴ぼこが掘れて程よく暗い想像上の公園を求めて私達は夜の中を移動し、いい加減妥協して最初の公園に戻ると付近から人が消えるのをお湯割りを飲みながらひたすら待ち続けた。

補助線に沿って土を掘り周径を広げ、互いに土を掛け合いながらシャベルを振るい、一メートル程の擂り鉢が掘れたところで手元から夜が明け始め、犬の散歩が始まったので私達は再びアパートへと逃げ帰った。靴をぶら下げ歩く初子と靴を履けない死んでいる桃子、桃子の冷たさに凍えそうな私はどろどろになって路地を帰った。死んだ桃子はとても冷たく、肌と肌が触れ合わないよう気を付けながら歩いた。

何故初子が桃子を持たないのかを考えて、私が桃子を殺したと初子が考えている可能性に私は思い至った。事故ではなく私が殺したと思っているからこそ巻き添えを恐れて遺棄なんて無茶をいい出したのかも知れなかった。私は桃子を殺していないので初子もそうなら桃子は事故死ということになり、そのことをもしいえば今からでも違う展開はあるだろうかと思った。

それとも自覚がないだけで本当は私が桃子を殺したのかもしれなかった。最後の晩三人で飲んだ時未来の不安について話す二人を見ながら一人だけ就職の決まらない私が内心穏やかでなかったのも確かだった。未来の話題が嫌だったことも桃子の笑顔が気障りだったことも、もののはずみで桃子を突き飛ばしてしまったことも事実だし、もしかしたらそのせいで桃子は死んでしまったのかも知れなかった。あの時打ったのは後頭部だし私の責任はけして大きくはない筈だったが、立場が逆でもそう思えるのか、私にはあまり自信がなかった。

夕方一度公園へ行くと、掘った穴は誰かに埋められてしまっていた。

汚れた服をまとめて捨てて二人風呂場で死体を洗った。温めると腐る気がしてシャワーを水にしたら手が痛くなった。桃子の肌は色みがかって指先の皮膚も弛い気がして、梳かす度髪はふつふつ抜けて、私達はコンシーラーを浮くほど塗って死相をカバーした。全身の皮膚に血管が浮かび上がっていて、蜘蛛の巣のタイツを穿いているみたいだった。

ライトアップの時間があって閉門時間のないところ、そういう場所をネットで絞り私と初子は三度出かけた。距離があるので通りでタクシーを拾い、酔っ払いのふりをして乗り込み運転手に行き先を告げた。怪しまれないよう私も初子もちゃんと酒を飲んでいたが吐かれることを嫌がって運転手が威圧感を出してきて、意識のない桃子をじろじろ見てくるので、ばれることを恐れて私達は結局タクシーを途中下車してしまった。残り何キロか判らない街の真ん中、桃子を背負って私は歩き出し、歩き出してから車に酔ってしまったことに気付いた。

大丈夫と自分にいい聞かせつつ歯を食いしばって歩き、どこか判らない大きい橋を渡った。オレンジの街灯に羽虫が集まっていて、羽虫はそのうち桃子を嗅ぎつけ私の周囲を飛び回るようになった。気分の悪さもピークになって橋の途中で私はしゃがみこんでしまい、何回か大きくえずいた後で胃の中身をその場に戻してしまった。これ以上一歩も進めない気がした時ふいに桃子を背負う背中が軽くなって、咄嗟に私はげろに手を突いた。

一瞬桃子が生き返ったのかと錯覚したが、振り向いて見上げると初子が桃子の死体を背負って歩き出すところだった。「つくね」初子が私を呼んだ。「お願い、前を見ていて」

よろよろ歩く初子を見ながら私は欄干に乗り出し、胃液を一度川面(かわも)に吐いて楽になった体で二人を追いかけた。背負われる桃子の腕が前方でぶらぶら揺れていて、呼ばれた気がして私はその手を握った。

道中一度ずつ運搬を交代して、目指す花見スポットに辿り着いたのは深夜零時を回った頃だった。真暗い闇夜(やみよ)に散りだした白い枝花、誰もいない闇の傾斜をぜえぜえいいつつ私達は進み、小高い丘の広場に出ると満天の星と桜とが浮かび上がっていた。

一本の木の下で初子が桃子を下ろし、膝から崩れ落ちたので私もその場にうつぶせに倒れこんだ。死にかけみたいな呼吸音が聞こえた。むせ返る花の匂いが辺り一面からしていた。

「生きてる」

「死ぬかと思った」

「何キロ歩いたんだろう」

「来れるものだね」初子が呻(うめ)いた。

「明日はどこ行く?」冗談めかして私がいうと、笑い声が通り過ぎて初子が空を見上げたのが判った。

「桜はもうすぐ散ってしまうよ。来週になれば捕まってしまう。いつまでもこんな風におかしなことをしてられない」

「移動すればいい」私はいった。「前線を追おう。一緒に歩こう。船や列車も使おう。暖かくなる場所へ移動し続けよう」寝返り打つと初子が欠伸(あくび)した。私も疲労で魂魄(こんぱく)が抜けそうだった。「どこか遠くの離島へ行こう。知らない町の旅館で実話怪談みたいな目に遭おう」「ホラーは我々だろ……」

眠った私は夢を見た。夢で旅行を計画していて、初子はそこでもうたたねしていて、生きている桃子が私に笑いかけていた。結局行かなかった卒業旅行の検討中私達はまだ桃子を引き留めようともしていて、犯罪に巻き込まれるとか外で寝てると外国では攫(さら)われるとかそういう聞きかじった話で彼女の心を折ろうと試みていた。客死怪談も失踪(しっそう)の都市伝説も彼女の決心を挫(くじ)くことは出来なくて、費やしたそういう徒労のせいで旅行の計画も流れたのだった。

「考えてる時がいっちゃん幸せだね」桃子がみかんを頰張(ほおば)っていった。初子の部屋の一人サイズの炬燵をシェアし、私達は交互に足を伸ばしていた。「計画はいい。準備は楽しい！　いつまでも予定が始まらなければいいのにね。いつまでもこんな風にしてられたらいいのにね」

声がするので私は目覚めた。起きると周囲が人だかりになっていた。二人組や三人組、大勢の老人や家族連れ達、散り際の休日に花見客が集まっているらしく、丘の下まで枝ごとに人が群がっていた。「こんな時期でも人出があるのか」自分を棚に上げて私は呟いた。私達の隣にも男ばかりのグループがいて、こちらと目が合うと視線を逸(そ)らせてきた。

私が起こすと初子も起きたので、私はリュックからシートとブランケットを取り出した。甘い香りの白い花弁が頭や体に載っかっており、私達がいるのはきっと山桜とかコブシの下だった。桃子を寝かせてブランケットを掛けておき、私達は丘を上り公園出口のトイレに向かった。丘をもう少し登ると来たのとは違う公園の出口があり、フェンスの向こうに路駐の車達が見えた。

夢に出て来た桃子の話をすると初子の反応は予想より冷たかった。

「桃子はそんなことをいわない。一人でどこへでも行ってしまう子だったから」

そんな風にいわれるとそうだなという風に私にも思えた。

トイレを終えてコンビニに寄り、飲み物とサンドイッチを買って公園に戻ると置いてきた場所に桃子の姿がなかった。私のリュックと初子のブランケット、桃子の靴だけがシートの上に残されていた。

私と初子は黙ってそれを眺め、しばらくしてから桃子の名を呼び周囲を捜し始めた。初子が丘を駆け下りていった。買い物袋を私は地面に放り出した。「桃子」

声を張り上げ呼びかけながら馬鹿なことをしていると思った。桃子は既に死んでいる以上、誰かに彼女は運び出された筈だった。シートのある場所に戻ると隣にいた男性グループがいなくなっていた。出口に停まっていた路駐の車も消えていた。

「誘拐されたの」初子がいった。変な言葉だと聞いていていて思った。

桜の咲く丘の中腹で懐かしい歌を誰かが歌い始め、途方に暮れた私達はその場に立ち尽くしていた。土混じりのビニール袋が汗をかいてどろどろになっていた。空っぽのレジャーシートが風にめくられ横滑(よこすべ)りした。置き去りになっていた桃子の靴が倒れて、白い花びらがその中から零(こぼ)れ落(お)ちた。

部屋を見る

物件を三つ選んだ所で実際に部屋を見ることになった。選んでくれた担当の中林さんではなく、違う人と物件を回ることになった。

「内見を担当する二階堂です」二階堂さんの背後を自転車が通り過ぎた。「車を回してくるので待っててもらえます?」

担当者さんには見覚えがあって多分中学の同級生だった。私の名字は凡庸なので彼女は私を覚えていないだろうと思われた。軽く相談をした結果遠い物件から回ることになり、彼女の運転は加減速がよく、少し乗ったら気分が悪くなった。

「着きましたよ」側溝に向け嘔吐(おうと)する私に逆光の二階堂さんが笑いかけてきた。私達が知り合いであることを告げたが彼女から特に返答はなかった。斜め一列になって一緒にコンクリートのスロープを上り、目当ての部屋に着くと彼女が玄関前の箱から鍵を取り出した。「どうぞ」

ふにゃふにゃしているスリッパを借りて空っぽの部屋に一緒に上がり込んだ。写真と比べて差異の少ない展示みたいな物件だった。床も扉も傷が少なく靴箱なども傷んでおらず、サッシは綺麗でぬるぬる滑ってコンセントにもゆるみがなかった。目で見たり手で触れたりしながらこの部屋に暮らす自分を私は想像してみた。こういう部屋に住める自分は今現在より救われている気がした。「いかがですか?」「ギチギチしてますね」

メジャーであちこち採寸していると窓向こうをトラックが通り壁が震えた。街道が近いので気になっていたけれどアパートの前が抜け道になっているみたいだった。大きい車が何台も通りその度窓やクローゼットが震え、私がクローゼットを開けてみると床の上に人形が落ちていた。小さい木の人形の頭部だった。

「ロフトに上がっていいですか?」梯子（はしご）を上るとぱきんぱきん音が鳴り、ロフトの上には暖かい空気が溜（た）まっていて、カーテンのない板張りの空間に太陽光が溢れていた。奥の壁際に何か大きい塊が置かれていて、近づいてみるとドールハウスだった。

ドールハウスは量産品で部分二階の洋風建築だった。壁がまるごとくり抜かれていて標本のように内部を観察することが出来た。一階のダイニングでは二体の人形が食卓について食べ物に囲まれていた。二階には首のない人形が転がっていた。「前の住人の忘れ物かしら」

「この部屋で昔人が死んだの」いつの間にかロフトにいた二階堂さんが背後から話しかけてきた。「ちょうどこの場所で殺されたそうよ」

「人が?」「若い夫婦と幼（おさな）い子供の一家心中だったというわ。幼い子供はロフトで殺されその場で首を切断されたの。切られた首はロフトから転げ落ちクロゼットの中から見つかったというわ。ロフトの上は血の海だったみたい。息子を殺した若い夫婦は朝食と一緒に毒を飲み自殺をし三人の死体は一週間後臭いで発見されたそうよ。この部屋は他の号室よりリノベーションの時期が浅いの」「そうなんですか」「このドールハウスはきっと見立てね。死んだ家族とその当時のこの部屋を模しているのでしょう」「どうしてでしょう」「全体幽霊というものが家に憑き部屋に憑き人に憑き人形に憑くものだとするならば霊の出る家に人形の家を置くことでその中に活動の場を転移せしめうるのではないかしら。人間の厄を人形に移すように人家の厄は人形の家へ、位牌や仏壇式年遷宮する神社のように部屋の中の部屋の中に霊現象ごとその存在を移し替えようとしているのかも」「この部屋幽霊が出るんですか」「そういう話は聞いてないけどあるいはそういう想像も出来るということよ。このドールハウスを誰がここに置いたのか考える時それがオーナーであれば色々なことに説明がつくのだから。実際に霊が居るかはともかく契約までの空白期間を使い苦情の発生率を下げる工夫を家主が用いているのだとしたら」

「ゴキホイみたいですね」

　車の走行音がやけに大きく聞こえたので梯子の下を見ると窓が開いて室内に風が吹き込んでいた。さっき確か施錠した気がするので二階堂さんが開けたのかと思ったが、彼女に聞くと首を横に振られた。一緒に梯子を下り窓を閉めて鍵をかけ、二人で水回りを見ていると今来た部屋から物の落ちる音がした。戻ってみるとクローゼットの床の上で人形の頭部が回転していた。まるで今ロフトから落ちてきたばかりのようだった。回転する頭部を見ていると頭上のロフトから笑い声が聞こえた。子供みたいなくすくす笑いだった。「どうですこの部屋？」

「いいですね」私は振り向き二階堂さんに答えた。「綺麗で素敵なんですが、部屋が揺れるのが気になっていて」

「揺れるところはすごい揺れるんですよね」地盤がどうこうということを二階堂さんが口にした。「よいようでしたら次に向かいましょうか」

次の部屋へ向かう途中採寸を手帳に写していたら一発で酔ってしまい貰ったビニール袋を握って私は涙ぐみ嘔吐き続けた。「すぐ着きますから！　ほら着いた！」通りに私を下ろし二階堂さんはコインＰへと向かい、彼女が戻るまでの間に私は薬局でアネロンニスキャップを買った。

二つ目の部屋はレンガタイルの古ぼけたビルの三階にあった。階段を上る時気付いたが二階までは事務所で賃貸は三階一室だけのようだった。こういう部屋は初めてなのでどんな苦情が来るものか判らなくて、そのことが少しだけ怖かった。

「いかがですか？」

「古いんですねちょっと」シンク下を私は覗き込んだ。「図面では判らなかったんですが洗濯機ってどこ置くんでしょう」「多分ベランダですね」

いわれてベランダに出ると頭上から物が落ちてきた。下の道路で物の砕ける音がした。覗き込むと真下の地面でお茶碗のようなものが割れており陶器の欠片と白米らしき穀物が日陰の路上に散らばっていた。「どうしました」近寄る二階堂さんに見たままを報告すると首を傾げられた。「上に部屋はない筈ですけど」

「屋上ありって書いてますけど」貰った資料を私は指した。「ここって見れるんですか」「そう思いますよ。行きます?」

鉄製の階段を上がると普通にビルの屋上に出られた。入れる屋上は初めてだったので少しだけ私は心がときめいた。屋上は雨晒しでぐるりとフェンスが張ってあって、辺りには高い建物もなく、自由に使えるなら広い空だった。

「共用部って書いていますが洗濯物干したり椅子持ってきて座ったりしてもいい感じですかね」「駄目なら入れないと思いますけどオーナーさんに確認してからがいいと思いますね」屋上の隅に濡れた丸椅子があるのを二階堂さんが見つけた。「椅子ありますね。大丈夫かもですね」

いかがですかと彼女に聞かれ、私は少し返答に迷った。屋上のある暮らしは素敵だなという気がしたが、肝心の部屋にあまり心が惹(ひ)かれなかった。洗濯場所がベランダなのと網戸がないのも気になっていた。「さっきの部屋の方がよかった気はします」

「ですねえ」

「駄目って訳ではないんですけど」

「ですか」風が吹いて二階堂さんが髪を押さえた。

「部屋を選ぶの難しいです。気になるところはあるけれど、暮らせば対応出来ると思うんです。我慢出来ると思うんです。多少のことならば」フェンスがかちかち音を立てて揺れた。

「ただそうなると判らなくなるんです。どうして我慢をするのだろうと。我慢するなら最初から今のままでもいいですよね。どうせ不満に目を瞑るならそもそも引っ越す必要がないんじゃないかと」

「どうしてお部屋を探されてるんですか？」

「上手くいえません」転勤とか必要に迫られているというわけではないのだった。「今してる暮らしみたいなものの、今よりも先に進んでみたくて」

「そうですか」二階堂さんは頷いてくれた。「そういうことであれば妥協しないのも大事だと思いますよ。よく見て選んでいって下さい」

「ありがとうございます」

「もう少し中をご覧になりますか？」

「ありがとう」頭を振り私は笑った。「もう大丈夫だと思います」

「それでは車に戻りましょうか」椅子を足場にフェンスを乗り越え二階堂さんの姿が屋上の向こうへ消えた。どさっという音が一秒後に聞こえた。咄嗟のことで驚いたが自分は後を追わず階段を使って地上へ向かった。「大丈夫ですか二階堂さん」

「寒い」足が折れて立てないらしく蟹のごとく四つん這いになって二階堂さんは歩道を前進していた。全身から出血しスーツは米粒まみれになっていた。二階堂さんが這って車を取ってくる間私は薬局で包帯を探した。添木がなかったので代わりに割り箸を購入した。「どうしたんですか一体」

「エレエレベータが」不明瞭なことをもごもごと運転席の二階堂さんがいった。歯も折れたのか口角から血が溢れていた。「出発しますぅ」

「手当てしましょう先に」いいつつドアを開けると先ほどのドールハウスが助手席に置かれていたので私は驚いた。ドールハウスは振動で落ちないようシートベルトで固定してあった。

「何故ここにこれが」

「持って来たんですぅ」二階堂さんの口から歯がこぼれた。「寂しそうだから。一緒に遊いたいっえいうから」

「デフォで人生は寂しいものじゃないですか」手当てをしながら私はいった。寒ぃ寒ぃと彼女は繰り返し鼻や耳から血を流していた。片手足を折っても運転は出来るらしくゆっくりした運転で私達は最後の部屋を目指した。今度は私は車に酔わなかった。

目的地に到着すると車内で待っているということを二階堂さんが口にし、体が痛むのかと心配になったが単に会社に電話を入れたいみたいだった。ドールハウスと会話する二階堂さんを残し最後の部屋へ私は向かった。指示通りに止水栓から鍵を見つけ出した。

最後の部屋はＢ１だったが見てみると実際は半地下という感じだった。部屋に入り窓を開けると視線の高さに裏庭があった。目隠しの柵の向こうに二階堂さんの車の屋根が見えた。

地下の部屋はとても冷たく空気が外よりじめじめしていた。間取りの形は気に入ったけれど玄関は狭く、エントランスも螺旋状なので本棚もベッドも持ち込めないのではないかと思った。部屋の中で計算をしていると玄関のチャイムがふいに鳴らされ、二階堂さんかと思ったが、モニターを見ると知らない人だった。「もしもし」

「こんにちは」大人しそうな老婆に見えた。「今よろしいでしょうか?」

「すいません私内見中で。住んでる者ではないんですけど」

「上の部屋の者ですけど」お婆さんはゆっくりお辞儀した。「足音がしたんですけど、あなた天井を歩きました?」

「天井は歩いてないです」

「あなた鵺を飼ってるんでしょ?」顔を上げた老婆と目が合った気がした。「鵺がその部屋にいるんでしょ。私に鵺を見せてくれない?」

「誤解じゃないかと」

「あなたうち来ない? ずっと耳を付けてずっと聞いていたの。鵺と暮らして住んでるんでしょ? けんけんという音が聞こえる。私と部屋を取り替えて下さらない? 私をそこに住ませてくれない?」

「大家さんへどうぞ」私がいったん鍵を掛けると遅れてお婆さんはドアノブを回し始めた。間を空けて鳴り響くピンポンの音を聞きながら二階堂さん助けてくれないかなと思った。

インターホンの電源を切り上着を足に巻いて耐えている内に眠ってしまったらしく、気付くと辺りは静かになって部屋の内側が闇に沈んでいた。確認（クリアリング）して部屋を出ると辺りは夜だった。どこかの家からシチューの匂いがした。

一階の部屋に気付かれぬように音を立てずにエントランスを抜けた。二階堂さんの姿を捜したがさっきの場所に車が見当たらなかった。近くの路地を回ったが彼女の車は見つからなかった。傷が悪化したのではと思い私は急に心配になった。

二階堂さんの番号は知らなかったので不動産会社に電話してみることにした。

「ご連絡お待ちしておりました」電話を取ったのは中林さんだった。「ご一緒出来ず申（もう）し訳（わけ）ありませんでした。お部屋三つともご覧になれましたか？」

「ちょうど今出たところなんです」周囲を見つつ私は話した。「二階堂さん戻ってませんか。彼女と現地ではぐれてしまって」

「二階堂とは誰でしょう」そんなスタッフは存在しないらしかった。

そもそも私がアポも取らずに飛び込みでお店を訪れたせいだったが、スタッフさんの空きがないため私一人で物件を回る手筈（てはず）だった。いわれるままに頷きいわれるままに店を出た私は、店の外で二階堂さんに話しかけられ、いわれるまま車に乗り込んだのだった。

不動産会社スタッフではなかった二階堂さんは特殊な変態か幽霊タクシーの亜種ということになりそうだったが、後者であった場合今日一日自分がどのように移動していたのかは気になるところだった。

「そういえばそうだった」モノレール駅を探しながら私は思い返していた。「中学二年のスキー教室で、二階堂さんは谷底に落ちたんだった」

今日もまた決まらなかったなと夕闇の街を見ながら思った。条件なんて何でもいいから決めてしまうべきかもしれなかった。それともやはり今のままでいいのか、このまま何かに我慢しながら今の部屋に留（とど）まり続ければいいのだろうかと思った。

「このままでいい」モノレのガラスに呟いてみた。「それは嫌だ。前に進みたい」

狭い心と不寛容さで自分の何かを引き上げたかった。好きな歌と巡り会う時のように希望で満量（まんりょう）の選択をしてみたかった。願ったことの罰に当たらないよう気を付けながら家路を辿り、びくびくしながら鍵を開けると暗い我が家がアイドリングしていた。

「おかえり海子」

「ただいまピーマン君」家人のピーマン君に私は返事した。上着をベッドに脱ぎ捨てながら私達はこの先どこへ行けるのだろうと思った。「今日何してた？」

「読書してたさ。セロハンテープを読んだことある？」

「私は今日部屋を見てきたよ」ピーマン君の前を通り私はドレープカーテンを閉めた。「ねえピーマン君、私達次へ進まない？」

「いいと思うよ」ピーマン君が頷いた。「海子が望むのであれば」

「ありがとう」気持ちの話が終わってしまって、具体的なことだけが残されて、ようやく私は恐ろしくなった。椅子の背凭れを指先で握りしめた。「そうやって先に進んでいくと最後には何があるのかな」
「最後はないさ。死んだら終わりさ」ピーマン君は本を閉じ椅子から立ち上がった。「ご飯にしよう。今日もお疲れ様」

（2021.1.25）

未来図と蜘蛛の巣

生まれて初めて恋をしたのは六歳の年のクリスマスだった。相手は私と同い年だった。秋頃から通い始めた道場で年末の稽古納めがあって、先生や先輩方に混じり私はその日大掃除をしていた。普段使いの床用モップを先輩達に取られてしまい、仕方なく私は違う道具を求めて用具室の奥へと足を踏み入れていった。光の来ない暗い場所ではモップの死骸達が埃を被っていて、諦めて視線を上げた私の目の前に白い塊が浮かんでいたのだった。

初めて見るそれが何か私には判らなかった。埃にしては白く、暗がりの中で明るく、目線より少し高い場所にあって、息を吹いても舞うことがなかった。何か綺麗な世界に属する自分の知らないものだと思い、触れようと手を伸ばしてみると予想に反しべとりとした感触が指先に絡みついてきた。戸惑い見つめているとナッツほどある白い蜘蛛が手の甲の上を上ってきていた。そういうタイプの蜘蛛の巣のことをそれまで私は見たことがなかった。咄嗟に動けず固まってしまい、立ち竦む私の腕を足早に蜘蛛は這い上ってきた。白い蜘蛛が道着の肩に届きそうになった時、背後から誰かに叩かれる衝撃があった。

「朝子大丈夫?」振り向くと背後に雨子が立っていて両手に持った曲がった箒を床に向かって振り下ろしていた。彼女はそのまま私の手を取り豆明かりの下まで私を引っ張っていって、頭の蜘蛛の巣と埃を振り落としてくれた。

「蜘蛛の巣は柔いから」私を叩きながら彼女は呟いた。「大丈夫だよ。振り払えばいいんだ」

蜘蛛の感触はすぐに消えたけれど彼女に叩かれた頭の感覚は長く残っていて、その後もずっと私の中に居座り続けていた。私の記憶で一番古い樅ノ木雨子との思い出がそれだった。


樅ノ木雨子は隣町から道場に通う同いの女子で、私は覚えていなかったけれど私の後に入門してきたらしかった。気が付くと私達は隣同士に並んでいて、列の隅っこで一緒に竹刀（しない）を振り回していた。彼女は私より少しだけ暴力的で、よく高いところに上って飛び降りたりするような子で、同年代では最初から上手な方で、週三の稽古をさぼったり休んだりすることもなかった。元から筋はよかったけれど、出来ないことを投げ出さないような美徳も持っている生き物だった。どうしても上手く出来ないことを、それでよしとはしない子だった。

始めた時期が近いのもあり、私達は似たようなものだと最初私は思っていたけれど、道場にある姿見の前で竹刀を振る時、私が私だと思っていたものは鏡の中には映っていなかった。私が私だと思っていたものはどちらかといえば彼女の姿だった。自分が彼女ではないのだと知ることが初めて自覚した私自身の姿だった。年を重ねて試合にも出るようになり、彼女が周りより上手なんだということを私は知り、自分がそうではないということにもそれと同時に気付いていった。

道場の中で私達は友達だったが、家が遠いので外で遊ぶことはなかった。よく遊ぶようになったのは私の住む町に彼女が越してきた後からで、物理的距離の近付いた私達はお互いの家で遊ぶようになった。道場の外で見る彼女は私より生き方が上手く、私より金満で、私の気付かぬ繊細な価値に気を配る子で、それでいて粗野で暴力的なところのある人間だった。彼女はいつも新しいコンテンツについて私に教えてくれて、私の知識は基本的に彼女のアンテナの範囲を越えなかった。彼女にはその頃好きな人間がいて、同じ道場に通う大学生の先輩をかっこいいとよく口にしていた。青年部の稽古は少年部より辛くて厳しいものだったが、高学年になった頃からそちらにもよく顔を出しているみたいだった。彼女の話す先輩のよさは私にはよく判らないものだった。先輩のどこが好きなのか訊くと、優しいところがいいのだといった。

「好きになるってどういう感じ」

「その人のことばかり見たり」私の間抜けな問いにも彼女は答えてくれた。「その人との将来を想像したりすることだよ」

背の伸びるのが終わる頃には私達にはもう似ている部分がなかった。私と彼女は並んでいても外国同士にいるみたいだった。性格も趣味も趣味の広さも違っていて、同じ学校にいたならきっと友達にならなかったろうという気がした。私達の人生は密度がまるで異なっていた。彼女の人生には彼女の努力のせいで沢山の人が訪れていて、一方私が友達といえるような相手は彼女くらいで、彼女と会わない日はたいがい一人でいた。彼女はその頃学校の男子と付き合っていて、二人で出掛けた時の話を私によく話して聞かせてくれた。よいことの報告も不満を口にすることもあったけれど、どの話も私には違う惑星の出来事に聞こえた。その子と別れてしまった後も色々な人と彼女は付き合いを続けていた。相手は同じ高校だったり、違う学校の生徒だったり、下級生から告白されたり、年上の人間と懇意になることもあった。その時々の話の中で五年後十年後の予定を彼女はよく口にしていたが、彼女と恋人がそんなに遠い時まで一緒にいられるとは私には思えなかった。実際に彼女達は上手くいかず未来の途中で別れてしまって、落ち込む彼女の隣で私はその報告を聞き続けていた。

彼女の語る相手の魅力はいつ聞いていても私には判らなくて、彼女の話した別れる理由も私にはよく理解できないでいた。よかった何かがどうして駄目になってしまうのかが判らなかった。二人に起こる変化が私にはいつも摑めなかった。

「相手が嫌いになってしまうの」

「そういうこともなくはないけど」頬杖つく彼女は道理を説く教師の顔をしていた。「昨日も今日もまだ楽しいけどずっと一緒にはいれないなって考えてしまう瞬間はあるじゃん」

「ないけど」「ごめんね」「謝った分角が立つだろ」私は彼女の注文を食べた。「今日楽しいの何が駄目なの。まだ楽しいなら別れなきゃいいのに」

「朝子は変わらないね」私の目を見ながら子供の頃みたいに彼女が笑った。「いいことだよそれは。いつまでも変わらないでいてね」

「いつまで経っても私は一人か」「そしたら私が貰ってあげるよ」

実際に私と彼女で付き合ったこともあった。社会人になった頃私達は一緒に引っ越しをして、三年間を一緒に過ごして、互いに互いへピントを合わせていった。当時彼女は六年付き合った恋人と別れたばかりで、いつになく傷ついていて、死にたいなどとよく口にして、それなりに私を困惑させていた。卒業した後結婚するとか同居を見据えた就職先とか、二年ほどそういう話をした後だったので今度こそ彼女は結婚するのだと私の方でも思い込んでいた。空中分解した予定のどこに問題があったのか当事者でない私には判らなかったけれど、一生で一番私は彼女の側にいて、隙あらば泣き出す彼女をあの手この手で慰めていた。あまり泣かなくなったある晩、私に対する感謝を彼女がこちらへ向けて語ってくるようなことがあって、そのいい方が直截的だったので、私は少し動揺してしまった。私の両目を覗き込みながら自分のことを好きかということを彼女が問いかけてきて、私がそれに肯定で返すとそうじゃないかと思っていたといい困ったように笑った。言葉で二三の確認をした後私と彼女はお付き合いをすることになり、二人同時に引っ越しをして同じ部屋で一緒に暮らし始めた。結局その後一年持たずに私達は別れることになったけれど、私の人生でその日々は最も長く、自分の気持ちが確かに感じられた時間だった。

彼女を好きでいられる日々は私にとっては心地よいもので、いつまでもその時間が続けばいいという風に考えていた。部屋で私は彼女だけを見ていた。彼女はきっと少し違うものを見ていた。誰かと一緒に描いた未来を幾つもなくして彼女はこの部屋に来ていて、立てた予定はなくした後でも彼女のどこかに残り続けているみたいだった。辿り着きたいどこかへ向かう流れの途中に彼女はまだいて、私と暮らしている現在地をそのゴールとは思えないみたいだった。私にもそれは判っていたが、かといってどうすることも出来なかった。彼女に見えているものが私には見えていなかったし、私と彼女がどこかへ辿り着けると心の奥底では信じ切れないでいた。行き着いた現在の停滞を可能な限り維持すること、いつまでもここに居続けることが私の願える最長射程の未来だった。

結局私は彼女に比べて何年分も子供のままで、十年後二十年後を見る訓練を重ねてきた彼女の指し示しているものが一体何なのか、理解出来るようになる前に彼女と上手くいかなくなった。きっかけもＩＦも判らないまま私達は関係を解消することになり、別れた後も彼女と私は同じ部屋の中で生活を続けていた。彼女はその頃また落ち込むようになり、部屋で一人で泣いていることが増えた。出会った頃あった力強さや粗暴さ、前進する虫の美しさのようなものはすっかり影を潜めてしまっていた。道場で見せなかった泣き虫や弱虫を私から隠せもしないようになり、まとわりつく私を突き放すことも出来ぬまま泣き濡れた部屋の中で生活し、私と関係を修復させていった。ようやく彼女が引っ越しを決めて部屋を出て行くことになったのは二年も経ってからで、私達は一緒に彼女の荷物を梱包(こんぽう)し、玄関で手を振ってさよならの挨拶をした。

その後も彼女とは連絡を取り合っていたが、数ヶ月や半年間話さないことが次第に普通になっていった。会えば普通に話は出来たけれど、それまでなかった遠浅の海が私達の間に横たわっていくのを感じた。程なく私も引っ越しをして転職するための準備を始めた。何でもいいと思って選んだ傾いた業界で安く働くのをやめ、自分に負荷を掛けてちゃんと勉強し、お金を貯めていけるように生活を変えようと思った。今のままでは持てない前提を持てるようになりたかった。二十年先のことを考えられるようになりたかった。

二十年の遅れを取り戻す必要があった。遠ざかってしまった彼女の未来にもう一度自分がいられるように、波を越えて自分自身を運んで行かなければならなかった。長い距離を泳ぐ準備をしなければならなかった。六歳の頃諦めた物事をもう一度取り戻すために、自分ではないと決めつけたものを今度こそ己のものに出来るように、鏡を見た時現れるものを自分の理想に近づけるために、もう一度一緒に居たいと彼女に思ってもらえるように、そうして描いた遠い場所にある未来に実際に自分で到達していけるように、きっと全てのことを私は変えていかなければならなかった。未来のことをいつでも思い、毎日時間を大切にして、劣った自分をそのままにせず、出来ないことをよしとしないで、持っているものを大事に扱い、持てないものについてよく調べて、いつでも自分の体調を意識し、いい時と悪い時の両方に対応できるように、一つの動機を長い間持続させられるように、何かを続けていく土台を自分の中に見つけられるように、思わぬ方向に自分が流されてしまわないように、他人や状況を予測して対応していけるように、必要な知識を身につけ、適切に人に頼れるように、他人にちゃんと興味を持って、人に話せる趣味を見つけて、職場でちゃんと輪に加わって、出来事や人によく目を配って、見聞きしたことをそのままにせず、分類をして善悪を考え、よいことを見逃さず、悪いことを放置せず、困っている人を助けられるように、あまり困らせないで人に助けて貰うために、何かを変えていく方法と、変えた物事を維持する手段を持てるように、本当にどうしようもないことからは、傷を負わずに逃げ切れるように、彼女から教わったそういう人間としての美徳や努力を、今度は私自身が身につけていく必要があった。彼女が泳いでいく海を私も越えられるようになりたかった。彼女とそうでない側に物事を分類した時にいつでも彼女の側に属せるような自分になりたかった。全てはあまりに今更のことで、魚が陸地を這うようなもので、いつでも体が酸欠で苦しかったけれど、その苦しみ自体は決して嫌ではなかった。昨日出来なかったことが出来るようになること、小さな悪癖を乗り越えられた時の手応え(てごた)は何物にも代えがたかったし、毎日覗く鏡の中の自分はどこまでいっても理想とは程遠かったけれど、具体的な座標を意識できること、その時伴う苦々しい達成感は決して嫌なだけのものではなかった。今の自分を認めながら心の底から否定出来ることは、朧気(おぼろげ)な未来を目指す私の原動力になっていった。

　初めて二人で部屋を見た時、まだ空っぽのクローゼットの空間を指差しながら、こっちが私、ここからがあなたと、彼女は空中に線を引いてみせて、真剣な顔で私を見つめてその空想に合意を求めてきた。このクローゼットが物で一杯になり、私と彼女が領土を争う未来が彼女には既に見えているみたいだった。結局訪れなかったそういう未来のことを、彼女の描いてみせてくれた私には見えなかった想像図のことを、彼女の抉れた部屋の中で私は考え続けていた。

　遠い未来を目指す道のりの中で彼女じゃなくてもと考えることもあった。無理をして他人に関わる中出会った大勢のうちの一人と一時付き合うことがあって、彼女じゃなくても自分が誰かと一緒に生きていけるのだと知った。その男性とはすぐ別れてしまったけれど、別れた後でそのことを彼女に打ち明けた時、彼女は意外そうな顔をしてあなたは私以外好きにならないと思っていたと口にした。その言葉が私には嬉しく、前より自分が見せられるものになれた気がして、私の変化に彼女が驚いてくれたこと、彼女のイメージの外まで自分を動かせたことを得意に感じられた。次の相手と付き合い始めた時は彼女に話す話題が出来たことが嬉しかった。相手との間にあったことを早く彼女に報告したかったし、気持ちが嚙み合わなくなる度にこのことを彼女に相談しようと思った。

　私の人生の彼女に面していない側は穴だらけで、でたらめなままで人の体裁を取っていなかった。私の人格は多分平面の看板みたいなものだったけれど、彼女から見て人間に見えるのであればそれ以上は望むべくもなかった。卑小な範囲で自分と周囲とが上手く循環していた時期においてさえ私に価値はなかったのだから、そういうものを大事にしても仕様がなかった。私には多分問題があったし、能力と理想の不均衡は私の周囲に問題を生み続けていた。その問題を付き合う人と乗り越えて行けたらとも思ったが、相手はそういう風には思わないみたいだった。私に問題があることに気付くと恋人は距離を置き、いつも関係は解消に向かっていった。誰も私を改造しに来ないなとその頃私はよく考えていた。私のことばかり考えてしまったり、私との未来を想像したり誰もしないみたいだった。私と一緒にいる二十年後のことを誰も思い描かないし、その為に何かを乗り越えたいとは思わないみたいだった。

　そのうち私は一人になった。誰かと一緒にいられるような時期はほんの一瞬だった。一人になるといつでも少し心地がよかった。穴の開くような空しさはあったけれど、彼女のように一人泣いたりすることもなかった。誰かと付き合っている間も樅ノ木雨子のことが私は好きだったので、誰にも負い目がなくなったことに内心ほっとしていた。彼女に話したり打ち明けたい出来事がいっぱいあった。早く彼女に会いたいと思った。

　離れている分不便なので物理的距離を詰めようと思い彼女の住む町へ引っ越すことにし、もしかしたらまた一緒に暮らすことになるかも知れなかったので広くて綺麗な部屋を少しだけ無理して借りることにした。十年前は上手に見えなかった共に生きる二十年後や三十年後の自分達、私が彼女とどこに行きたいのか、現実的な話をこの十年間考え続けてきたし、彼女に話せる自信も用意もあった。彼女と行きたい未来を描いて実際にそれを歩んで行く自信が出来た今、ようやく彼女を愛せるような気がした。

一年ぶりに連絡を取って同じ町に越してきたことを告げると樅ノ木雨子は喜んでくれた。久し振りに話す彼女は以前より穏やかで、読点が多く、言葉から刺が減っていて、当たりの柔らかさが普通の人間みたいだった。どこかで会わないかと私がいうと、いっておきたいことがあると彼女がいい、もうすぐ籍を入れる予定があるということを私に向けて教えてくれた。相手は私の知らない人みたいだった。とても驚いたけれど私は彼女におめでとうといった。「おめでとう」

「ありがとう」いえてよかったと彼女は口にし、本当は誰にもいう気はなかったけれどあなたにだけはいっておきたかったのだと口にした。「連絡くれてありがとう」

「でもショックだな。あなたのことまだ好きだから」

「振り切ったと思ってた」

「ショックだけど教えてくれてありがとう。幸せになってね」

「頑張るつもり」

通話が終わると私はぼうっとし、なるべく何も考えないようにし、呼吸だけして時間を使い、大丈夫そうだったのでゆっくり顔を上げて部屋を見回してみた。綺麗な広い部屋に段ボールが沢山、ごみ袋と脱いだ服が床に散らばっていた。新しく注文した未開封の家具を見ているうちに、今日からはもう未来のことを考えなくていいのか、行けもしない場所へ辿り着くために、出来もしないことを取り繕わなくてもいいのかと思った。

　その後も私自身は変わらず、引っ越した部屋で生活を続け、前より少しだけ早起きをし、少しだけ遠くなった職場へ向かう生活を続けた。頭痛と睡眠の合間に時々洗濯とごみ出しをして、波も風もない時間の中に沈まないよう昨日を維持していた。鏡に映る自分は理想への漸進を止め、少しずつ少しずつ遠ざかっているような気がした。そのこと自体は楽しくも苦しくもなかった。波も風も距離も私を苦しめないようになった。

　彼女が結婚した後でも私の生活に変わりはなかった。毎日何か食べたし、時々出掛けて服や靴も買った。今度の相手とも彼女は駄目になってしまうかもしれなかったし、統計通り数年後には彼女も離婚してしまうのかも知れなかった。その時に私が彼女の隣に居られればよかったし、それが五年でも十年でも私は別に構わなかった。私に残ったのは二十年先を考える習慣だけだったので、その時自分が彼女といる準備を一人で続けていた。靴と一緒に包丁を買い、普段着ないような服を着て知らない街を歩く練習も始めた。彼女と連絡を取って今の住まいも知ったし、結婚相手の顔と名前も覚えた。生まれてくる子供の名前も教えてもらった。ロープを買って固く結ぶ練習もした。サイズの違う靴を買って詰め物をして歩く練習もした。

　人生は何歳から取り返しが付かないのだろう。彼女は綺麗だから幾つになっても次の人が来るという気がした。七十まで待とうと私は思った。七十になったら彼女の夫を殺すのは今より難しくなさそうだったし、長い時間は準備を必要としている私に味方してくれるはずだった。

準備期間で彼女の子供を静かに殺すための計画を作り、孫が居るようならその子も殺し、辿り着いた先で私しか残らないようにすれば、彼女も私に縋（すが）らざるを得ないのではなかろうかと思った。可能性があるならその為に準備しなければならなかった。体力を維持出来るよう道場にも再び通い始めた。

　今日も私は会社に行って、人間のふりをできることをアピールし、四十年先の未来のために動き、一日の終わりには暮らす部屋まで押し戻された。彼女の来ない部屋は少しずつ散らかっていったけれどいつまで経っても私を困らせることがなかった。どれだけ服を買ってもクローゼットは一杯にならず、埋まらない空間は私に空いた穴の一つになった。

　理性の部分で死ぬことを検討しクローゼットにロープを掛けてみたこともあったけれど、首を通す前に身が竦んでしまい、その先までは行動に移せなかった。暗いクローゼットの内側で固まっていると六歳のクリスマスの夜にあったことが思い起こされて、どこへも泳ぎ切れないままにあの日の用具室まで自分が押し戻されてしまったのだなということを思った。しゃがむと力が抜けてその場から動けなくなり、もう一度と思い手を伸ばしたけれど頭上に浮かぶ輪にどうしても手が届かなかった。ここからどこかへ行くことも、これ以上自力で何か出来る気もしなかったけれど、あの頃のように手を引いてどこかへ助け出してくれる人も、一人では振り払えないものを代わりに叩き落としてくれるような相手も、私にはもう一人もいなくなってしまった。

引退した舞台俳優に話を聞いたことがある。その人は私より五十近く歳上で、私が彼女を知った時には既に一線を退いた後だった。当時の思い出を聞くと彼女は華やかな舞台のことではなくそこに立つ前あった団員同士での苛烈な競争についてむしろ話したがり、その非情さや愚かしさ、界隈に蔓延した血腥さを懐かしんでみせ、所属していた劇団にいたおかしなあだ名で呼び合う仲間達の逸話を幾つも語り聞かせてくれた。「私達は全員で一本の樹だったの。沢山顔が生えた劇団という樹木」レジーナ・マーシュウォーターはそのように劇団と自分達について語り、長い役者人生よりその時代への郷愁と愛慕を私に向け何度も口にしてみせた。当時の機関誌やファンジンにあたり、リアルタイムで一座や演者に向けられていた風評、現在からするとどこか無邪気で露悪的なその言論に私は目を通し、今はもう知る者のいない花形役者達のこと、ギミックと呼ばれる飛び道具のこと、斜陽の劇団をデビューしたての彼女が立て直したとされていること、育成機関において彼女がリジンというあだ名で呼ばれていたことなどを知った。ある日のインタビューでその名を私が口にするとレジーナは飛び上がり、懐かしむような笑顔を見せてくれた。

美談や失敗談、流行していた幽霊話など、様々な団員の逸話を彼女は私に聞かせてくれたが、彼女の一期上に当たる一人の演者についてのみその口は重くなり、質問を向けても多くを語ろうとしなかった。かろうじてサシというその人のあだ名だけ教えてもらえたが、その人の栄光と失速、リジンから見てサシがどういう演者だったか、彼女がサシの付き人をしていたという短くない期間の思い出や、その人がいつから壇上で他の科白を口にすることをやめ、ただただ繰り返し「悪魔め」とだけ叫び続けるようになったのか、その理由や真意などについても、彼女の口から語られることはなかった。

エンタ

「助けて！　助けて！」泣き喚きながら脚のないトリィが担架に乗り運ばれてくる。腓骨が飛び出し脂肪が覗き花のような破断面からレガシーが溢れ出してい
る。付き添うメシーが声を掛けつつビニル袋越しにトリィの血管を握り潰す。走り去る担架の後をトリィの脚を抱えたマーヤがふらふらと追いかけていく。
　狭い通路で出番を待つ演者が絶叫を聞きつけ慌てて道を空ける。担架をやり過ごし続いてくるマーヤと脚を躱し、足音が遠ざかると血が付いていないか衣装をお互いに確認し合う。
「今のトリィ？」「他にないでしょ」「脚一本でよく叫べるなあ」「エレベータはいつ頃直るのかしら」手で登れるほど狭い通路の明かりと明かりの間のくびれ、闇の中で衣装を纏った数人が自分の出番を待ち続けている。実のない話に花を咲かせて拍手や悲鳴が上がると時折顔を上げ、ストレッチや声出しをしつつ舞台の掃除が終わるのを待ち続けている。

「本当ですか先生」声を上げてトレーナーが丸椅子から立ち上がる。隣の椅子の上で練習着のマスコッツが唇を結んでいる。「何かの間違いじゃ」

「折れてますね」診察医が頷く。「行軍骨折です。痛みはありませんでしたか？」

「ありませんでした」マスコッツが答える。「張ってる感じもここ数日です」

「努力の賜でしょう。日頃の意識とメンテナンスが丈夫な体を作り、頑丈さに支えられたオーバーワークと過密スケジュールが疲労した部位の回復を妨げたのです」

「そんな」「ギミックの補助で歩行が可能だったことも発見を妨げたのでしょう。放置された偽関節による可動域の制限を脚全体で庇った結果が今回の臀部痛の症状だと思われます」「治療法は？」

「保存療法が一つ。絶対安静にしてギプスを」「それは駄目！」「早期復帰を目指すなら手術が一番でしょう。数ヶ月あれば舞台に立てます」

「この子は来週オーディションです」顔を撫でつつトレーナーが椅子に座る。[*1]「グランメニューのオーディションがこの子のような演者にとってどんなものか先生もご存知でしょう？」

「本選最終日まで含めると選考会は長期にわたりますね。その期間中一部の治療を含むギミック移植と肉体改造手技はレギュレーションで禁止されています。推薦枠の倍率の高さは私も判っていますが、現在ある症状が選考期間中に悪化することは確実ですし、骨折を押して選考会に出たとして十分なパフォーマンスを発揮できるとは」

「ここで死んで構わないです」マスコッツの声が上擦る。「何か方法はありませんか？」

「次のチャンスを目指しましょう」「この子はうちのエースです。だがこんなチャンスは二度と」「この日のために彼女がやって来たこと、劇団に関わる全員が知っています」

　マスコッツが俯き左手で口元を覆う。掌に吐き出された唾（つば）と血と奥歯の欠片

＊1　グランメニュー……「国際芸術文化振興大祭・音楽体験実践発表会」の俗称。音楽と名指しているが広義の舞台芸術を対象とし、サーカス団や弁論士が招聘された例もある。全国的・国際的活躍の場を持たない個人活動者や劇団専属俳優の活動を広く後援・奨励することを目的とする国際的選考会であり、実力がありつつ日の目を見ない演者をスターダムに上げる登竜門として機能すると共に、傾向と対策の確立、スポンサーシップの常態化など、後期はその存在意義を疑問視する声も多くあった。

を見て医師とトレーナーが言葉をなくす。悄然としたマスコッツがゆっくり顔を上げる。「何のために私は……」

トイレの個室でソースが俯く。便座に腰掛け頭を落とし、がりがりの肘が食い込み太腿が赤くなっている。遠く歓声が上がる度溜息を吐いて滲む涙を拭い、壁の模様を見つめ続けている。

「お願いします！」自由扉が開けられ担架と数人が手術室に飛び込む。[*2]気絶したトリィの代わりにメシーが声を上げる。「御免下さい！」

「聞こえてるよ」仮眠室から執刀医が現れ、椅子に掛ける助手達が雑誌から顔を上げる。医師の合図でトリィが担架から術台に移される。「どこ？」

「頭部裂傷顔面骨折、腹部裂傷右大腿部切断」「駄目かなあこれは換えてしまおう。いいよね？」受け取った脚を台に寝かせて医師がトリィに話しかける。「君聞こえてる？」

＊2　稽古場や門口などをまたぐ際の挨拶を義務とする劇団は多く一座でも全員の発声挨拶が推奨されていたが、感染対策として手術室での挨拶は患者本人のみ、負傷や失神で礼を尽くせない場合は介添人が行い他は黙礼とするルールが存在した。

「気絶してます。バイタル正常」「介添人はあなた？」「私です。同意承諾、アサインはなし、足は希望で目は委任Bです」「血統」「注目型です」「はい確かに。確認しました」口答確認と資料を照合し執刀医が手技に取りかかる。麻酔した後骨を削られ覚醒したトリィが泣き叫ぶ。「痛い！」[*3]「いやいや」

「ソース！　ソース！」怒声と共にトイレの戸が勢いよく叩かれる。呼びかけに応えずソースは俯いている。ドアの外からゴーハの怒鳴り声が聞こえる。「早く出ろ！　いい加減にしろよ！」

「またソース？」苦笑する声が聞こえる。「諦めなゴーハ。出てきやしないよ」

「糞！」ドアを蹴ったゴーハが立ち去る足音が聞こえる。通路で数人が苦笑する声が聞こえる。「懲りないねあの人も」「トイレ混んでるよソース。籠もるならせめて二階行ったら」「ソース聞こえる？　集中してる？　一人になりたいのはいいけれど、迷惑掛けるのはもうちょっと勝ってからにしたら。マスコッツとかビロならともかくあなたの成績で傍若無人はきついよ」「やめなって」「はは」誰かがト

＊3　過去の手術がフラッシュバックし術中覚醒を繰り返す演者は多く、レガシーによる免疫系形成の弊害とする声もある。

イレの照明を消し、暗くなった化粧室から足音が遠ざかっていく。
「ソースはまだトイレ?」楽屋に戻ったビロが髪を上げたまま返り血を拭ってい
る。「相変わらず大物だね」
「そんな風にいわないで」進行役が顔を顰める。「本当に困ってるんだから」
「そろそろ出てくる頃でしょう。まだ外も明るい。この後上げればいいじゃない」
「あなたトリでしょ。客なんてもう残っちゃいないよ」
「残念」革椅子に腰掛けてスペクトをビロが拭う。着替え終えた頃楽屋にマーヤが
現れたので、ビロは持っていたマーヤの右腕を差し出す。「お疲れ様」
「くっつくかな」両腕のないマーヤが差し出された右腕を脇の下に挟む。左右の脇
に腕を一本ずつ抱え、狭い通路をとぼとぼ歩いて行く。
「理解出来たか? 話はこれからだぞ!」コーチが吼え団員達が返事を返す。ミ
ーティング室に鮨詰めにされた団員達が降りかかる説教を内面化していく。「勝
った負けたを決めるだけならじゃんけんでいいしくじ引きでいい! 全力出し
てぶつかるだけで面白がれるほどお前らに価値なんかねえぞ! お客は何を見

に来てるんだ？　お前らが負けるところじゃねえぞ！　強い相手にお前達が勝つところだ！　強いエースに何度負けてもこなくそと食らいついて勝つとこを見に来てんだよ！　判ったか！」「はい！」「はい！」

「エースは人気がある！　マスコッツ[*4]やビロ[*5]がそうだ！　あいつらは強い！　だが強いから人気なんじゃない！　あいつらがお前らを倒しても価値なんか生まれない！　エースは強くなきゃ駄目だが何のためそうなのか！　下から来るやつにいつか負けるためだ！　強いやつは負けることに価値がある！　弱いやつは勝つことに意味がある！　強いやつが勝っても弱いお前らが舞台に出てぼけっと負けても意味なんかねえんだぞ！　そのことをちゃんと体に叩き込んでおけ」

---

*4　マスコッツ……マスコッツ・ラトーシャア。二十二期。虎組。劇的な出自と他を寄せ付けない圧倒的なパフォーマンス、勇猛とも称される派手な芝居と舞台外で見せる実直さ不器用さとの温度差で広く愛され、歴代最優の演者と評する声も多い。飾り名の他にあだ名を持たず本名で活動していたことも固有の特徴であり、性格も合わせ裏表のなさの表れとして語られている。

*5　ビロ……十九期。鐘流。遅咲きとされることも多いが初ステージは早く、脚光を浴びる前も視野の広さや目配りの正確さで一定の評価を得ていた。芸は一流、コメントは凡、親しみやすく華がないといういじり方がファンの間で定着していたが、四年目でセンターを掴むと目の覚めるパフォーマンスを見せ、マスコッツと共に二本柱として劇団を牽引していくようになる。

「はい！」「今日黒字だとか赤字だとかそんなことまるで大事じゃねえぞ。プログラムを守って出番をこなすことがお前らの仕事じゃない。昨日と今日が別のものだと嘘を吐くことがお前らの仕事だ！　ないものをあると思わせるために！　何かあるのだと信じさせるために！　明日もし違うことが起こるならそれはここなんだと騙してみせるためにお前らは居るんだよ！　判ったか！」「はい！」

ミーティング後コーチに名指しで呼ばれコージーが茫然とその場に留まる。固まるコージーに声を掛けかね団員達が足早に退室する。二人だけになってようやく動き出しコージーはコーチの下へ行く。「どうしてですか？」

「コージー。これは提案だよ」「ペーハ先生。どうして私なんですか？」顔を押さえてコージーが涙を流す。「ここに居たい。私この劇団が好きです」

「恨んでくれて構わない。それでいいから受け入れるんだ。お前がどれだけここを好きかも後輩のことをどれだけ考えてくれてたかも判ってる」コーチがコージーの肩を摑む。「だからこれは提案なんだ。お前講師や運営に興味はないか？　スクールの先生になる気はないか？　これからはスタッフとして小屋や後輩を支えて欲しいんだ」

「私の人気がないからですか？」首を振りながらコージーが両手で顔を隠す。「チケットが売れないから？　固定客がいないから？」

「そうだよコージー。嘘は吐かない。お前の献身はお前を助けなかった。お前には出来ないことがあり、お前は機運に巡り会わなかった。本当のことは誰にも判らないまま、お前はおれ達に結論付けられようとしているんだ。おれ達の結論はお前を好きだってことだ。売れなくてもお前に側にいて欲しい。うちにお前が居てくれていることが、どれだけ皆を助けているか」

「先生」止まらぬ涙を手で拭いながら一歩下がってコージーが洟を啜る。乱れた髪を振り払い深呼吸して唇を結ぶ。「ベルトベルスタは舞台で死にました。私の憧れは彼女です」「判るよコージー。判るよ」「不義理を許してください。自分が死に場所も選べないことは判りました。それでも私は演者でいます。自分で立てない舞台のためには生きられない」「残念だよコージー」「お世話になりました」「幸せを祈ってるよ」「祈るって何？」

「痛い痛い！」病室でトリィが叫ぶ。固定された足以外の全身を使い苦痛を訴える。「もう嫌だ。死にたい。消えたい！」

「そんなこといわないで」メシーが義務でトリィの右頬を撫でる。「皆あなたが必要よ。そうでしょレプリカ」

「うん」この子がいなくなればどの部位を自分は貰えるだろうとレプリカはつい考える。考えた自分を内心で嫌悪しつつベッド脇からトリィの手を取り、泣き叫ぶ同僚の愁訴を慰める。

　便器に向き合いソースが嘔吐く。遠くで掛かっている舞台の音、豪雨のような拍手が廊下から伝わってくる。万雷の拍手の中ソースは嘔吐に成功する。便座に凭(もた)れながら水に浮く食べ物を見ている。

「本番が来るとソースは籠もるの。トイレがあの子の第二のホームね。寮は二人部屋だし一人になれるのがトイレしかないのかも。ふりじゃなくて本当にお腹(なか)壊してるみたいだけど」舞台へ続く暗い階段に腰掛けながら私はぼやく。「上からも下からもだよ。見たわけじゃないけど。お腹弱いんじゃない？　はらわたくらい取り替えてるはずだけど治らないってことは心の問題なのかな？」手に持つあなたを私は撫でる。「どうしてソースを馘首（くび）にしないか？　あれはあれで人気があるのよ。舞台に出ないから人気みたい。意味が判らないけれど……。どんだけ上手く演（や）れたってチケットが売れなきゃそれまでなんだし、出る度負けたって舞台とばしたってそれで受けてればこの箱では続けられるんだよ。

　不具合なんて全員が抱えてるよ。いかれた変な子ばっかりだもの。ショウに出る子は皆どっかおかしくなっちゃってるよ。まともなのなんて私くらいだよ」

「母さんどこ行くの」荷造りするコージーにミルクカップが寄り添う。コージーは振り返りミルクカップの膝を畳み、抱き寄せてぼさぼさの白髪を撫でる。

「私出て行くの」「いつ帰ってくる？」「もう戻らないよ。来週にはここに居ないの」「また入院？」「そうじゃないよ。ここを辞めるの。次の仕事は決めてないけど、多分もうこの街には戻らない」「夜だけ寝に来てくれるの？」「無理だよミルク。来週からあなた一人で寝るのよ」「いやだ！」ミルクカップが駄々を捏（こ）ねて泣き出し、コージーもそれで貰い泣きする。「ごめんねミルク。これから一人で寝て一人で起きるのよ。皆優しいけどあなたのために戦いはしない。これからはあなた一人で判断して、自分一人で戦ってくの」

「嫌だ行かないで。お母さん！　いじめないで！」

「もうあなたのお母さんでいれない」ミルクカップを抱きしめコージーは涙を流す。きつく抱き寄せ同期の白髪を撫でる。「思い出してミルク。あなたの芸名はライラックフォビア。[*6]あなたと私はただの同期。困った時はメシーを頼って」

年内には辞められる筈だと机に向かいメシー[*7]は計算する。今年の成績なら年末には蓄え（たくわ）が目標額に乗るはずだった。探していた空き店舗も望外の物件を駅前に見つけていた。年内にはここを去り新しい仕事を始められるはずだった。漠然と憧れていたカレー屋を本当にやるかどうかはともかくどこかに部屋を借りて態勢を整えゆっくり仕事を探す時間さえあった。負債を返し十分な貯金を作り劇団を辞める算段がとうとう付いてしまいつつあった。同期は皆辞めるかいた。

＊6　ライラックフォビア……二十一期。指流。あだ名をミルクカップ、飾り名をライラックフォビアと名乗り、飾り名と異なり花束全般を苦手として

壊れてしまい最後の一人であるコージーも先月劇団を去ってしまった。メシー自身新しい何かに飛び込むのが難しい年齢に差し掛かりつつあり、後輩に抜かれていくのも暢気(のんき)に待てるほど遠い未来のこととは思えなかった。決断するなら今しかないと思う。これ以上状況に取り込まれる前に劇団を辞めるしかないとメシーは考えている。

稽古場の隅でマーヤ[*8]は呆(ほう)ける。一時間前食事をしたのに腹が何度も鳴ってどうして自分はこうなのだろうとみじめな気分に包まれている。休みの日に食べ過ぎてしまい後悔で昨日は食事を抜いて、その反動で今日空腹で稽古にも打ち合わせにも集中出来ないでいる。今月は食費を抑える必要があった。査定と更新の結果乏(とぼ)しい給料がまた一ランク下がることになり、削れるものが他に思いつかず生活費から食費を二割ほど削ることにしたのだった。

＊7　メシー……二十一期。鐘流。あだ名をメシー、飾り名をヒューマンネイチャと名乗り、その他多くファン発信の愛称を持つ。途切れぬ歌唱と圧倒的な運動量でステージにおいて常に最前線で観客を魅了する。ミルクカップやコージーと同期だが一期下であるマスコッツとの親しさがむしろ知られ、一方でマスコッツやビロに挑みかかる姿勢を崩さず、敗北に苦しむ様、挑戦を前に震える手足を隠さない振る舞いをして「人間の本性」と称されるようになる。

本所属に上がったことは失敗でしかなかった。チケットを売って生活をする演者としてのサイクルが全く機能していなかった。スクールや預かりだった頃はこんなことで悩まないでいられたのにと後悔したが、今更どうにかなることではなかった。劇団との契約は罰としか思えなかった。チケットの上がりの九割を持って行かれ、残った一割から医療費やメンテ費、ギミックのリース料、よく判らない二種類の積立金、寮の維持費や各種税金を毎月払い続けることになり、どうやって皆が生計を立てているかも不思議だったがマーヤの稼ぎでは現状全く生計が間に合っていなかった。デビュー直後に作った貯金を切り崩すことで日々の暮らしを賄っており、臨時の支出や立て替えがある度脆弱な予算を何度も崩してしまっていた。あと何年持つだろうと指折り数え始め不眠症になったところで今回の契約更改があり、ごみのような固定給を更に削られマーヤが感じたことは本当はこんなはずではなかったということだった。状況を変えるためにはショ

＊8 マーヤ……二十四期。指流。あだ名をマーヤ、飾り名をシンギンカグマイヤ、「歌う沼」という二つ名の通り歌唱力と笑顔でキャリア初期より濃く固いファンを得て、その後は天性の愛嬌で一般層にも愛される。

ウで成績を残すしかなく、その為には稽古に身を入れ己の何かを少しずつでも改善していかねばならなかったが、その具体的な方法が判らなくて、今日も稽古場でマーヤはぼうっとしている。現実のことを一旦忘れたいと思う。楽しかった頃にもう一度戻りたいと思う。空腹とか疲労に囚われずもっと大切なことについてちゃんと考えたいと思うが、それが一体どういうものだったかマーヤは上手く思い出せないでいる。

自分の維持費が上がってきたと鏡を見ながらゴーハは思う。メンテナンスに使う額が日毎月毎増え続けている。がたが来ているということだ、もう若くないのだと自分で自分に思う。お金を掛けずに出来ていたこと、投資せずにこなせていたことの一つ一つに手入れが要るようになってしまっていた。今まで見てきた先達のように自分も衰えて場所を明け渡していくのだと思う。

問題はゴーハのランクだった。今よりランクを落とせば収入も落ちメンテナンスも出来ず実力を維持することも難しくなり全てが地滑りのようにどこまでもずるずる転げ落ちてしまうと思われた。もっと必死に這い上がればよかったと今更のようにゴーハは思う。入団テストに受かった後の捲土重来の日々、神様に与えられたような薔薇色の時間はとうにゴーハを通り過ぎてしまった。上がらぬ己のランクに合わせて若者の顔を続けるうちに成熟することを忘れ、充実期の貴重なリソースを新人のステージから抜け出せぬままに使い切ってしまった。衰えに合わせて後退する余地を作り出せなかった自分にこの後どのような地獄が待っているのか、セーフティネットのない無限の可能性が今ゴーハの足下に広がっていた。落ちたくないとゴーハは思う。落ちた先の暗闇が恐ろしくてならなかった。暗い鏡を覗きながらしがみついてやると自分の顔にゴーハは今更いい聞かせている。

時間がないとビロは思う。先月出せた声が出せなくなっている。自分が最高点に到達できなくなったことが判る。去年の不調が今年の平均値になってしまっている。あらゆる魔法が効かなくなって現実の不調が体にこびり付いて、詰まってしまったパイプのように少しずつ己の存在意義が失われていくのが判る。朝起きる度に勝てるか考え舞台を降りる度にもう来れないかも知れないということを思い、上ったステージをもうすぐ降りなければならないという予測に毎晩一人で怯(おび)え続けている。

「初めましてサシ！　私はメシー」縮こまる新人にメシーは笑いかける。「ここのこととか劇団のことを色々説明させてもらうね」

「よろしくお願いします」頭を下げる新人を見つつ新しい子に作法を教えるのもこれが最後だろうということをメシーは考える。離れを案内し本館を案内し共用部のルールを伝えて内履き[*9]とコップに名前を書かせる。「スクールでも本館は使ってたでしょ。これからは二十四時間いつでも中に入っていいから。整理と掃除は自分ですること。ここはあなたの家なのだから」「判りました」「練習生[*10]を見たら堂々としてあげてね。威張ったりまではしなくていいけど」

「判りましたメシー」律儀に答えるサシを見ながら悪い子ではないが成功するタ

＊9　寮のある離れと廊下、食堂のある本館の一部は土禁のため履き物を使い分ける。エースの靴に糞便の塗られたガラスが入れられた事件から生活空間での履き物は前開きタイプのサンダルやスリッパ、それに準ずる物のみと限定されている。

＊10　スクール所属の練習生は挨拶と救急災害対応を除く劇団員とのコミュニケーションが禁じられている。

イプではないかも知れないとメシーは考える。今期唯一の優等生がこの子だという情報、スクールから来る子が年々小粒になっている傾向のことを思う。「大舞台には何回か行った？」

「卒業公演で行きました」

「団員になると大舞台は滅多(めった)に行かない。私達の仕事場はもっぱら二舞台」縦列になって角を曲がると小道具を運ぶレプリカ[*11]に会う。彼女の用事を手伝いながら狭い通路を三人で進む。「この先が二舞台。パドックと皆が呼ぶ方」

暗い[*12]通路に犇(ひし)めくスタッフ、バケツとモップを抱えた職人、楽屋に花を届ける非番や衣装を纏った出番待ちの演者らの間をすり抜けてメシーは歩く。メシーや

＊11　レプリカ……二十四期。本派。あだ名をレプリカ、飾り名をマスクドドール。「埋葬待ち」「動く銅像の怪談」「寝起き」「案山子」「世界一魅力的な無愛想」「死んだことにまだ気付いていない人」「北風」「雪達磨」「勝負強き凍死」「まばたきしない人」「まぶたに絵を描いている人」「口がない」「黙秘権」「あれ」「木の上」「大罪」「誰とはいわないけれど」など各方面から多彩な二つ名で呼ばれる。

＊12　舞台裏の通路は一説にベルトベルスタ設計とされる。拡大期の一座がホームたる劇場を新設するにあたり劇団初期の活動拠点であったニュープール事務所の廊下の天井高や幅が正確に再現された。日頃事務所の廊下で柔軟や体捌きの確認をしていたベルトベルスタたっての要望によるもので、彼女の引退後もその「いい狭さ」は多くの団員に愛され、天井にある「ベルトベルスタの足跡」に己の靴を重ねる演者は多かったという。

レプリカに気付いた団員達が声を掛けてくる。舞台の方から悲鳴が上がると追随するサシの歩調が鈍り、緊張させぬようメシーは振り向き話しかける。「勝負のルールは？」

「スペクトを切られたら負けです」「スペクトとは？」「傷化粧です。最低で全長五寸、幅一寸、指定の塗料を肌や服に塗ります。塗布できるのは服と肌の内ライトが当たる場所、観客から見える場所に自分で拵えたスペクトを切開、穿通、破壊されると敗北となります」「スペクトの毀損に使っていい物は？」「三十の小道具と十五の大道具、および身体と劇場設備」「平たくいうと？」「舞台にある物です」

「客席も」無表情のままレプリカが補足する。「客席[13]にある物と、お客さんの持ち物も」

＊13　剣を失い追い詰められた演者が観客の投げ寄越したステッキで戦い続けた一幕が端緒とされる。一部の客の抗議が議論を呼び最終的には舞台規則に組み込まれた。演者から積極的に力添えを求める参加型のパフォーマンスとして「お捻り」は一時熱狂を見せたが、贔屓を勝たせるべく武器屋と化したファンや対戦相手に直接刃物を投擲する観客が現れた結果、客席入場前の持ち物検査が行われることとなる。

「そうでした」素直にサシが礼をいう。顔を上げて少しだけ不安そうにする。「訊いてもいいですか？　スクールでは演技と歌、踊りの練習しかしませんでした。ショウのルールは座学で教わりましたが実技の演習がスクールではありませんでした。私達壇上で切り合うんですよね？　スクールでどうしてその練習をしなかったんでしょう。ショウで勝たないとその先のステージに出れないのに、どうして勝った後のステージの練習だけをするんでしょう。私達は武道や格闘の選手ではありません。どうして私達は剣で戦うんでしょうか」

「道具は剣とは限らないけど」メシーは笑う。「あなたはどうしてうちに入ろうと？」

「小さい頃見たミックスリスト[*14]が、母が世代でベルトベルスタ[*15]を、」定番所の十二期や一期、花形の名を挙げるサシを見、こういう子をいまだに地獄に引き込んでみせるまさにこの呪(のろ)いで劇団は回っているのだなと思う。「ステージで見た彼女達に今でも私憧れてます。彼女らの血統に加われることを光栄に思います」「注目型？」「注目型です」

「パドックで勝てば大舞台(ステージ)に立てる。一番評価が付けばセンターに立てる」「何故そんな馬鹿なことを」「理由は私にも判らないけれど。ショウは嫌い？」「ステージはよく見てましたが」「好きな演者とかはいる？」「ブラウンブック[16]とリムレスフラワー[17]、あとはやっぱり虹を待つ雨とか」「面食いだねえ」

「ベルトベルスタも剣の練習はしなかったって」前方から来るストレッチャーにレプ

＊14　ミックスリスト……十二期。所属なし。荒事を売り物とし男性客・年輩客に客層が特化しつつあった時代において女性客・幼年層を引きつけ、一座の幅を大きく広げたとされる。

＊15　ベルトベルスタ……一期。鐘流祖。「真鍮の声帯」を意図する飾り名からその歌声の魔力が常に語られるが、演技や舞踏など他の能力でも並ぶ者は国内になかったと当時のファンは口々に語っている。

ベルトベルスタの存在がショウ文化の方向を定めたとする言説は多い。期間限定の経理を募集した面接に現れた一人の学生が曲折の果てに税理事務所を劇団へ生まれ変わらせたというその逸話、誰に求められることなく選ばせに現れたとしかいえない彼女のパフォーマンスと錬磨、ギミック適合やある種の被虐趣味がその後の劇団を規定し、その成長の方向をも定めてしまった、一人の人間がショウ文化そのものを、少なくともその一大流派を作り上げたのだと当時の経済誌は一様に語っている。

＊16　ブラウンブック……五期。本派祖。ファンサービスを身上とした結果の三夜にわたる引退公演で語り草になる。筋書きのないドラマを謳うショウ界隈にあって段取りの重要性を説き、引退後は舞台照明の会社を設立。

＊17　リムレスフラワー……十期。虎組。引退公演でセンターに立つ彼女が一面に載った新聞は「一番売れた写真」と俗に呼ばれていた。ミックスリストの相方として有名だが人嫌いでも知られ、舞台外での応対の悪さに惚れ込んだ客も多い。引退の翌年に薬物中毒死。

リカが気付いて壁に寄る。膾に切られた血まみれのミルクカップが挿管されつつ運ばれていく。「スクールでやるのも限界があると思う。汗血を入れない内は怪我したら大事だし」

「先輩達も手足をなくしてるんですよね」

「大丈夫」メシーは笑う。「ギミックがないうちは下位としか当たらないし、あなたもレガシーは入れ始めてるんでしょう?」

レプリカの両脚がベルトベルスタ直系であることを教えるとサシの表情が驚くほど変わる。私が死んだらあなたにあげると、レプリカが無表情で冗談を口にする。

「マスコッツ。何読んでるの」ルームメイトのカザリが話しかける。「それ手紙?」

「うん」寝ているカザリにマスコッツが便箋を差し出す。「ガラスケース[18]から」

「有名人だ。文通してるの?」「古風でいいでしょ。事務所宛に送ったら本人から返

＊18 ガラスケース……ツインバインズ歌劇舎所属。練習の鬼で知られるツインバインズにおいて誰より長く稽古場にいるとされ、デビュー後の連続出演記録と故障の少なさから「宝石の入れ物」と称される。残した記録には今なお破られていないものが多い。

事が来てさ。どうでもいいような話ばっかりしてるけど。好きな俳優とかどんな映画がよかったとか」「あなた達そんな仲良しだったの」「話した回数は少ないけどお互い意識はしていたからね。箱が違うと競争する機会もないからグランメニューで勝負する約束してたんだ。怪我で約束破っちゃったからお詫びの手紙書いたんだけど、返事が来たのは吃驚したな」デスクライトのシェードの錆に爪を立てながらマスコッツがいう。「グランメニューは彼女が獲るらしい。私との勝負は次回に預けるってさ」

「あのガラスケースがそこまでいうなんて」カザリが布団を顔まで上げる。「二人の勝負は大舞台になるね。エース対決はどっちが勝つかな」

「負けないよ私」削ぎ落ちた錆がティッシュの上に積もっていく。「グランメニューは駄目だったけれど、私はここのエースなんだから」

「マスコッツは順調？」

「手術終わって調整進んでるみたい」「稽古場に昨日来てたって。モチベーションも戻ってるって」

「よかった。あの子の名前がないとプログラムに華がないしね」「そんなだから負けんじゃない？」「いわなきゃ皆勝つの？」暗闇の中に笑い声が重なる。

「じき復帰戦のはず。相手は誰かしら」

「自分じゃなきゃいいと思ってる？」「そりゃね」「箔と思って手え挙げる？チケット売れるよ」「いうほど評価付くか？」「負けなしマスコッツが調整入れるのなんて何年ぶりでしょ。まぐれ狙うならこういう日じゃない」「調整明けのあの子の馴致指数見たことないの？」「こういう日落とさないから無敗のエースな訳でさ」

主宰が事務所で机に向かう。口髭をいじりながらマスコッツの復帰戦をどのように組むか考えている。調整自体は順調だったが万が一にも彼女を負けさせられなかった。グランメニューを飛ばした以上無敗のまま冬のコンテストに臨んで貰う必要があったが復帰戦の注目度は高く上位と組んで数字を伸ばさない選択肢もなかった。マスコッツが勝つことはショウとして既に予定調和でしかなく、かといってそれを覆せない以上違う角度からチケットを売る必要があった。

悩みの種はマスコッツだけではなかった。負け癖の者、早投げの者、パターン以外で勝つ気のない者、相手を立てずに大差で摺り潰す者、ギミックなしで勝つ新人が居ればギミックも出さず平気で新人に負けてくる者も居り、ショウはどこまでも個人主義が蔓延り、熱は細切れで高まる素振りがなかった。番組の流れや興行全体のことを考えている演者など箱内に皆無といってよく、運営のことを演者にたかる寄生虫と考える者までいる始末だった。幾つか座組を検討した後これしかないという妥協に行き着き、革張りの椅子に凭れ主宰は溜息を吐く。秩序を維持して演出すること、今日と明日が違うものだと誰かに思わせることの困難を思う。

「マスコッツと私が？」サシがコーチを見つめる。「冗談でしょう？」

「来週の今日だ」コーチが神妙に頷く。「月末の大トリだよ」

「どうして私が」「主宰の差配だ。デビューから二戦二勝、大怪我もなくお前は勝ち続けている」コーチの視線がサシを捉える。「レガシーの補助があるとはいえどギミックなしで信じがたいことだ。いつ火が点いても不思議ではない」

「あの私、光栄です」サシは答える。自分の背中が冷たくなっていることに気付く。

「あのマスコッツ相手にどこまでやれるか判りませんが、全身全霊で臨みます」

「ショウのことは気にするな。ただ全力でぶつかればいい。マスコッツならきっと上手に負かせてくれる。それだけの才覚があの子には」「あの」「監督陣もほっとしている。この負けはきっと財産になる。お前もショウに出続けたいなら彼女からもっと色々学ばないと」「どういう意味ですか。私に何か」

「判らないかサシ。お前は負けるんだよ。マスコッツに負けるといい文脈が出来る。おかしなキャラが付かない内に負けておくんだ」

「仰る意味が判りません。私が勝つとまずいことでも」「まずいとも！　お前はもっと俯瞰で考えられるようになるべきだ。ショウには常に流れというものが」

「主宰と話をさせてください」コーチから距離を取りサシが身構える。「ショウにブックがあるといってる？」

「馬鹿をいうな！　君は勝負師でもましてやアスリートでもない。君達がしているのはファイトではなくパフォーマンスなんだ」「違う！　これはコンペであり公開されたオーディションであるはずだ！　ショウで勝った者がその次のステージへ進む、そこで担保されるのは何より公正さや透明性であるはず！」「ショウの勝者が大舞台へ上がり最も評価された者がそのセンターに立つ、そのこと自体は事実ではあるが観客向けのアナウンスでしかない。ここにある営為の本質は興行なんだ。我々には安全に物事を進める義務があるんだ」「嘘で観客を騙しているということ？」

「逆だサシ。我々は観客に逆(さか)らえない！　観客が見たくないものを我々は発表し続けることが出来ない！」コーチがぶるぶる拳(こぶし)を震わせる。「もっと全てを考えるべきだ！　このままでは君は演者としてまずい危険なルートに入ってしまうんだ」「どういうこと」「演者同士の迫真の殺陣(たて)・損傷を厭(いと)わぬ近接格闘がショウの華だがギミックの存在はわけても飛び道具だ。演者の体内に仕込まれた人工臓器と代替骨格、筋電操作される一連の侵襲型舞台機構群、一般客が目にするステージパフォーマンスは演者の持つ義手義足性能のおよそ十から二十パーセント程度だといわれている。綺麗なダンスやチェンジオブペース、それらの中でも揺れない歌声、高い跳躍や神妙な体勢制御、息切れしない心肺を実現するため、あるいは摩耗するパフォーマーの人体各部を補助交換するため用いられる再生医療と義肢装具技術の向上は演者に常に残酷に作用している。検閲があるステージと違い筋書きのないドラマを謳うショウにおいてその性能は無際限に解放され、生み出される運動エネルギーは対戦相手の身体に直接向けられる。ギミックを持たぬ者がギミックを持つ演者に対峙するのは自殺行為でしかない。今日までの君の二勝は実力以外の何物でもないが、中上位の保有するギミックは性能も量も一線を画する。いずれ必ず君は敗れるだろうが、その時にはもう取り返しが付かないんだ」「どう」「ギミックなしで三回も勝てば観客は君をギミックに頼まぬ天然の芸人と評価するだろう！　そういう事例が過去多くあるんだ。客の評価は必要不可欠だが天然評価は有害無益だ。ギミックなしで勝てそうな君は下駄を履かずギミックなしで戦い続けることを求められてしまう。生まれついての材や仕事を鎧を纏わぬそのままの君の栄光や辛酸を舞台に掛けることを観客

*19　肩で息をするパフォーマーの姿に魅了される客は多く、結果「上手な演技」として浅表性呼吸は舞台上に戻ることになる。

は求め始めるだろう」コーチが汗を拭う。「何人もの演者がそのことに苦しめられた。パドックの客は地上より濃くも熱く、求めるところも比較にならない。その期待を劇団は裏切れない！　幾ら負けても君の義肢はスペックを盛られることがないし、他の団員は戦う度ギミックのスペックを上げるだろう。性能競争から解放される代わりに君は永遠に自分を切り売りして戦い続けることになる。どんどん君は勝てなくなるし、どんどん君は飽きられていくだろう。評価がついた後では遅いんだ。おかしなキャラが付く前に君は負けておかなければならないんだ」「初めて聞く前提が多い……」

「新しい子と私が？」マスコッツが監督の顔を見る。「メシーが相手ではないんですか？」

「メシーとはもうやり尽くしてるだろ」顔を背けて舞台監督が洟をかむ。「新しいことをしてかなきゃいかんだろ」

「メシーとは文脈があります。私があの子に負けるとでも？」

「そうではないよマスコッツ。不満か？」「そんなにすごい子なんですか。事故になりかねない。ギミックもない新人ですよね」「そこは上手くやってくれんと。腕前見せておくれよ」

「ありえない座組だし他の子にも失礼です」マスコッツが目を細める。「そんなに私を負けさせたくないですか？」

「お前は確かにエースだがお前を守る気なんてないよ」目尻（めじり）を下げて肥満体を揺らし舞台監督は深く微笑（ほほえ）む。「負けた時お前が最も傷つく座組さ。燃えるだろう？」「やめて下さい」「デビュー二勝の金の卵さ。お客はあちらに肩入れするよ。お前が勝っても溜息吐くさ。若さと格差は最高のスパイスだな」「侮辱です。取り消して下さい」「復帰が不安か？　舞台が怖いか？　久し振りだしお得意様相手がいいか。メシーにだったら負けても言い訳が立つか？」

「撤回を」短くそういいマスコッツが歯噛みする。震えるマスコッツの情動を監督はとても愛おしく思う。拙い抗議に応える代わりに内心相手が最も求めているだろう言葉を選んで口にする。

「いつまでスターのつもりでいるんだ。お前にそんな価値があるのか。同じことだけしていたいのか？　王様気取りでいられる小屋の中で」歯を剝いて監督は笑いかける。「お前から何もかも奪いたいやつなんて幾らでもいるよマスコッツ。虎の振りすら出来ないのならお前に一体何があるんだ？」

「コーチの話は判る」レプリカがカップを差し出す。「あなたからしたら理不尽に聞こえるだろうけれど」

「理不尽というか意味判らなくて」サシが目を拭う。「納得いきません。結局マスコッツに勝たせたいだけなんじゃないんですか」

「誰とやってもあの人は勝つよ。別にあなたが相手じゃなくても」サシの前にカップを置いて対面の椅子にレプリカが座る。明かりの半分消えた食堂には人気がなく、蝶蠅が一匹二人に寄ってくる。「ねえサシ、お客はショウの何を見に来るんだと思う」

「色々でしょう。血を見たいのかも」サシは肩を竦める。「流血ショーにも歴史はあるし、残酷劇とか見世物小屋の」

「血が見たいなら動物でいいし映画や本ならもっと攻めてる。目抜き通りを一本入れば生の喧嘩をただで見られる。千キロ先では本物の戦争だってやっているのに、お芝居でまで酷いことわざわざ見たいものかな。お客が見るのは私達ではなく私達のギミックだよ。私はそう思うようにしてる」カップのココアにレプリカが口を付ける。「チケットを買って見に来ているけどお客は私達を見分けられない。沢山いるから覚えられない。皆何だか似たような名前だしね。覚えて貰うには特徴が要る。同じような科白と同じような動き、同じようなリアクションを客前で何度も繰り返し、見たことがあると気付いて貰う」「何の話？」「キャラの話だよ。キャラ付けと文脈の話。芸は幅だけどキャラは反復だ。似たようなことを似た場面で繰り返し、そういうやつだと決めつけて貰う。キャラは偏見だよ。印象で私達はお客さんに記憶される」抑揚を付けずレプリカが喋り続ける。「威勢のいいやつ、泣き虫なやつ、背の高いやつ、色のあるやつ。子供や家畜を見分けるように、クラスメイトの人となりを知っていくように。私達はきっと図書館に運ばれたばかりの本の山みたいなもので、分類しレッテルが貼られることではじめて棚に並びお客に可視化されるんだと思う。

可視化された私達はようやく動きを読んで貰える。貼られたレッテルは文脈を育んでいく。泣き虫なのに立ち向かったり、負けてた相手にようやく勝ったり。昨日と今日での私達の違いを、続く物語を誰かに見つけて読み取って貰える。昨日から今日へ継承される一つのお話として名前を考えて貰える」カップに書かれた自分の名前をレプリカの指が撫でる。「ショウの筋書きをサシ、あなたが嫌うのはよく判るけれど、ギミックなしのキャラはきついよ。反復出来ないキャラは体を蝕んでいく。ミックスリストみたいになりたいのなら自分のキャラは大事にしないと」

「レプリカ、あなたにもキャラが？　あなたのキャラって何？」

「私のキャラは笑わないこと。泣きもしないし怒りもしない。今度からそういう目で見てね。地味だけれども一応守っているから」真剣な顔でレプリカが口にし、冗談かと笑いかけてサシは判らなくなる。「人より多く何かするのをキャラにするのは大変だから人より何かをやらないことをキャラにしようと考えてたの」

「ハイスクールの新学期みたい……」

「他の皆にもキャラはある。メシーのキャラは挑戦者。何度負けてもあの人はマスコッツに挑戦し続けている。無謀な挑戦者が舞台でのメシーのキャラ。普段のあの人とは正反対だけどね。メシーが何故マスコッツに挑むかっていうと、二人の持つギミックの元々の持ち主がライバル同士だったの。二人のショウは当時人気だったみたい。逸話みたいな勝負[*20]を幾つも繰り広げて。そういう歴史をお客は皆知ってる。演者の私達より文脈に詳しいお客がいっぱい居るし、ファン同士のコミュニティが情報を共有し今日へ継承している。ギミックを入れたのはメシーが先だけど、マスコッツがギミックを継いでからそういう昔の文脈が二人の間に生え、メシーはそれに乗っかったみたい。己からマスコッツに挑んでギミックの因縁（いんねん）をショウで再現してる。今の二人は互角じゃないから過去の因縁に今の関係が乗る。無敗のマ

＊20　「水の死斗」「雨期の十二番勝負」と呼ばれる三ヶ月にわたる同一カードの対戦のこと。「週替わりの政権」と呼ばれた互いにトップの座を奪い合う緊張状態の末に前代未聞のフルタイムドローがショウで起こり、ルール改訂後の判定再試合、決着後の勝敗取り消しと再試合、劇場崩壊による再試合など、真偽不明の酸鼻を極める苛烈な延長戦が都合十二回繰り広げられたとされる。劇場は毎週立ち見で溢れかえり新聞各社はチケット確保に広告を出し、社会現象と化したことで議会でも取り上げられ、回復を待たずパドックに上がる演者はその満身創痍を余さず観客に曝け出した。一方の死によってショウは決着したがショウの三日後に勝者も路上で銃殺され、凄絶を極めた顛末はノンフィクションとして数度書籍化された。

スコッツと挑み続けるメシーみたいな構図が生える。多くの観客は格闘それ自体より二人の文脈の行先を見てる。二人の継いだ文脈と物語の辿り着く先を見に来ている」レプリカがカップに口を付ける。「あなたの憧れるミックスリストだって物語と文脈で語られたりするでしょう。タッグ組んでた黄金時代と相方の死後の成熟期とか」

「よく判らない」サシは頭を振る。「強いから人気なんじゃないの?」

「ビロなんかはそのタイプだけど」小さく欠伸しレプリカが目を擦る。「マスコッツに関しては明らかに違う。あの人のキャラは他とは規格外だ。あの人が死んだ母親に憧れて劇団に入り生き別れの父に再会するため舞台に立ち続けていることは、彼女を見に来る全員が知っている。

三歳の頃に父と離れて五歳の時に母と死別し、十五の冬にショウに出てからあの人はずっとここのエースだ。父親は外国の劇作家、母親は往年の花形セラミクタイガー、舞台で死んだ彼女のギミックは強力で、死後団員が遺体に殺到しそのギミックを奪い合ったといわれている。劇団に引き取られ劇団と共に育ったマスコッツはデビューと同時に母のギミックを継ぐ団員達に次々挑みかかり、打ち倒すことでそのギミックを奪い、回収した母の形見を己の肉体に次から次へと移植していった。あの人の目的は箱のトップになって有名になり、母のギミックと共に世界へ進出しスターとして世界的作家である父親の前に立つこと。血塗られたキャラと鋼鉄の文脈、不器用な性格を裏切る派手な立ち回りについた芸名がタイガリンポスタ。[*21]母親譲りのギミックと野心、血縁からくる馴致指数の高さ、ありものの心と舞台装置のクロスマッチ、今のあの人は往年の母親に生き写しだという」

座組が公表されチケットの販売が始まる。媒体にオッズが出てサシもそれを目にする。周囲に慰められた時ようやく自分の受けがよくないのだということに気付き、ようやく過去二戦の自分の評判を探して読み漁る。[*22]膨大な量の低評価、素人化する劇団への嘆き、低レベルなスクールへの不信、実力主義の別の箱を薦め

＊21 「虎のなりすまし」という呼称は飾り名をもじったアンチ発の蔑称だったがやがてその反転と共に敬意を込めて広く一般に定着し、いつしか公称の飾り名として扱われるようになった。賞賛を得る内にマスコッツ自身が意識的に母の面影を表で演じるようになり、名が人を育てる好例として語られることもある。

る声、精一杯出し切ったはずの自分の演技や殺陣が劇団の信用を傷つけたことを知る。己の芝居が誰一人騙せていなかったことを知る。コネや贔屓を疑う声や金で勝利を買ったとする声、スクールの存在を詐欺と揶揄する声、論客の感想や観客の投書を読み込む内、だんだんサシも自分への評価を内面化させていく。他人と一緒になって自分をぼろぼろに貶してしまいたくなる。自分が間抜けだと判っていたことにしたくなる。憧れていたミックスリストに自分はなれないのだということをようやく思い知り、自分がなんの資格者でもなく素晴らしい場所に迷い込んだ闖入者でしかなかったということに気付く。

寮の部屋でサシが打ちのめされていると、古株の演者が数人、突然サシの部屋を訪ねてくる。

「あなたに渡す物があるの」

受け取った物をサシは眺める。「これは?」

「からかっているわけではないの。きっと必要になるはずだから」

*22 「ご安心を! ○○は若さではなく実力で演者を選んでいます!」

「私達も先輩から教わったの。伝統といえば大げさだけど」

「本番でこれを着けてきてほしいの」

「襁褓を着けて舞台に？」

「そんな顔するの当たり前だけどさ」一人が頭を掻く。「お客の前で漏らすのはやだろ」「知らないでしょ。パドックでのタイガリンポスタを」

「サシ、『悪魔め』といって」真剣な顔で一人が顔を寄せる。

「何？」「『悪魔め』」「悪魔め？」「そう。それが合図。降参の合言葉。運営陣には内緒ね。マスコッツと皆でずっと前に決めたの」初めて話す演者達がサシに言葉を浴びせかけていく。「止めたくなったらマスコッツを見て。大きな声でとどめ（悪魔め）をというの。それが終わりの合図。痛くないようあの子がスペクトを切ってくれる」「自分を守るため動いてね」「ショウだとは思わないで」「本当に」

「パドックに立つのは三回目？　袖に扉があるのは知ってる？　普段は開け放してあるからもしかしたら気付かないかも知れない。上手にも下手にもパドックの袖には外開きのドアがある」性急に変わる話にサシはついていけなくなる。中身の見えない何かの知識を矢継ぎ早に伝えようとされていることだけが判る。

「覚えておいて。普段は使わないけどドアにはロックもある」

　当日の朝が来る。部屋を出たサシはパドックを目指す。貰った襦袢は一応着けたが昨日から食べ物が喉を通らずにいる。本館の角を曲がり暗くて狭い通路に入る。下手の楽屋で他の子と一緒に自分の出番を待つ。衣装を選んで化粧をした後露出した肌にスペクトを塗る。いまだにこれを塗る場所を決めかねている。意匠も部位もそこに込める自分独自の文脈も確固としたものを見出せずにいて、そういうところが駄目なのかと思う。傷を客に晒し物にするような覚悟を、晒して金になるような見映えする傷をいまだ自分が持てていないことを思う。抜け毛とピンと包装の切端だらけの化粧台の前で椅子に掛け自分の右肩にスペクトを塗りながらサシは思う。認められたい。いま今日ここで生まれ変わりたい。監督達を唸らせたいと思う。観客に満足して欲しいと思う。よくやったなといわれたいと思う。劇団の誇りたり得る名前になりたいということを強く強く何度も何度も思う。この期に及んで帰属を求める自分をどうしても殺すことが出来なかった。未熟な自分を辞めて生まれ変わり一廉(ひとかど)の演者としてショウに立てる生物になりたかった。

　勝ち方はあるはずだと思う。マスコッツの露出は多くパドックでのショウさえわずかだが映像に残されていた。彼女には既に奥の手はないはずだし、彼女の持つ文脈や守るべき約束事の多さは取りうる戦術や手段を制限しているはずだった。彼女は自分に正攻法で来るはずだし、自分のことは彼女にはまだ知られていないはずだった。無敗の彼女に守るべきものは多く、反対に自分は失う物がなかった。ないはずだった。

　楽屋から人が減る。出番が近付き進行から声が掛かる。手袋をはめ小道具の剣を取り、鏡に映る自分を見つめ一つ諦めてから楽屋を後にする。顔が引(ひ)き攣(つ)る感じがする。すれ違うスタッフから視線を感じる。廊下を進み階段を上り、暗い暗い舞台袖に着くと昇降機前にストレッチャーが広げてあるのに気付く。前の二戦では畳んであったのにと思う。

「こんにちはサシ。調子はどうだい」話しかけられ診察医が舞台袖にいると気付く。過去二戦ではいなかったのにと思う。暗さに目が慣れると人の多さが判る。裏方も進行もコーチも監督も場にいる全員が自分を見ていることに気付く。

「舞台の前にこれを飲みなさい」

「これは何？」

「薬だよ。緊張とか、痛みやストレスを抑えてくれる」

　受け取ってサシはコップと粉薬を見る。

「お客はそれを見に来てるんじゃ」

「ショウを成立させるためだよ」勿論（もちろん）と医師が頷く。「死んでしまったら元も子もない」

　固い床に足を踏み出す。舞台の方から熱を感じる。背後で扉の閉まる音がする。思わずサシは舞台袖を振り返ってしまう。いつか誰かが囁（ささや）いた通り舞台と袖の間に鉄の扉がある。飾りけのない平面を晒し石製の壁に鉄板が嵌（は）まっている。扉の表面に何か叩き付けたような凹（へこ）みと、人間の爪のような赤黒い線が幾筋もこびり付いている。手足はぬるく、頭は熱く、湯船にいるようで、目蓋が重くピントが霞んでいる。声の出ぬほど口蓋が乾いている。意識して唾を飲む。目に力を入れる。右手で剣を抜く。左袖で汗を拭う。吸い寄せられるよう光の中へ躍り出る。三度目のパドック、眩いスポットライト。石製の壁。血の洗いやすい床。宙に漂う腥い血と排泄物の匂い。闇の中聞こえる観客の息づかい。客席頭上に見える調整室。上手から来る相手の足音。遅れて剣を構える。汗ばむ腹が急速に冷えていく。あの人だなどと当たり前のことを思う。ステージで歌う彼女と違う、稽古場で踊る彼女とも違う、ぼさぼさの髪、大時代な衣装、真っ赤な目と口、爪と牙のギミック。ライトが照らす生白い裸足と顔面を覆う縞模様のスペクト、繰り返し映像で見た当代の立役者タイガリンポスタ、その人と自分自身が対峙していることに戦く。ゆっくり歩み寄る怪物の背後で上手側の鉄扉が閉ざされていくのが見える。ここは本当に舞台なのだろうかと思う。

構えた剣ごと右腕が吹き飛び、サシはようやく最初の悲鳴を上げる。

廊下を駆ける足音が聞こえ、うたた寝していた執刀医が目を覚ます。

幾らもせずに大騒ぎになり、担架と付き添いが手術室に飛び込んでくる。「頼む！」

「随分遅かったな」ぼやきつつ執刀医が担架に乗った血まみれの演者を一瞥する。

「派手にやったな。介添人は？」

「私です」初めて見る演者が声を震わせる。「同意承諾、アサインなしです」

「ちゃんと口唱しなさい。顔面と喉、それから腹部？」サシの資料に執刀医が目を通す。「血統は注目型ね」

「理想型だ」監督が顔を撫でる。「負けたのはマスコッツだ！　輸血を早く！」


「マスコッツは何故負けたのかしら」

「油断していた？」

「調整に失敗した？」

「彼女のことは皆が見ていた。様子がおかしいとは誰一人思わなかった」

「舞台で何が起こったんだろう」

「何もなかったとは思えないけど」

「パドックはあの日普段と変わらなかった。目敏い客も騒いでいない」

「新人の子が何かした？」「あるいは本当に金星だったかだ」「これで三勝目。本物の怪物だった？」「彼女も深手を負ったみたい。どちらが勝ってもおかしくなかったんだよ」

「マスコッツの敗因は何？」

「新人を舐めた？」

「勘が戻らなかった？」

「オーディションを引き摺っていた？」

「実は故障が治っていなかった？」

「負けない演者など存在しない。これまでの方がおかしかったのかもしれない」「あの子もいつまでもエースではいられない。すべてがたまたまあの日だったのかもしれないね」通路の暗がりから数人の話し声が聞こえる。天井灯の届かない場所で噂話が交わされている。

情けない展開を嗤(わら)う者がいる。客の妨害を疑わない者がいる。結果に認知をコミットさせていく内、全てが予(あらかじ)め想定出来た事故だったように劇団員には感じられるようになる。差配への不信や疑惑が運営陣に向けられていく中、あの日のパドックで幽霊を見たと周囲に対し打ち明ける者が現れる。勝負が決しゲートを開け舞台を目にしたその時、床に伏す二人の傍らに人影が佇(たたず)んでいたのだと震えながら語る。

「怪談話は前からあるよ。私も昔古株から聞かされたな。舞台に演者の幽霊が出て、それを見た人はショウに負けるんだって」ルームメイトを起こさぬよう小声で私はあなたと話す。「ジンクスだよ。こういう時は必ずいわれるね。大物食らいがあった時とか、舞台で人が死んだ時とか。壇上死した演者の幽霊が出て生きてる人間に悪さするんだって」寝返り打つと布団が下がりざらざらの壁と天井の色が目に入る。「よくいわれるのは一期の[23]ベルトベルスタと二期生の[24]リルフィンガ、あとは四期の[25]セラミクタイガー、八期の[26]クラウドナインとか。花形ばかりだよ。死んだ子なんて大勢いるのにね。舞台の外にも幽霊は出る。幽霊が出ると悪いことが起きるらしい。マスコッツも幽霊を見たのかな？　あの子の負けがいうほど悪いことかな？」

相次ぐように目撃談が湧く。食堂の隅や図書室の陰、劇団員の背後で幽霊達が存在を気取られていく。真夜中のパドックでベルトベルスタの歌声を聞いた者がいる。客席に古い衣装の見知らぬ演者がいたと複数の演者が口々に語る。運営陣

＊23　ベルトベルスタの現役は短く新劇場落成の年に死を遂げている。年内最後のショウに勝利したのち頸部からの大量出血により手術室へ運ばれた直後に死亡が確認されたと各媒体で伝えられている。多くのギミックと高い適合を見せたベルトベルスタの死体は団員に割譲され、その後も続くギミック継承の先駆けとなる。

＊24　リルフィンガ……二期。指流祖。ベルトベルスタがギミック適合者であるならリルフィンガはギミックとの拒絶反応で知られ、キャリアを通して常にその移植に苦しめられ、対戦相手より己のギミックと戦い続けたとされている。レガシーによる肉体の社会化・馴致技術もその頃はまだ黎明期にあり、リルフィンガの残した膨大な拒絶反応例が今日のレガシー技術確立の礎となったことから、ベルトベルスタをギミックの象徴、リルフィンガをレガシーの象徴と見る風潮がある。

＊25　セラミクタイガー……四期。虎組祖。「窯焼きの虎」という呼び名の由来である全身のケロイドは炎でなく薬品によるものだといわれている。当時まだ行われていた庇護を受けていた劇作家に酸を掛けられ捨てられた後に一座の持つ移植技術に惹かれ皮膚移植のため入団したといわれる。当時まだ行われていたブラッドスポーツの一環として運営に虎とのショウを組まれ、これを返り討ちにしたことから虎を自称するようになり、多くの演者の前に脅威として立ち塞がる。

＊26　クラウドナイン……八期。鐘流。舞台上で餓死したといわれている。経緯は不明。

には幽霊は見えず演者達の中だけで死者の存在が熱を帯びていく。レガシーが死者と感応し演者に霊を知覚させるのだと唱える者がいる。

「そういう話はどこにでもあるし別に否定も肯定もしない。問題はお前らの独創性だよ。ぎゃあぎゃあ騒ぐのがお前らの仕事なのか？　自分が見た幽霊を客に見せるのがお前達の仕事じゃないのか？　皆が幽霊を見てる中どうやって周りを出し抜くか考えてる奴がこの中にちゃんといるのか？」ミーティング室でコーチが怒鳴る。劇団員は鳩の群れのように自分の四方を窺い続けている。「マスコッツが新人に負けた！　お前ら自分が恥ずかしくないのか！　色んなことがこれから変わるぞ！　お前らにとってもこれはチャンスのはずだ！　勝ったサシに気後れするな！　マスコッツに同情などするな！　周りを蹴落として前に出てみろ！　次のエースは自分だと周りに対し証明してみせろ！」自分の言葉がどこにも当たっていないことに声を嗄らしながらコーチは気付く。泣き出すミルクカップを放置する周囲の演者を見てコージーがここにいてくれたらと思う。「状況に反応しろ！　昨日までと違うことをしてみせろ！」

「助けて！　助けて！」泣き叫びながら頭蓋を剝き出しにしたトリィがストレッチャーで運ばれていく。鼻梁が砕け額がくぼみ漏れ出た脳漿が泡を作っている。脳漿を拭いながら早く辞めたいとメシーは考えている。追いかけるマーヤは空腹感に苛まれている。ソースは今日も便所に籠もりゴーハは鏡の前で現実に打ちのめされている。いなくなったコージーを探しミルクカップは泣き続けている。

役者がいないと主宰は嘆く。長くトップが変わらなかったつけだとも思う。エースに成り代わる能力や野心のある者が育っておらず一度立った波紋が収束するのを姿勢を下げて皆が待ち続けているのを感じる。どいつもこいつも軟着陸することばかり考えている。そんなことなど不可能なのに、墜落する時は一瞬だということを理解して動ける人間が劇団の中にもう残っていないことを痛感する。

箱自体老いつつあることは確かだった。立ち上げ期や拡大期の全員が風邪に罹っているような熱気、互いに病を移し合うことで高熱を生み続けるような不健全なサイクルはいつの間にか箱から消え去ってしまっていた。全員で橇を引けなくなってからはエースに荷を積み残りの者を燃料にすることで推進力に換えていたが、一度エースが壊れてしまえば箱自体立ちゆかなくなることは以前から指摘されていたことだった。無敗でなくともマスコッツにはまだ馬車馬でいて貰う必要があったし、マスコッツが潰れる前にサシを次の看板に仕立て上げる必要があった。

病室のベッドでマスコッツが目を覚ます。己の敗北を知り身動きが取れなくなる。復帰は早くて三ヶ月後であり、冬のコンテストも辞退する必要があるということをマネージャーが静かに告げる。

「今までずっと戦い通しだった。いい機会だし休養を取って疲れを癒やすべきだ」

押し黙るマスコッツに監督が話し掛け、監督の声色に皮肉の含みがないこと、自分がどうやら気遣われているということを悟りマスコッツは愕然とする。

目覚めた自分に右腕を見つけ思わずサシは涙を流す。見覚えある自分の指が自分の意思で動かせないことにも気付く。医師とコーチが病室に現れサシに向けて慰労の言葉を口にし、接合した腕の経過と復帰戦の時期について簡単に説明をしていく。

「腕は」話を遮りサシが質問を投げる。「この腕にギミックは入ってるの」

「ギミックは入れてない。その腕は君本来のものだ。今回は運営で移植を差し止めた。あまねくギミックは劇団の所有物だから。今後の君の方針については退院後に改めて話し合いを」

コーチの言葉を遮るようにショウの報酬についてサシが質問をし、コーチがそれに概算で答えると、サシは資料の開示と再手術を要求する。

「今ここで契約を。この腕を取ってギミックを入れて」

手術を受けギミックを入れたサシは三ヶ月後復帰戦に臨み、四戦目のショウで初めての敗北を味わう。サシに賭けた少なくない客から悲鳴が上がる。運営陣は頭を抱える。期待外しがサシのキャラとして観客の中に浸透していく。主宰は溜息を吐きビロだけが頼りだと思う。

部屋の隅でビロは震える。次はきっと勝てないと思う。今日のショウも酷かった。相手が勝手に自滅しただけで出力面ではまるで歯が立っていなかった。勝ちを拾っ

たのは相手に植え付けた苦手意識のお陰でしかなかった。もう終わりだとビロは思う。神や悪魔のような何かとこれまで確かに自分が結びついていたのに、どの紐を引っ張ってもその先に何も感じられぬようになってしまった。

運営は椅子を空けさせる気なのだと思う。マスコッツの敗北も同じ理由に違いなかった。壊れた体を取り替えることでいつまでも演者が舞台に立てるのであれば不経済なスクールを抱え新人を劇団に入れる理由などないはずだった。世代交代を演出するため人為的に衰えさせられているのだと思う。レガシーに混ぜ物をされているのだと思う。レガシーを汚されギミックに細工されることを恐れ定期検診も最近はサボタージュするようになっていた。自己管理しか信用出来る物はなかった。溜め込んだ馴致指数とパッケージに手を入れられないことが何より大事だった。弱みに付け込まれ外堀を埋められぬようパドックや稽古場では平静を演じ続け、その代償で部屋に帰ると腰が抜けて床から動けないようになってしまっていた。何をいわれるか判らぬ衰えぶりだった。誰にもこの苦痛を相談出来なかった。

「ロマネ」虚空に向けてビロは名を呼び返事が聞こえない事実に激しく頭を掻き毟

る。自分に見えない幽霊を周囲が見始めたのも何かの工作に違いなかった。「私があなたを見えなくなったの。あなたがここからいなくなったの？」

ショウによる負傷の治療費とギミックの移植費は契約上報酬から天引きされ、手術の回数を減らし出費を抑えつつ一つでも多くギミックを入れるためほとんどの演者がショウで負傷した箇所にギミックを移植する申し送りを行っていた。術前の意思表示に困難が伴うため予め部位ごとに移植したいギミックやパッケージについての意思決定をしておき、介添人を通してそれらを術医に申し伝えるのがセオリーになっていた。敗者の報酬は勝者のそれと比べものにならず負けている内は治療費だけで報酬が消えてしまうため、新しいギミックを手に入れるにはショウで勝つことが事実上の必須条件となっていた。勝てば勝つほど新しいギミックを入手しやすく既に強い団員ほど自己に投資をすることが出来、下位の演者はいつまでもスペック差で敗れ続ける膠着した不均衡が構造として演者間に蔓延していた。

マスコッツ戦の勝利で得た報酬を高額なギミックと手術費用に注ぎ込み、負けを重ねているサシは傍(はた)から見ても判るほど赤字を重ねていた。負ける度手術を受け勝利報酬もなしに次のリース契約を結び、新しいギミックを肉体に埋め込み、入れたギミックを碌(ろく)に活(い)かせぬまま傷化粧(スペクト)を斬(き)られ敗北を重ねていた。サシのことを特別に捉える者は劇団内に既に存在せず、劇団の外でも評価は落着を見つつあった。三勝での貯金は既に跡形もなく、貯めた仕送りも底が見え始めていた。

　構うものかとサシは思う。揺らがないよう自身にいい聞かせる。金があろうとなかろうとギミックを持たなければショウには勝てないのだし、ギミックを入れるには賭けに出る必要がある以上大きく張ることを後回しにする理由がなかった。負けるのは当たり前だった。今ここで負けることは投資をやめる理由にはならないはずだった。この不均衡なゲームに今度こそ自分は乗ったのだから、負ける権利を手にしたからこそ勝利することも出来る筈だと思う。

　今度こそちゃんと勝ちたいと思う。自分の力でそれを手にしたかった。故郷から列車に乗せて後生大事に抱えてきた自分自身というものが舞台ではまるで役立たずだと判ったのだから。使えない以上取り外すしかなかった。役立たずの自分を切り外して別の物に取り替える必要があった。叶うものなら自分を全て捨てるか取り替えて別の何かになりたかった。醜く価値のない自分にこれ以上耐えられなかった。一刻も早く素晴らしい何かになってしまいたかった。

借金も負けも当たり前だった。構うものかとサシは自分にいい聞かせる。当たり前のことしか起こっていないのだからいちいちそんなことで動揺したくなかった。今の自分には価値など何もないのだから何があっても人並みに泣いたり笑ったりするまいと考えていた。

「本当にあなた笑わないんだね。苦労するタイプだ。今後が心配だよ」

「ですか」

「そうだよ。笑った方が人気出るよ」満面の笑みで先輩がこちらを見る。「あなたの笑顔をお客だって見たいはずだよ」

「そんなことで人気に」「何いってんの！　ああたが喜ぶからお客さんも喜ぶんだよ。君が悔しがるからお客さんも心が動くの。エンタテイメントって感情の伝達だよ」

「安易な」「本当本当！　ショウのよしあしなんてお客さん全然判んないんだから！雰囲気で受けてんの！　ないないばあで喜ぶ赤ちゃんみたいなもん！」

「私が負けて喜ぶ人も勝って怒る人も存在するのではないでしょうか」

「そんな事実がいいの？」綺麗に笑窪が浮いた。懐かしい美声、輪郭を失うほどの光、色薄い髪が陽光を反射していて、多分昼間の食堂で、心地よい風が脹脛に当たっていたのを思い出す。場にある全てから記憶の匂いと寂しい手触りがして、ようやくこれが記憶か過去夢で、初めて彼女と戦った後であることに気付く。

「今日のショウは完敗でした。一太刀も入れられなかった」

「盛り上がんなかったね。講評が怖い！」「評価は受け止めます。本当のことだから」「いいんだよあんなの聞いてるふりで。帰ってから食べる夕飯のこととか考えてりゃさ」呆れた途端に目と目が合ってそれ！　と先輩が大きな声を上げる。「出たよ今！　出てるよ人気！」頭の悪い軽薄なのりで金の取れる端正な顔が目の前でぎゃあぎゃあ喜んでいることが不思議で、その不思議さがとても眩く、胸がざわつく自分に気付く。「ショウは好き？　あなたは何のために舞台へ？」「人並み以上の動機はありません」「作っとけ作っとけ！　この先百遍訊かれるんだから」「先輩は何のために」「私は本当ぷーらぷらしてたらたまたま呼ばれて舞台出てそのまま潜り込んだの」「一番嘘くさいですね」

「嘘でいいから笑ってみなよ。いつも出来なきゃここぞで嘘を吐けばいい。本当のことは伝わらないけど嘘は瞬く合間に広まる。誰かに何かを伝えるためには私達は時々嘘にならなければいけないね。苦しい日歌う歌のような嘘を、寒波を凌ぐ炎のような嘘を」

　変わった先輩だった。新人に気安く、運営とは渡り合い、新人の私は知らずに付き合っていたけれど、この劇団にあまり来ないタイプの人種だった。隆盛していた自殺主義から距離を取りショウに頑張る価値こそあれ死ぬ価値などないと語っていた彼女は、腥い劇団に似合わない健全な欺瞞をパドックに持ち込み、その強い耐陽性で劇団の樹形そのものを変化させてみせたのだった。壇上全てをコントに出来る手数の多さと配慮の深さ、相手の魅力を引き出す巧さで誰も気付かぬ豊穣な文脈をパドックの闇から収穫してみせ、彼女が実益を生む度周囲は彼女に影響されていったし、彼女が今も生き続けていれば箱やショウの空気も今とはきっと違っていたはずだった。彼女の影響を誰より強く受け彼女の演技をすぐ側で見つめ続けたはずなのに、その後も私は舞台で笑えず、私の笑顔を評価したのも結局のところ彼女だけだった。誰にでもいうような常套句に喜ばされただけだったのだろうが、その暴力を事実より甘く感じ、他で笑わない自信の一つとしてよすがのようにして生きている自分に気付き、ぞっとすることもあった。

あの人が生きていたら今のサシに何と声を掛けたか。己の無能を棚に上げてそんなことを思う。嘯いた言葉と違い舞台の上で死んだ彼女は、当人のいう通りただの嘘吐きだったのか。科白とは裏腹に舞台で死にたいと本心では考えていたのか。それとも死んで構わないだけの価値をあの田のパドックに思いがけず見出したのか。それとも単に全ては不運な事故だったのか。折に触れ考えたが私には結局何も判らなかった。彼女が側にいた頃は色んなことを理解できているような気がしていたのに、ひとたび彼女を失ってからはそのほとんどが掌から零れ落ちてしまった。ショウやステージに死ぬ価値はないと彼女がいる時は私も信じていたのだが、あの人が死んだ舞台でもそうなのか、今ではほとんど確信を持てないでいる。

視界が光に包まれている。照明をもろに見ていると気付く。硬い何かにもたれていること、自分が夢を見ていたらしいということをゆっくりレプリカは順番に理解していく。背後に石壁、正面にライト、光輪の奥に闇が蠢き、客が席に入っていることに気付く。本番中に失神していたと悟りさっと冷えた脳が急速に覚醒していく。跳ね起きると同時に下半身がバランスを崩し、咄嗟に床に手をついてようやく自分の衣装が血で染まっていることに気付く。

腹から下が一面真っ赤で裾から腸が大量に飛び出て、下緒かエギュレットのように垂れ下がり足に絡まっている。一瞬驚いたがすぐにバイアスが働き、いけると判断したところで大量の熱が喉元をせり上がってくる。淹れ立ての珈琲のよう熱い血が鼻腔と口から噴き出し、熱と痛みで激しく咳き込む。咳嗽反射で腹腔内の腸がずるずるとこぼれ落ちるのが判る。レガシーの補助で痛みはないものの全身が急速に暖まっていくのを感じる。鼻と口とを手で塞ぎながら自分の状態をフェイズ[27]4、生還率にして二十パーセント程度だとレプリカは考える。全身の血をレガシーに入れ替えているため劇団員は常人より失血に耐性があったが、敗血症の症状が出ている以上速やかに決着をつけ治療を受ける必要があった。

流れ出る腸を左手で押さえ右手でレプリカが武器を探していると、眼前に対戦相手がいて青ざめた顔でこちらを見ていることに気付く。ハンドサインで戦意を示すと客席から吐息とまばらな拍手が起こる。咄嗟に相手が構えたのを見て、ありがたい、合わせてくれるのかと内心レプリカは感謝を口にする。セーフティが働かずこの深手で覚醒してしまった理由は判らなかったが、気絶しないなら戦うよりなかった。[*28]客が見ている以上続けるしかなかった。

壁伝いにレプリカは立ち上がる。立った途端血圧が下がり前が見えなくなる。力む度腹からレガシーがこぼれ落ちる。足下に溜まる分厚い血の海でお気に入りだった鉄製の靴が滑る。腹の傷に左拳を突っ込み腸を握ることでレプリカはその流出を食い止める。雲のよう軽く白かった衣装が血を吸い今は重く撓垂(しなだ)れて

＊27 劇団独自の自己トリアージ分類。レガシー導入後に講習が設けられている。
＊28 要緊急治療と判断される場合講習では降参を奨励しているが強制力のある内規は存在しなかった。

いる。太腿が痙攣（けいれん）し光として見える激痛が背骨の辺りで連続して爆発する。怖さと情けなさでレプリカはつい途方に暮れ、何もかも投げ出してしまいたくなる。

眉（まゆ）一つ動かすまい。おくびにも出してなるものか。恐怖も痛みも生きてここから戻れないかもしれないという不安も、何一つこの光に晒してなるものかということを思う。怖くて泣いてはあまりに間抜けだった。痛くて泣くならあまりにも情けなかった。親が死んだ時も初めてステージに立った時も、先輩がショウから帰らなかった時でさえ薄情な自分は涙一つ流さなかったのだから。ここで泣いてはキャラが廃（すた）る、これが自分の全てなのだと思う。エンタテイメントとはおくびにも出さないことだ。私の仕事は今ここからなのだ。

手早くスペクトを切りレプリカを手術場へ運ぶ気でいた相手がレプリカの戦意に合わせて仰々しく大鎌（おおがま）を振りかぶる。呼吸を合わせる喜びに震え、レプリカは生還を一旦諦めることにする。一歩も動けないのでその場でカウンターを狙い、構えた右を囮（おとり）にすべく腹膜の中で左拳を固める。

舞台のどこかに先輩がいないかと、ふと思うものの目の前に相手が迫る。

いよいよ火が回り出したと内心でメシーは思う。あまりない事故が続いてしまっていることを感じる。演者の練度や自助努力で興行を成立させられなくなったのであればそのことを理解出来ない運営に打つ手があるとは考えられなかった。マスコッツとの文脈も読みにくくなった今自分が前へ出て出来ることがあると思えなかった。逃げるなら今しかないとメシーは腹を決める。ラウンジで沈みこむ仲間達の注目を集め来年自分がここに居ないだろうということを告白する。演者仲間がにわかにざわめき、引き留める声や悲しむ声が上がるのを聞いて少しだけ胸が痛むのを感じる。

「勿体(もったい)ないよ。まだ勝てるでしょ」ずれた説得だかお説教だかを始める者も出て、お悩み相談ではないんだけどなと内心メシーは苦笑してしまう。今勝てるのなんか当たり前だった。調子のいい奴がどこにもいないんだから。文脈に説得力を持たせるため一度くらいこいつらにも負けておくべきかも知れないなということとをメシーは考える。多少身内に還元しておいた方が引退後のおもちゃ扱いや誹謗中傷も減るかも判らなかった。

「失礼します」事務室を訪れ、顔も上げない事務員らの無関心に怯みつつ、慣れない足取りでゴーハは監督の机を目指す。

「ゴーハ。どうしたんだ」舞台監督がゴーハに椅子を勧め、話があると切り出すゴーハを怪訝そうに見つめ返す。

「私に仕事をくれない？」考えてきた科白をゴーハは口にする。気安くいうのが一番いいのではと思い、出かかる敬語を無理矢理呑み込む。「私を営業に掛けてくれない？　そういうことに興味があるんだ」

「何だ営業て」「ファンサービスだよ。地方に行ってお客の前で、歌ったり話したりするだろ。そういうのだよ。そういうの以外でもいいんだけどさ。ラジオのゲストとかインタビューとか。インタビューする方でもいいよ。機関誌の文芸枠でもいいよ。学校とかワークショップに行って、講義をしたり講演したり。あるだろ何か。何か、仕事をくれないかと思って」ゴーハは笑う。ついさっき閃いたアイデアを思いつきで喋っている振りをする。「大きい仕事じゃなくてもいいんだ。小遣い稼ぎがしたいだけなんだ。マスコッツとかも今大変みたいだし、メシーも今年は仕事絞ってるみたいだし。暇だし私、少しお金も欲しいし、出来ることがあるんじゃないかと思って。もしかして手が、足りないんじゃないかなって」

「ありがとうなゴーハ。劇団のこと考えてくれて」監督の太い手がゴーハの肩に触れる。慣れない距離感にゴーハが少し強張る。「お前ももう周りが見えてるんだな。いつの間にかお前も年長組か。他の演者もお前みたいにもう少し周りを見てくれないものか」

「やめてよ別に」ぎこちなくゴーハは笑う。「そういうつもりじゃ」

「気持ちは大変ありがたいんだがお前のいう仕事も劇団にとって重要なものだ。ショウの座組や報酬にランクがあるようにショウ周辺の仕事にも基準がある。おれもお前に仕事を任せたいがそれにはまずお客からの評価がいる。おれが勝手に任せられるものじゃないんだ」ファイルを幾つか棚から取り出し数字と表を監督がゴーハに見せる。「いい機会だから見てみるか。これがレート表、受ける仕事の額だ。演者のランクがこれ。毎年の契約更改で見たことがあるだろう。こっちが詳細なお前の評価分析だ。こっちは普通演者に見せないんだ。隠してるわけじゃないんだけどな。一言でいえばこれはお前が生む利益についてのレポートだ。一戦ごとの売り上げの数字、客からの評価値、この略称が利益率、下の数字がその月や年ごとの推移。そこからこっちの色付きの数字を出す。来年お前がどれだけ勝って、幾らぐらい利益を出す見込みか。こっちが劇団全体の見込達成率、それを元に予算を組み、会議にかけ、具体的な契約にし、お前にお金を出しているんだ。見て欲しいのはここだ。ここが大体八十以上だとお前のいうような種類の仕事が回ってくる。お前は例年二十から二十五で推移してるから、ここを伸ばせればさっきいったような仕事についての話が来るわけだ。なあゴーハ。顔を上げてくれよ。泣かせたくて教えたわけじゃないんだ。ただもうお前は現実の仕組みを知ってもいい頃だと思ったんだ。演者だけが数字で見られるわけじゃない。ここにいるおれ達だってそうさ。仕事が欲しくてここへ来たんだろ？　今より甘やかされたいと思ってたわけじゃないだろ？」

どうしてだろうとマーヤは思う。何故かしら判らないが節制し始めた頃より体重が増えていた。月の食費が三割増えていた。家計簿を付け始めて節約を意識してから消費がむしろ増えていることに気付く。毎日こんなに我慢しているのに何故だろうと思う。現実の数字と実感が合致しないので物事をコントロール出来る自信を失ってしまい、どうしたらいいんだろと憂鬱（ゆううつ）になり、考えても仕方がないので好きなスーパーへ買い物に出掛けることにする。スーパーの音楽が好きだった。下手に考えない方がいいのかもしれなかった。私が馬鹿なのがいけないんだろうと思いながら山ほど食い物を買い込んでマーヤは寮へ戻る。

「また故障ですか？」情けない声をトレーナーが上げる。医務室の安い革の椅子の上でマスコッツが青い顔をして体を強張らせる。「ショウにも出ていない。本格的な練習すら始められてないのに」

「折れてますね」医師が頷く。「負荷を掛けませんでしたか？」

「負荷なんて呼べるほどの」「ともかく手術を行いましょう。いいというまで鍛錬は止めて」「鍛錬なんてしていません」掠（かす）れた声でマスコッツが呻く。「私は一体どうしたんですか?」

「確実なことは判りませんが。支障が出るならやり方を変える他ないでしょう。君ももう若手とは呼べない。いつでも無理が通るわけではない」「無理なんて存在しません。昨日出来たことを今日出来ないで一体どこへ行けるんですか」「マスコッツ、夢は見せるもので、見ることを仕事には出来ない。踏み出すことも諦めぬことも児戯に等しきレクリエーションだったとあなたは今日気付かなければならない。これからあなたは鍛錬や挑戦よりもっともっともっともっと手強く恐ろしいものを馴致しなければならないのです。想像出来ますかマスコッツ。あなたの敵は既に理不尽ですらない」

ビロの様子がおかしいことに周囲の人間が気付き始める。稽古でも外仕事でも集中を欠き反応も鈍く、何もない宙を目で追う様を他の演者に幾度も目撃される。虫がいるので窓を閉めろと少なくないスタッフがビロに命じられ、見えない虫を振り払うようなエースの動きに不穏なものを嗅ぎ取る。

メンテナンスや検診を受けるよう親しい進行がそれとなくビロに告げ、その場では頷くものの実際にビロが医務室に顔を出すことはなく、何か起こる前に手を打つべく医師が演者にビロの様子を窺うよう声を掛け、既に事態が進行しているると知る演者達はビロから少し距離を取るようになる。寮でのビロの一人部屋からは物を投げたり壁を蹴ったり、泣き叫びつつ誰かに懇願する声が聞こえるようになり、見かねた隣の部屋の演者がノックして様子を窺うと、ドアを開け現れたビロは平然とした顔でそれに応対してみせる。

「五月蠅くしてごめん芝居の練習を」見え透いた嘘を口にするビロは目だけ異様に輝いていて、迫力のせいで踏み込めぬまま団員達は自室に引き返していく。心を病む演者は少なからず存在したし、そういう時のための相部屋制度だったが、個室をもらう程のエースがこじらせることもレアで、彼女の手を取り診察室へ引っ張っていけるほど親しい人間も箱内に存在しなかった。そうこうする内にビロの部屋から糞尿の臭いが立ちこめるようになり、ようやく演者らが現状を運営に報告する。

他の演者に見えない虫が見えると昼間の食堂でサシは自覚する。向かいに座る子の顔に蝿が止まっていることに気付く。気にする素振りもなく蝿と料理を口に運ぶ様子を見てようやく己の目と脳に疑いを持ち、自覚した途端症状は急速に進行していく。ルームメイトに見えない百足が寮の部屋の床や壁を這うようになり飛び交う蝿の群れで稽古場は前すら見えなくなる。話しかけてくるコーチの顔を蝶の群れが覆い尽くし、すれ違う練習生の目鼻から寄生虫が飛び出して蠢く。

「馴致指数が落ちているんだ。虫の幻覚は典型症状だよ。移植による拒絶反応が原因だろう。ギミックの定着がうまくいっていないんだろう」カルテを見ながら診察医が告げる。「君くらいのキャリアで馴致指数が下がるのは体組織の社会化が完了していない場合がほとんどだ。体が慣れる前に新しいギミックを入れてしまったんだろう」

「どうすれば治りますか」

「安静にすれば症状は和らぐだろう。こまめにメンテを受け[*29]レガシーを入れ替えなさい。馴致指数はメンテナンスで増やせるし手術する度に減少していく。ギミックに体を適合させ使いこなしてから次のギミックを入れないと」

「そんなに悠長に出来ません」「体は大事にしないと」「見えるだけならこのままでも構わないんですね。悪化しても死なないなら別に治さなくても」「馬鹿なことを。こんな数値でギミックの本領を引き出すべくもないだろう。薬を出すから飲みなさい。虫が消えたら稽古に出なさい」

もらった紙袋を部屋に戻り開けると中に芋虫がぎっしり詰まっているので手を突っ込みサシはあるはずの薬を二本指で探す。薬がどこにもないので袋を逆さにして振る。食い縛る歯から血の味がすることに気付く。

ロマネという名の幽霊を初めて見たのは二年目の秋だった。部屋を移ってから見

＊29　一般に演者の身体とギミックを適合させるための潤滑油的存在がレガシーであると捉えられているがレガシー自体はベルトベルスタの骨髄とリルフィンガの献身によって完成した液体ギミックパッケージとそのパターンに過ぎない。移植においてハプロタイプの適合を目指さず演者の肉体をギミックへと適合させていく計画戦略、そのため保存された大量のベルトベルスタの骨髄、大量の人体実験を経て設計された擬似ＨＬＡ型プリセットらこそが劇団固有の財産であり、本来的な意味でのレガシーだとされている。輸血や造血幹細胞移植など四つの段階的移植行為によって引き起こされる社会派抗原からの反応攻撃、コントロールされた非合致移植により引き起こされるＧＶＨＤによって演者の身体を段階的に征服あるいは社会化し、数万通りあるヒト白血球抗原を四通り程度の有意差に留めてみせることで劇団は移植成績の向上を達成したとされる。

るようになった幽霊は当初おぼろげで言葉を発したりしなかった。時折目の端を横切ったり使わない椅子に腰掛けているくらいだったが、その内歌を口ずさんだり空きベッドの上で柔軟運動をしたり、ビロの読む台本を背後からのぞき込んだり少しずつ大胆な振る舞いをみせるようになっていった。駆け出しのビロに個室が与えられたことは運営の都合でしかなく、首吊(くびつ)りがあったとかで敬遠されていた角部屋を頓着(とんちゃく)しないことでビロが貰い受けたのだった。おかしくなったと思われて一人部屋を取り上げられることを危惧(きぐ)し自身の心霊体験をビロは誰にも打ち明けなかった。幽霊そのものもあえて気にしないよう努めていたが、幽霊の方はビロに興味を抱いていたみたいだった。

「名前何ていうの」透き通るような声がある日ビロに聞こえるようになり、互いに名を名乗り合うことで二人は秘密のルームメイトになった。幽霊はロマネと名乗りその物腰で演者だと判り、この部屋で首を吊った落ちこぼれはお前かとビロが訊ねると心外そうな顔でその問いを否定してみせた。

「あの子とは仲良しだったの」懐かしむようロマネはいった。それが事実なら首縊(くびくく)りは彼女にとり殺されたのだということになるが、その罪悪感はロマネからは感じられなかった。ビロにとってもそのことは些事だった。それより幽霊が共鳴腔を使い分けていることの方が気になっていた。

日課のように二人は語らい演技について論争したりした。早死にのロマネは演者として大成しなかったらしく芽の出ないビロと議論のアイレベルが似通っていた。その内ロマネはビロの本読みに付き合ったり、自主練に口を挟むようになっていき、フラットな助言に飢えていたビロの方でも積極的にロマネにコメントを求めるようになっていった。タッグを組むよう持ちかけたのもロマネからで、ビロがその申し出を受け入れると幽霊は部屋を出てパドックに立ちビロと一緒にショウに臨むようになった。よきセコンドやスポッターとしてロマネはビロを支え、その指示に的確に応えることでビロも勝利を引き寄せていった。幽霊の見える演者は他にいなかったらしく二人の不正行為にどこからも物言いはつかなかった。個人主義が蔓延る劇団で二人のタッグは一歩も二歩も優位を築いていった。ビロとマスコッツを運営は同格扱いし（二人の直接対決は運営から差し止められていた）、花形としての待遇を与えられるようになった。

それからの日々は本当にあっという間だった。需要が変わり勝利条件が変わり、ルールやムードが変化する度に二人で一緒に対処法を考え、パドックの上で他人を下し、舞台の外で知り合いを作り、部屋に戻ればロマネと二人寝る間を惜しんで次の策を講じた。日々きつくなる条件やマッチメイクを死ぬよりましだと思って乗り越え、椅子の上に椅子を積み上げるような不確かな流行と機微の文脈に自分自身を無理矢理慣らしていった。休まず浴びるライトはどんどんぬるくなり色を失っていった。実感のない勝利は重ねるほど割に合わなくなっていった。己の浴さぬ勝利をビロに配ることにロマネはいつまでも飽きる様子をみせなかった。豪雨のようビロに降り続けているものは仕事でもショウでもなくロマネの願望なのかもしれなかった。

未来に積もる予定に溺れながら水面から顔を出すような日々の中、ふと我に返りいつまでこれをやるのだろうと考えてしまうことがあり、思考が先か肉体が先かその頃からビロの体は少しずつ鈍く息切れするようになっていった。調子の劣化にとらわれる内にロマネの姿が少しずつ見えにくくなり、その声や意図を上手く捉えられないようになっていった。

時間がないとビロは思う。つけを払う時が来たのだと思う。高い場所に立つことだけを考え降りる方法を考えないまま重ねた椅子の上に自分がよじ登ってしまったことを知る。生きてどこかへ着陸出来るとは思えなかった。逆さまになって墜落するとしか思えなかった。

「悲劇の作り方を知ってる？　ワークショップで聞いたことがある。病があり、薬があって、薬を飲まないやつがいる。そういう順序で物を語れば大概のことが悲劇に聞こえる」

「薬の存在しない病は？　どのようにしても救われがたい不幸は？」

「その場合悲劇でなく喜劇になる」

「どちらでも関係ない。悲しまれても笑われようと」

「どうして薬を飲まないの。あなたは悲劇を望んでいるように見える」暗がりでレプリカがいう。「ひどい顔をしてるよ。鏡見てないの」

「飲んでるよ」「嘘ばっかり」「薬のことを考えたくない。薬を飲んだ後の現実に属したくない」「人事を尽くさないお話は滑稽だよ」

「滑稽でいいし苦しくていい。楽になりたくてここへ来たわけじゃない」

「変わったねサシ。笑わなくなった。ここに来た日はそうじゃなかった。それがあなたのこの劇団への適応なの？」

「あなただって笑わないじゃない」レプリカの目をサシが見返す。「ギミックがないとどうせ勝てない。安全策じゃあなた達に対抗出来ない。張らなきゃどうせじり貧になるのだから、苦しむんだったら早い方がいい。傾斜のある場所にしがみついていても滑り落ちるだけだ。駆け上がらなければ、抜け出そうと試みなければ」

「行動は精査してる？　自分を傷つけて安心したいみたいだ。今ならまだ戻れる。このままだと取り返しがつかなくなる」

「元に戻ってもしょうがないよ。私は自分を変えたいんだから。薬を飲んでよくなったって、それだけじゃ元通りだ」手元に視線を落とす。食堂のテーブルは表面に細かい擦過傷が付いている。「全部入れ替えてしまいたい。二度と戻れなくなりたい。取っておきたくない。駄目なら違う物に全部自分をすげ替えてしまいたい。足らないなら足りるまで。勝てないなら勝てるようになるまで。私もあなたのようになりたい。勝つまで泣いたりわめいたりしたくない」

「負けがあなたを変えたの？」

「それは違う」

「違うよね。変わったせいであなたは負け出したのだから」レプリカが指摘する。

「あなたが変なのはマスコッツに勝ってからだ」

「そうかもしれない」

「あの日あなたに何があったの？　あの日あなたは何をしたの？」

「私はね」口の中が乾く。「私は、いかさまをした」

「いかさま？」

「悪魔めと口にしたの。マスコッツに向けて」「止めの合図を？」「夢中だったの。本当に殺されると思った。助かりたい一心で。壁際に追い詰められて。頭を殴られ目の前が真っ赤に。なって、気付いたら口にしてた。それであの人は追撃を緩めた。終わりにするとマスコッツの目がいっていた。爪を振りかぶりギミックで私のスペクトを狙い、客の見え方を少しだけ意識して、その隙を突いて私は足を摑み、不意を打って彼女の喉を」「止めの言葉を口にしたのに？」

「そう。私はだまし討ちをした。白旗を振って油断を誘い、皆の道徳と不文律に付け込んだの」

「互助も所詮は違反行為だよ。最初はそんな物許されてなどいなかった。不文律はいつだって作られて破られてきた。あなたは別にルールを破ってはないよ」

「そうだ。私はただ誰より外道で恥知らずだっただけだ。誰も私のことを責めない。それはこのことがまだ誰にも気付かれていないからだ。最低なことを私はしたのにマスコッツは私を糾弾していない。事実すら周りに伝えていない。経歴に傷をつけた私を彼女は一言も責めない」「後ろめたかったからだよ」「私はくずで、取り返しがつかなくて、ショウに立つ資格もなく、実力であの人に勝ったわけではない。私には価値がない。一度くらい見れるものになってから死にたい」

「何故続けるの？　やめればいいのに」

「…………」

「悪いことしたらやめればいいのに」レプリカが訊く。手に持つカップは湯気もなく冷め切っている。「何故続けるの？　どうして周りに罪を打ち明けないの。不実だと思うなら告白して謝罪すればいいのに。どうしてショウで勝とうとするの？　借金までして。健康を犠牲にして」

「今度こそちゃんと勝ちたいから」「何故？」「マスコッツに申し訳ない。同期に合わす顔がない。このままじゃ私は本物の卑怯者だ。ずるしなくても勝てるって証明しないと」「それとこれとは別の話じゃない。やったこと打ち明けて謝ってから普通に一人で努力すればいい。そうしないのは何故？」

「自分が傷つくのが怖いから」

「借金も負けも体調不良も耐えられるけどずるを認めて謝るのは耐えられないということね。自分が耐えられる方法でなにがしかの埋め合わせをしたいという話ね。気持ちは判るよ。でもあなたが変わって強くなったとして、ショウで勝ったとして、誰か喜ぶの？　あなたが勝ったら不正の埋め合わせになるの？」

「ならない。私はもう取り返しがつかない」

「勝っても負けてもあなた自身は変わらないのね。それじゃあなたが勝って変わるのはあなたではなく周りだということね」

「今度こそ勝ちたい。実力で勝って許して欲しい」

「勝ったら周りが変わるというあなたの考えは正しいと思うよ。あなたのした程度のことは実力さえあれば誰も責めないだろうから。あなたが稼げたらその程度のことは運営が率先して守ってくれる。ファンがついたら贔屓や擁護してくれるかもしれない。卑怯も悪徳も文脈と関係性があれば長所と差し引きにできる。小さい社会だもの。損させなければ誰もあなたを見捨てられないよ」

「私は勝ちたい。実力が欲しい。劇団にいていいだけの実力が自分にあることを証明したい」口からするする思考が飛び出し排出される膿のようだと気持ちよさの中でサシは思う。「私は罪を償うのが怖い。隠した悪事を実力で許して欲しい。私は居場所が欲しい。私は今もスポットライトが欲しい。私はこの人でなしどものちっぽけな文化圏で、実力によって庇護(ひご)されていたい」

「ははははは」レプリカが歯を剥いて笑う。「喜劇！　救いがたい！」

　暗闇の中サシは目覚めて真っ赤になって頭を抱える。現実世界で話せなくなった相手に夢の中でいい訳を聞いてもらったこと、自覚すらしていなかった醜い本音を思いがけず気付かされてしまったことに耐えきれず布団の中で悲鳴を上げる。

　ビロの変調が覆いがたい事実として報告され役職者達がようやく会議を設ける。事態の進展は演者達の関心を集め普段見もしない通達を気に掛けるようになる。運営の決定と対応を気にしながらルーチンワークをこなすようになり、やがて一向に何も打ち出されることのない方針に首脳陣は何もする気がないのだということ、静観こそが役員会議の結論だったということを数週間遅れで演者達はようやく悟り、木っ端(こっぱ)の演者がそうであるようにエースさえケアされず打ち捨てられるのだという事実、自分達は冷遇されていたのではなく安全圏がそもそもどこにも存在しなかったのだということを今更のように理解していく。

運営は冷酷なのではなく演者をケアする能力を持ち合わせていないだけだということ、自分達は強力な支配ではなく不十分な管理によって苦しんでいたということ、格差も差別もなかったと知り失望する者や激怒する者、自分達が割を食わされてさえいなかったことを知り、多くの演者が耐えがたい苦痛に襲われる。

人に人を駆(ぎょ)することなど出来ないと何故みな判らないのかと主宰は歯噛みする。人の治療は医者の領域で医師はビロを休ませる他ないといい、休ませたビロが健康を取り戻しても舞台に戻れる日は来ないだろうとも結論していた。折れた演者を治せるのなら今までだってそうしてきたし誰一人損(そこ)なわれないのであればショウビジネスなど存在するはずがなかった。売り物になる以上傷つく演者こそ舞台に上げるしかなかった。舞台を降りたビロに休める場所などなかったし、ビロが立ち直るなら舞台の上で以外考えられなかった。

あの子にあるのはパドックだけだと夢のようなことを主宰は考える。センスに乏しく、機転も利かず、たいした文脈もないビロ唯一の取り柄、パドック特化の格闘性能。ショウだけがあの子をよみがえらせるはずだと祈るようなことを思う。賭けを打つしかない自分達の現状のことを思う。マスコッツやビロと共に劇団が横転せざるをえないのだとしても、その姿をこそ客は待ち望んでいるはずだった。

ショウの出番が決まった日からビロの心身が節制を取り戻す。万全には程遠く、正常時の鋭敏さはもはや見る影もなかったが、素振りの一本をこなすたびに血色が戻り、身のこなしとともに言動まで回復を見せていく。検査もメンテも行わないまま気力と予定だけで状態を塗り替えていくビロを見て周囲の者は胸を撫で下ろし、演者としてのビロの器に改めて思いを寄せる。

悪夢にサシは苛まれ続ける。ギミックを入れた肺が痛むので手術に不備があったのかもと悩む。幻覚が昼に悪夢が夜にサシを訪れ苦しめ続け、こんな状態でビロとやれるのかと臆する自分に自己嫌悪する。泣かないと決めて破ったばかりの涙がまた流れそうになるのを堪える。決心を口にしてもそれに見合う本体がないこと、血肉を入れ替えても醜い性格を払拭できないことの情けなさに打ちひしがれている。

「マスコッツどうしたの！」ルームメイトのカザリが布団に呼びかける。「手術からもう三日よ。どうして稽古に出ないの？　もしかしてまたどこか悪いの？　それとも何か理由があるの？　痛い？　体が痛いの？　またなのマスコッツ！　今度はどこが痛いというの？　指？　本気でいってるの？　指が痛いと稽古に出れないの？　私達がやってるの何だと思ってるの？　ピアノやフルートの発表会じゃないのよ？　マスコッツ！　どうしちゃったの！　指なんて全員ぐちゃぐちゃだよ！　私達ずっとそれでやって来てたじゃない！　熱が四十度あっても肺が水浸しでも毒を盛られてもショウに出たのがあなただったじゃない！　自分の不調も周りの都合もねじ伏せていつも勝ってきたじゃない！」布団にくるまり動かないマスコッツにカザリが声を荒らげる。「一体どうしてしまったの！　あなた本当にマスコッツなの!?」

レプリカが目を覚ます。自分が病院のベッドにいることに気付く。周囲に誰もいなくて自分が管とモニターだらけであること、自分がどうやら生きていることを理解し、考える前に泣き出してしまう。滲む視覚と全身に走る痛みを感じ、生きていてよかったということを思う。

番組表が新聞に載り、窓口で客が前売りを買う。日曜の昼に街へ繰り出し、食事を終えると劇場へと足を向ける。[*30]劇場通りの北端にある嵐を模した厳つい建物、その中へ大勢の人間が列をなして吸い込まれて行く。その内一部の客が大劇場の扉を素通りし地下にある狭い舞台を目指し暗い廊下を進んでいく。朝から箱に集い入場券と別に投票券を窓口で求める者、劇場前で未来視から予想を買う者、新聞記者や評論家筋、安い方の券を間違って買った家族などが混ざり合い、暗い廊下に縦列を形成する。

過激で名を売り一世を風靡したシーブース一座に異変が起こりつつあるのは明らかだった。花形に土が付き中堅に壇上死疑惑が湧き、毎週のように事故を繰り返す一座に質主義の客は虚無を嘆いた。少なくない客が離れ一部の博打打ちが一攫千金を求めて寄り付き、一部の古参が現場に復帰し起こる出来事を確

＊30 ランドブリーズ国立劇場。一座の本拠地として数々の公演を行う。鉄道駅と接続されておりその外観は駅前広場から望むことが出来た。主宰の叙勲と共に拡大期に入った一座が当時の大臣と協働し、新本拠地の選定と建設を進行中の都市開発に組み込んだとされる。

かめようとする。地面に落ちた蜂の巣からまだ何か出てくるのか、それとも既に見物は出尽くしたのか、少なくない人間が関心を寄せていく。

　奥の楽屋にビロが現れる。コンディションのよさが受け答えから周囲に伝わる。化粧を終えスペクトを塗りギミックを動かすビロを眺めながら、もし今日何かが起こるのであればこのビロだろうということを皆が思う。今日のショウで何かあるとしてババを引くのがビロとサシであるように、自分の出番が無事終わるように多くの演者が内心で祈っている。

　自分の出番は終わっていない。落ちて死ぬまで芝居だとビロは思う。少なくともロマネならそう思うはずだった。今もどこかでそういうことを囁いているはずだった。舞台の外で死んでたまるか、死ぬまでここにしがみついてみせると階段を軋ませながら自分にいい聞かせる。

　自分はもう二度とあの子に会えないのだと思う。これからずっと自分は一人なのだと悟る。この先もショウに出られたとしてこれからは一人で戦うしかないこと、皆が今までしてきたように勝利も敗北も栄光も虚無も誰とも分かち合うことのないまま生きていかねばならないのだと悟り、その恐ろしさに立ち戻っていく。自分を訪れていた特別な季節が終わり、これからは当たり前のことをしなければならないのだという寂しさが落下するビロを受け止めていく。

人に見えぬものが見えていたことがあった。周囲の人に判らないことが感じ取れていたことがあった。高い音のように、遠くの風景のように、それを捉える能力は失われ、失くした後でも人生は続いていく。当たり前のことだった。パドックでは皆一人なんだと思いつつ、光の中へビロは進んでいく。

暗い階段をサシは登る。衣装に虫が付いている気がする。今負けるのは当たり前だと思う。そのことにいちいち傷つきたくないと思う。何もかも億劫で足が止まり泣いてしまいそうになる。自分の力で勝つまで泣かないと誓い最近破ったことを思い出す。「大丈夫?」袖で誰かに声を掛けられ、答えずサシは前方へ進む。「頑張って」扉を開けて誰かがサシを送り出す。光の方へサシは踏み出す。「もっと力抜いて。それじゃ剣振れないよ」パドックに出てライトを浴びた後も声がすることに気付く。ライトを反射し床と壁が白く、客席側に吸い込まれそうな深い闇がある。「振り向かないで。前を見て。来るよ」
指示につられて前方を見る。鉄のゲートから背の高い演者が現れる。ビロと呼ばれる劇団のエース、その手に武器が握られていないことに気付く。「油断しないで。ギミックは背中にある。背後に隠れた四本の義肢、副腕に武器を抱えているよ」ビロの背後で扉が閉まる。ライトが照らし、ビロと目が合う。「あの子は網闘士。[*31]死角から網を投げてくるよ。分銅でなく網を躱すの。間合いを詰めたら副腕に気をつけて」

壇上にビロが立ち尽くしている。視線が自分の背後に向けられていると気付く。何かがビロに見えていると判った瞬間、ビロのギミックが投網（なげあみ）を地面にとり落とす。折り畳まれていた四本の義肢（ギミック）が脱力し、垂れ下がると共に両腕で顔を覆（おお）い隠（かく）し、俯いたビロが肩を震わせ始める。

＊31　網闘士……投網を用いて武器を搦め捕り身体の自由を奪うとされるが、ビロの持つ網は直径十四メートル、外周約四十メートル、重量にして四十キロ程あるといわれ、広げず打ち据えるだけで武器もろとも相手の身体を破壊したとされる。各十キロある副腕を支える強靭な下肢と膨大な背筋群、そこから発する暴力がビロの戦績を盤石たらしめたといわれている。

客席から困惑の息遣いが漂う。サシも動けずライトの下に立ち尽くしている。狭い舞台、ライトの真下、六本腕の蜘蛛女が棒立ちになって、赤子のようにはばからず泣き始めている。

「大丈夫」耳元で声が囁く。この子は一体誰なのだろうと思う。「あの子のこと知ってる。弱ってる。きっと勝てるよ」

振り向くサシに声の主の姿は見えない。向かい立つビロには見えているようだった。戦意をなくしぼろぼろと涙を流す対戦相手を見る内、勝てるかもしれないという考えがサシの脳裏をよぎる。

勝ちを確信出来るショウなど一生に一度あるだろうか、何故か今それが目の前にぶら下がって、自分から首を差し出していた。勝利の予感はあまりに眩(まぶ)しく、思わずサシは涙を滲ませる。悔しさと情けなさで胸がいっぱいになる。拭っても涙が止まらないので腕を曲げライトから顔を隠してしまう。

「一緒に勝とう?」糸を引くような綺麗な発声、やや舌足らずな作り込んだ発音、右肩に置かれた温かい手の感触、全てが不快で堪らなかった。これ以上ここにいたくない、もうこれ以上耐えられないとすら思うのに、まばゆい勝ちに目がくらみ、パドックを去ることすら出来なかった。自分一人の力で勝ちたかった、誰かと一緒に勝ちたくなどなかった。こんな勝ちには何の意味もないと思うのに、自らそれを手放すことが出来なかった。誓いも虚勢も押し流すような熱い涙をせき止められないまま、泣き崩れるビロに歩み寄り、スペクトをサシは狙う。

「それからは?」
「面白い話はまだないよ」

ショウに勝ち多少の報酬を手にしてもサシの借金はなくならない。サシの評価は人によって好き嫌いがするものになる。ビロに勝ちマスコッツに勝ちながら下位の演者に平気で負けてみせ、大物食らいと呼ばれるほどそのキャラは長続きせず、波が大きく継続力の無い中の下の演者として成績が落ち着いていく。勝ったり負けたりするどこにでもいる演者の一人にサシはなる。評価が定まり昨日と今日とに差を作れなくなるにつれ、少しずつチケットの販売数が下降していく。

　サシとのショウの後ビロは心身を壊し恍惚状態で劇場を徘徊するようになる。衣装を纏い鉄の靴を履き客前に平気で現れるので内外に状態が周知されてしまう。ステージにでも出ているつもりかいかれたビロは居住まいよく笑顔を振りまき、その凡庸な落魄と折れてなお独創に欠ける様、語りやすい文脈は判りやすく哀れを誘い、劇団内にビロの居場所を生む。操縦に手が掛からず下の粗相も見られないことからビロは劇団に許容されていく。ギミックを外し出力を制限され後輩に世話され客からは菓子を貰い、時々端役で舞台に上がってはスポットライトと拍手を受ける。

　マスコッツはショウを飛ばし入団以来初めての長い休養に入る。寮で休まず旅に出たい意向、ライバルであるガラスケースを訪ねる予定を運営に告げ、夏の朝方トランクと共に列車に乗り、そのままぱたりと行方をくらます。消息を追って劇団が先方に問い合わせた結果、ガラスケースとマスコッツの間に何の約束も交わされていないことが判る。

逃げ出したマスコッツと違い大勢に見送られメシーが箱を卒業する。ガーベラの束に石鹸(せっけん)とオイル、新居に合う色の出番が少ないもの、ジョークとしての算数の問題集などを代わる代わる仲間達から渡され、山ほどの餞別(せんべつ)と共に後部席に詰め込まれる。「さよならメシー」金のないマーヤがイラストを描いてメシーに贈ると、車窓からメシーが身を乗り出し悩める三個下の後輩を抱きしめる。「しっかりしなマーヤ。これから皆があなたを頼るのよ。ぼんやりしている時間は終わった。すべての仕事は誰かがやらなければならないのよ」顔を離しメシーは微笑む。「私の衣装と資料をあげる。倉庫に話は通してあるから。しっかりしなリーダー。この一年が勝負だよ！」もう一度抱擁(ほうよう)しメシーの体が車窓に引っ込む。声を上げ泣きながらマーヤは礼をいい、走り去っていく車の煙を見送る。

天候不順で客足の遠ざかる初秋、ショウもない平日に本館を客が訪れる。「どうしたの坊や迷子？」窓口が若い訪問客を呼び止め、問答している内に数人の演者がその場を通りかかる。

「やあカザリ！[*32]　リッキーもいる！[*33]」

男児の訪問客が複数の演者のあだ名[*34]を口にし、ぎょっとした演者達が振り返り男子を見る。右手に嵌めたパペットを認めその正体を悟り血相を変える。「伯爵！　どうしてここに！」

「クララ伯！」「クララフロア卿（きょう）がいる！」悲鳴にも近い声で演者の一人が叫ぶ。客の正体を知った窓口が慌てて直通電話を掛ける。騒ぎを聞きつけた演者らが次々玄関ホールに殺到し、男児が傘を畳み裾を拭く様を見守る。

「皆息災かい？　雨なのに熱心なことだ」卿[*35]が微笑み右手の人形を動かす。「騒がせる気はなかったんだ。誰も僕だと判ってくれないからさ」

「予想出来ません。伯爵がいらっしゃるなんて」礼を取ろうとする若い演者をカ

＊32　カザリ……二十二期。虎組。あだ名をカザリ、飾り名をピーキーライツと名乗る。個人としてよりマスコッツのルームメイトとして知られ、ノベライズの主役を務めることも多い。

＊33　リッキー……十八期。本派。あだ名をリッキー、飾り名をドアタイムポエジーと名乗る。マスコッツ台頭前のいわゆる暗黒期にエースとして活躍。

＊34　あだ名は内輪の、飾り名は外向きに使われる演者の呼び名というのが当初の区別だったが、ある時期からいずれも観客に知られる前提で扱われるようになり、初心者を困らせつつ演者に対する親近感を演出した。飾り名で常に呼ばれる者もあだ名でばかり語られる者もおり、さらに別の二つ名や蔑称が定着し、やがて公に取り入れられることもあった。

ザリが慌てて制止する。「お久し振りですクララフロア伯。どうぞ中へ。上着をこちらへ」

「構わない。すぐ帰るから」ありがとういい男子がカザリを見上げる。「カザリ。いい大人になった。最後に会ったのは綺噸祭（きとんさい）[＊36]の時？」

「もう五年になります」髪を直しカザリが手を組む。「伯はすっかり見違えました。十四五の男の子にしか見えない」「二年ほどこの姿だが苦労しているよ。人形がなければ誰も僕だと気付かない。僕の本体はこっちの手袋だといえる。これがないと家人さえ僕に気付かない」クララフロアは笑い取り囲む演者達を見回す。

「すっかり皆お姉さんになってしまったな。ここに来た時はどの子もお人形のようだったのに」

「ぜひ今度は舞台にも。私達はあなたの劇団なんですから」近寄る卿の髪をカザ

＊35　クララフロア伯フランシス・ウォートン……世襲貴族。貴族院議員与党。クララフロアは領地でなく初代の名から取られている。つたない腹話術と熱心な文芸振興活動で知られ、文化・スポーツ省大臣も務める。大小問わず幾つもの楽団・劇団を抱え、それら多くの最期を看取ったといわれている。

＊36　綺噸祭……会員制催事。詳細は公開されていない。無人島で行われると噂されている。

リが撫でる。「マスコッツの件ですね。それともビロ？」

「むろんそれもある。皆大事な僕の子供達だから」男子はカザリを抱きしめる。

「顔も見せず済まなかった。大変なことになってるね」

「クララ卿！」血相を変えた主宰と監督が二階から駆け下りてくる。演者の輪を割って伯爵の下へ行き抱擁を交わしその場に膝を突く。「何てことです！　付き人もなしで！」

「ラズリ[*37]にミリッツ[*38]！　しばらくじゃないか」劇団の誰も呼ばない首脳陣のあだ名を卿が口にする。「お世話様だね。劇団をいつもありがとう」

「お久しゅうございますクララ卿」「すごい髭だ監督！　威厳(いげん)をつけているのかい？　二人とも恰幅(かっぷく)がよくなった。まるでオペラ歌手みたいだ」「お恥ずかしい限りで。あなたに会えると知ってたならもっと」

＊37　ラズリ……五期。鐘流。あだ名をラズリ、飾り名をブラックドライブ。ベルトベルスタの一番弟子とも狂った追跡者とも呼ばれ、逮捕を契機に一座に入団したといわれるが一貫して本人は否定を繰り返している。

＊38　ミリッツ……九期。指流。飾り名を格子影と名乗る。故国を捨て劇団に入るために帰化。道具を持たず鉄拳で観客を沸かす。

「今も君らは演じているんだな。役に殉じて性別まで変え、演者だったあの頃と何ら変わらない」クララフロアが主宰の髭を慈しむ。「話は聞いてるよ。マスコッツの足取りは追えないの？」

「難しいです。口座は空に近く。病院に声は掛けていますが現れるとは考えにくいです。自己管理でもあの子の馴致は落ちないでしょう」

「ビロは？」「典型的です。お会いにならない方がいいでしょう」

「いたましいな」伯爵が目を伏せる。「不思議な話さ。傷んだ体を取り替え故障を外せるなら永遠に戦い続けられるはずだが。何故かそうならない。いつか皆滑り落とされてしまう。そうじゃなくともいいはずだが。一瞬で消えることなく続く幸せというものがあってもいいはずだが。結局私達は皆素晴らしいもののお客さんでしかないのだろう。ある時そこに居ることは出来るが、いつかは席を空け出て行かねばならない」

「私達はまだ戦えます。やれることは残されている。きっとお客を戻してみせます」子供のように主宰がクララフロア卿の胸に縋る。「私達を見捨てないで。この子達にもう一度チャンスを」

「馬鹿をいうなラズリ」クララフロアが禿頭（とくとう）を胸に抱く。「劇団は常に君達のものだ。私はお金を出しているだけだ。僕は皆を見捨てたりしない。君達も僕のために生きたりするな」

「クララフロア卿。私達に導きを」カザリが声を震わせる。「お客も私達を見限りつつあります。私達は一体これからどうすればいいですか」

「カザリ！　そんな顔をするものじゃない」クララフロア卿は首を振る。「私は君らを貰い受けただけだ。[*39]シーブース卿が立ち上げ育てた箱をその死後受け継いだだけの男さ」

「そして今はあなたの箱です。私達はあなたの団員です」

「本当かい？」男子が笑って人形を操る。「私は所詮門外漢さ。だが素人目にも判

＊39　キャッチフライ・シーブース……初代主宰。貴族院与党。ベルトベルスタを見出し一座を旗上げし一世を風靡したその功によって叙勲を受け一代貴族となる。苛烈な差配と拡大期に見せた辣腕により国内外に雷名をとどろかすが、ベルトベルスタの死後体調を崩し一線を退き、程なく病没。その死体は遺言により二舞台の壁に塗り込められている。

ることはある。どうしてお客が離れていったか？　二人のことはきっかけ程度さ。皆街に出て雑誌を買っているか？　残酷なものは受けなくなりつつある。皆が気張って血を撒き散らし切株を飛ばす程お客は離れていくだろう」

「まさか！」

「そんな訳はありません」

「私達には文脈があります！」

「何にだって潮目というのがあるのさ。はやり廃りは巡るものだから。二十年待てば風向きもまた変わるだろう。それまでは時勢を見るといい。傷つけ合うのを一回やめてしまうのもいい」

「ショウをやめる？」

「そうとも。ようは勝ち負けが決まればいいんだ。太陽の下でスポーツをしよう。今のお客には健全な方が受けがいいだろう」クラフロアはわざとらしく振り返り、群がる全員の顔を目を細めて見回す。「お前達、来年はかけっこでもするか？」

「侮辱！」二三歩退きカザリが声を上げる。「侮辱だ！　伯爵は私達を犬や馬にも等しい存在だと仰るのか！」

「私達は人だ！」「エンタテイナーだ！」

　団員が口々に抗議の声を上げ、居合わせた数名の練習生が震え上がる。阿鼻叫喚の騒ぎに包まれ、クララフロアが静かに微笑む。

「やはり君達はシーブース卿の子だよ。死後なおここは彼の箱に他ならないのさ。彼の理想と君達はある。今もなお彼と生き続けているのさ」卿が全員の顔を見回す。「そうだろうシーブース卿一座よ！　出来ないことなどするな！　生き続けようと考えないでいい！　うまくやろうと思わないでいい！　私の顔色など金輪際窺ってくれるな！　永遠に生きる必要などない！　価値観と共に死んでいくことも人間の仕事に他ならない！　何かと一緒に滅びたいと思う、お前達のことを愛おしく思うよ」

「卿！」「伯爵！」「クララフロア卿！」「オギャア！」「劇団にとり君達は台木だ。花形が残した芸と体の接ぎ木、ギミックの挿床として生き栄養を与え、未来へ継承するために株分けされた芸と能の改良品種。レガシーによって肉体を社会化し移植により血統を継承する、世襲や師弟教育に頼ることなくオリジナルの芸体そのものを永遠に生かし続ける、栄養生殖する芸能人種の血族。君達の素晴らしさは貸し与えられたものだ。だが返そうなどと思わなくていい！　その血と技を使い切ってみせろ。燃ゆる炎の輝きを私に見せておくれ」

上位が退場し劇団に執着を持たない層が一斉に辞めていく。機を逸した者達だけが劇団に残り反動のように結束を見せ始める。長年の不和を解消し不可侵域に連名でメスを入れ、手遅れになってようやく演者と運営が手を取り、足りない頭でショウに工夫を凝らしていく。

客の多くは戻らぬままだが一部の客達はその変化に気付き、距離の詰まった相手に今度こそ応えるためある者はハイコンテクストの追求に走り、ある者は文脈をちらつかせこれ見よがしに観客を扇情していく。反動褒めを真に受けた劇団はどんどん客に尻尾を振りだし、質幻想に中毒を起こした演者は芝居をくどく、速く、大袈裟に作り変えていく。パフォーマンスが刺激の強弱としてしか客に伝わらなくなった頃、ショウは競うようにその残虐さを強めていく。

劇団に留まりサシもショウに出る。ある日は負け、別の日は勝ち、少しずつ少しずつ成績が固着し、少しずつ少しずつそれを悪くしていく。収入よりも多い支出が自分の限界を定めて、少しずつ自分が型に嵌まっていくのが判る。勝ち続けた時のように批判されることも負け続けた時期のように涙が出ることもなく、何かを変える余裕もなくあっという間に一年が過ぎる。

「どうぞ入って」一人がソファを勧める。「初めましてサシ。査定役のスルチです」

「私はテアニ。公認代理人です」もう一人が続けて名乗る。「査定役がいわば運営側なのに対し、演者側に立って交渉するためにここにいます」

「契約更改は初めてね。初回は立ち会う必要があるけど来年からは代理人に交渉を委任することができます。エージェントを雇って交渉を委託してもいい」サシの資料にスルチが目を落とす。「今日は顔合わせと簡単なヒアリングね。これから数回の打ち合わせで契約内容を調整していけたらと思ってます」

「来年度の契約だけどひとことでいって厳しいものになる。あなたの個人成績以上に劇団の状況が厳しくなってるの」「序列を振るならあなたの順位は三十から四十くらい。予算も無尽蔵ではない。持つ物を分配して契約を作る必要が」「スクールの頃のあなたを知ってる。決して持たない側じゃなかった。センスも技量も頭一つ抜けていた。劇団で不幸になる子はそもそも上に上がれない」「成功しうるだけの素質ある子だけが」「トップスピードは素晴らしかった。あなたには多分何かがある。センスはまだまだ磨かれるでしょう。ギミックも体もこの一年で作った。ただあなたには人気がないの。勝ってても負けてもチケットが伸びない。あなたでお金を稼ぐ手段が劇団側にないの。あなたにお金を使ってくれる人が圧倒的に足りていないの」「言葉でごまかすつもりはないわ。今のままあなたを私達は養うことが出来ない。まずそのことを正直に伝えておきたかったの」「貯金はしてる？　今年は我慢かも知れない。来年の準備を今から始めましょう」

決着ラインを記入された契約資料を渡され親身な査定役と代理人の顔をサシは見る。自分と違う真人間の風貌(ふうぼう)をしていて、地獄作りに荷担しているとは思えない顔だと思う。

「私に売れるものがないならそんな話はしないですよね」息を吸いサシは訊ねる。

「私はまだ売り物になるってことですよね？」

「判っているのね」二人はサシに頷き返す。「判ってていってるのね？」

苦しくないとマーヤは思う。ぼうっとすることがなくなり頭が常に冴え、午後になっても夜になっても眠くならない自分に気付く。大事なことが見えているからだ、やるべきことが明確になっているからだと自分でも思う。契約更改をプラスで終えたことも大きいはずだと自己分析する。わずかではあったが給料が上がりそれだけのことで力が漲るようで、運営の期待に応えよう、少しでもここをいい場所にしようと思い、後輩に気を配り決めごとにも参加し団員への指示出しにマーヤは精を出していく。体の調子がとてもよくなり、自分で判断し物事を決めること、誰かへ向けて指示を出すことはこんなにも健康にいいのかと気付いて驚く。もっと前からこうしたかった、ずっとこれをしていたいと清々しい気分でマーヤは考える。

苦しくないとレプリカは気付く。しばらくショウに出ていないからだと思う。ルーチンワークに余裕を感じる。先々の予定を組まれていないだけでこんなにも心と体が楽なのかと驚く。束の間の安息であることは判っていたが、判っていつつもどこかで不安を覚える自分もいる。これ程長くパドックから遠ざかったことも予定を入れられなかったことも今まで一度もなかった。劇団に何が起こっているのだろうと思う。治療中の部位も処理しきれない量の課題もなく、痛みも恐怖も感じないので自分の調子が却って判らなくなっている。退院してからそれなりに時間が経っているはずだが次の対戦はいつ組まれるのだろう。いつまで自分はリハビリをしているのだろうと思う。

更改の時期が過ぎ個人事業者達に諦めと落ち着きが戻ってくる。契約を結ばず劇団を去る者も出る。サシの同期も数名が去り、介添人がいなくなったので新たにそれを頼める者をサシは周囲の演者から探し始める。数人に立て続けに断られたことで自分の契約について周囲に知られていることを知る。

「出来ればあなたと関わりたくない」面と向かってサシに告げてくれる者もいる。
「やりにくくなるからね」

「そんなことは」

「自分のことしか考えてないの?」サシの返事に相手が睨む。「ねえサシ。どうしてここを去らない。あんなの脅しだと皆がいっているよ」

苦しくないとメシーは思う。劇団を辞めてよかったと思う。街に車が昔より多くなったことを知る。人々の生活が豊かになっていることに気付く。同世代の健康個体と真夏日に待ち合わせて一緒に公園へ向かい、自己紹介の後にガゼボの日陰で詩を朗読する。年上の木々、死と同義にも思われる石畳、人と鳥の多いみじめな噴水広場を避けて火で焼いたような原っぱへ出て、木陰(こかげ)に敷物(しきもの)をして一緒に軽食を食べる。腹ごなしに芝の日向に出て羽根を打って遊ぶ。夏雲を背景にシャトルが舞い上がっていく。

苦しくないとメシーは思う。自分に余裕があることが判る。窒息しかけたスクールでの三年と、休む間もなかったその後の八年のことを思う。この手の時間の使い方は今までとても出来なかったし、そのことで何も裏切らずに済むことが素晴らしかった。自分は余裕がなかったんだな、街はこんなに綺麗だったんだな、人と遊ぶのは本当はこういう感じなんだなということをメシーは思い、この実感を舞台にどう持ち込もうか無意識に考えてしまう自分に笑う。「笑ってるの?」木陰からコージーが訊いてくる。メシーが気持ちを口にするとコージーが黙って軽く微笑む。この子本当はこういう服が好きなんだなと思う。「遊べるっていいね。自由はいいね」

「自由な遊びがいいなんて!」コージーの友達が口を挟んでくる。「いけない時遊ぶ背徳感がいいのに！」

ハミングしながら笑ってみせ、舞台は悪くないがこの子らは不足だなとメシーは思う。辞書を読むより退屈な人間と話さねばならない時特有の疼痛(とうつう)を覚える。コージーからの誘いに乗ったのは一年早く劇団を辞め外の世界で生きる彼女に学ぶところがあるだろうと考えてのことだったが、彼女の連れてきた芝居好きという善人三人組は、手紙で読むほど見所ある人物には見えなかった。

一人目は典型的な他人と自分で審判が違う手合い、二人目はジャッジを甘くして他人ごと自分を許している手合い、三人目は審判なしで世界が成り立つと思う間抜け、何でも褒めて楽をする横着者、自分が怠けた分世界を悪くしていると判らないおろか者、自分に価値があると根拠もなく信じている輩(やから)だった。単なる馬の骨、試験の時だけ勉強をして投票の時だけ政治をするような人種、責めても仕方ないので放置するしかない者達だったが、劇団内にいたら殺意が湧くだろうとも思った。仲良しごっことは思ったがと後悔しつつ判っていて拒まなかった自分にも反省を覚え、自然児達と戯(たわむ)れる内向かいに座るコージーとふと目が合ったので、友達は選べよ、馬鹿になるぞと目だけで同期に訴えておく。

「ギミックというのでしょう。高く飛んだり加速する装置」骨Aがメシーに訊ねてくる。「あなたの体にはもう入っていないの？」

「そういう契約だからね。借りてただけだから私は。あれはあくまで舞台装置。劇団の持ち物なの」メシーは腕を持ち上げてみせる。「今の手足は元々の自分の手足。劇団に預けといて、辞める時返してもらうの」

「培養しとくの？」「何年もずっと？」「維持費すごいよ。お給料だいたい持ってかれちゃう」「そうなんだ」「やだあ」「すごいねえ。借りるのも高いんでしょ。ギミック」

「秘密」メシーは笑う。「本当はね、ギミック自体はそんなじゃないよ。入れたギミックは育てる必要があるから。馴染ませるっていうか、調教するっていうか、いいパフォーマンスを発揮出来るまで鍛錬が要るものなの」

「そうじゃないものもある？」「それがパッケージ。馴致した周辺組織を含む完成したギミック構成。お客の付いた花形の体、手練れが育てる一点物の芸道具。パッケージの値段は素体のギミックとは比べられないかな」「そうなんだ」「よく判らないわ」「相反するギミックを共存させたり似たギミックの掛け合わせで得意を更に伸ばしたり、入れたギミックを育て上げれば高値で劇団に売ることも出来る。借りたギミックを育て上げてパッケージ化して、そこまでいければ安泰って感じ」「家畜や青果の品種改良みたい」

「品種改良なら失敗もあるでしょ」二人目が顔を寄せる。「本になってない話も聞かせてよ。駄目になった役者を見たことある？」

「どうかな」メシーは考える振りをする。「当たり前だけどお医者様とか専門技師のアドバイスに沿ってギミックを組むわけだから。目に見える失敗は皆避けるよ」

「副作用とか拒絶反応とかないの？」「普通の人なら心配だけど演者はレガシーを入れてるから。レガシーが同型なら抑制剤なしでも移植が可能なの。後天的に家族同士になるの。免疫問題をクリアすることを体の社会化と呼んだりするんだけど」

「じゃあその薬のせいではないの?」二人目が訊く。「変な演者が沢山いるんでしょ?」

「おかしくなった子が沢山いるって本当?」一人目が重ねて訊ねる。「心だけ若返っちゃった子とか舞台に上がれなくなっちゃった子がいるんでしょ?」

　気まずそうにコージーが目を逸らしたのに気付く。話したなとメシーは思う。守秘契約の外ではあるが、身内の醜聞など他言無用が大原則のはずだった。怒りや軽蔑と同時に幾許かの哀れみじみた気分をメシーは覚える。劇団にいた頃あれ程仲間思いだった彼女と、彼女に居場所を与えなかった劇団のことを思う。箱を去り舞台を去り仕事を探し居場所を探し、ようやく見つけたつまらないそれに馴染むため、こんな人種相手にゴシップをお裾分けせざるをえなかった彼女の苦労を思う。

「ライラックフォビアっていって判る?」少しだけ逡巡するふりをしてからメシーは話し出す。芝居好きの三人組が興味津々という顔をする。「身内ではミルクとかミルクカップって呼んでた。私やコージーと同期だったの。コージーってのはこの子のあだ名ね。二年目くらいで大怪我を負ってそれからミルクは頭が若返ったの。でも元を辿れば入団前からあの子は心を病んでたの。小さい頃にミルクは親を亡くしてね。あの子の芸名は四歳の頃強盗に殺された両親の眼窩に突き刺さっていたライラックの花束から来ているの。楽屋で花を見るとよく泣き叫んでいたわ。狂うまでは年上連中に随分嫌がらせされていた」

「うへえ」「やだあ」

「病気といえばソースね。本番になるとトイレにこもって出てこれないの。もう何年もショウに出てない。

下痢のしすぎで肌はぼろぼろ、全身がりがりなの。瓶にずっと話しかけてる頭のおかしな子もいたな。名前なんていったかな。瓶の中身は毒薬だとか麻薬だとか噂があったんだけど。どうも死人の灰を香水瓶に詰めて一人で話しかけてるみたいなの。面白いでしょ?」

「やだあ」一人が顔を顰める。

ふざけた面だとメシーは思う。自分の発する言葉で人格を否定されると思っていない、こんな子達が世界の全てではないはずだと思う。

何に自分はいらついているのだろうと考え、自身を省みる内最後に出たショウのことがふと思い起こされる。退団前の餞別と思い何でもない演者にわざと負けてみせた最後のショウ、その光景を思い出しメシーはまた暗い気分になる。

本当に馬鹿なことをしたと思う。自分のことを間抜けだとも思う。わざと手を抜き格下に負けておきながら、その敗北に悔しさを覚えるなど。退団以来何度となく夢に見て後悔と恥ずかしさで目を覚まし苛まれ続けていた。敗北を悔いているのか外の都合をパドックに持ち込んだことを引き摺っているのか。わざとスペクトを切られたのも初めてだったが、あれほど耐えがたい負けはなかったと今になってから後悔し続けていた。キャリアの最後につまらないことをした情けなさに、辞めた先達に敬意を示さなかったことに今更気付いてうろたえているのかも知れなかった。

真夏の強い日差しを見ながら、より鋭利で意図的だった二舞台のライトのことを思う。苦しくないとメシーは思う。苦しくないところは何もなくて馬鹿みたいだと思う。

　ここは穏やかだな、穏やかでいらいらする。目の前にいる人種を見ながら、ぬるま湯で馬鹿が安らいでいるとこんなにも気持ち悪いのかと思う。

「あなたは知ってる？　タイガリンポスタはどこに行ってしまったか」

　懐かしい名前に意識を引き戻され、メシーは三人とコージーに視線を戻す。どこにでもいる三人組、その横にいるコージーと目が合う。

「現役時代のこの子の話は聞いてる？」

「聞いてないかも！」「恥ずかしがって彼女。自分のことは濁すの」

「やめてよ」いってコージーが猫を被り、呼び水をかわそうとする。

「コージーという演者はね。とても優しくいとおしい仲間だった。スターではないし、ショウで強いというわけでもなかったけれど。それでも劇団には必要な人だった。彼女がいないからあの箱は駄目になったのかもね。上位にはなれなかったけど、彼女だってけして弱かったわけじゃないの」膝でにじり寄ってメシーは四人に近付く。真向かいのコージーと膝同士が触れそうになる。「彼女の得意は近間だった。剣とか拳じゃなくて、もっと近い間合い。寝技とか組技とかの。その距離だと私は本当にかなわなかった。彼女とやる時はいつも間合いに気を配っていた。本当に努力で鍛え上げた演者だった」着座しながらメシーは笑う。「この距離だ。膝の交わる距離。今ここで私が彼女に襲いかかってもね、コージーはたやすく私をねじ伏せられるの。それくらいの力量差があった。ギミックがない今だったら、尚更」

　ぼんやりメシーを見ていたコージーが、何かに気付いてじわじわ顔を強張らせる。コージーの見せた緊張を見て、彼女がもう鍛錬をやめてしまったことをメシーは理解する。青ざめるコージーを見てきょとんとした三人が笑う。何の意味もない緩衝材としての笑い。

「帰ろっか」あくびしながらメシーが伸びる。暮れ始めた空を見上げ、視線を戻してコージーに向けて笑う。「ねえコージー。はじめて近くで見たけど、あなたってそんな顔してたのね」

次の一年が始まりサシに後輩が出来る。スクールを出た新人の教育係を運営から任命される。あれから一年経ったのだということ、一年しかまだ経っていないのだということを思いながら新人に本館を案内し、寮のルールや仕来りを聞かせる。新人教育は古株の仕事だったが、メシーの凱旋(がいせん)とそれによる混乱のため誰も手が回らないらしく、仕事のないサシにお鉢が回ってきた形だった。スクールは年次でなく成績によって卒業生を出すため、入学一年で劇団預かりになったというその優等生とスクールで会ったことはなかった。

「私は先輩を知ってますよ」笑っていいながら新人が横に並ぶ。「有名人ですから」

「私が？」

「スクールじゃ大騒ぎでした。常勝タイガリンポスタを倒し、磐石(ばんじゃく)のクラッドミラ*40

ーを破り、伝説の先輩です。あなたのようになりたいと皆がいってました」狭い通路で腕と腕が当たる。「というか主に私が大騒ぎしてました」

「誤解が多いね」

「[*41]昨日と今日が違うと示し、ないものをあると思わせること。先輩はまさに体現者です。どうしたら先輩みたいになれますか？」

「やめておきな」サシは笑う。「ショウのルールを？」

「覚えてます！　スペクトを切られたら負けです」「スペクトとは？」「全長五寸、幅一寸、指定の塗料で身につけた標（しるし）。観客から見える場所に刻んだスペクトを切られたり、貫（つらぬ）かれたり、破壊されると負けとなります」「敗北条件を全て挙げて」

＊40　クラッドミラー……ビロの飾り名。「割れ鏡」という名の由来は得物の投網を見立てたものだとも無数の鏡を覗いているようなビロの高い空間認識能力を指したものだともいわれている。投網と六臂二足の姿からより直截に「蜘蛛女」と呼ばれることもあり、ビロ自身も積極的に蜘蛛の意匠を活動に取り入れていた。

＊41　例えば血を流すこと、武器を当てること、人が人を傷つけるということ、古今の物語で語られつつ看過されてきた暴力の正体、その実際の姿をあますことなく衆目に晒すこと、以て舞台の上に人道を持ち込むこと、この世を支配するものの本当の姿を身を以て示すことが他の演芸にないショウの意義であり、人間の正体を苛烈なまでに大衆に示すことこそが自分達の使命であると黎明期の一座は語っていたが、いつからその身上を幻想の追求に求め出したか、転向の時期は定かではない。

「スペクトの破壊、心肺の停止、第四の壁を越えることの三つです」

「いいね」サシは頷いてみせる。「私から一つ忠告を」

「お願いします」「ここでは人を先輩だなんて呼ばない。誰もが相手を名前で呼ぶの」

「成程?」頷き新人が脇から見上げてくる。「サシ[*42]と呼んでも?」

「勿論」

「どうしよう」裾で手を拭き新人がこちらを見る。「よろしくお願いしますサシ。私はリジン[*43]。私を呼んで下さい」

本館と寮を一通り案内した後、リジンと街に出て一緒に食事をする。レガシーを入れることへの不安と決心を表明するリジンを見て、この子ならとサシは考え

＊42　サシ……二十八期。指流。あだ名をサシ、飾り名をホーサクタ。サシの引退や死は記録に残っていない。花形以外の多くの演者に引退という概念は存在せず、いつの間にかいなくなって記録や人々の記憶から消えていく。「馬の脚」という呼び名は子供の端役、それしか出来ない大根役者という意味の慣用句から来ている。
＊43　リジン……二十九期。鐘流。デビュー後すぐに頭角を現し最後の花形として落ちつつあった劇団を牽引する。一座の解散後は活動の幅を広げテレビドラマで活躍。彼女が舞台人と知り驚く者は多い。

る。「あなたにお願いがあるの。私の介添人になってくれない？」

　暗い部屋に一人レプリカは蹲（うずくま）る。ドアの場所が判らないことに気付く。もうずっと誰とも話していないこと、そのことに何故か自分が気付かなかったことに頭を抱える。~~「私は既に死んでいるのか？」~~痛みも苦しみも恐怖もなくなってしまったこと、未来の契約も今日のスケジュールももらえなくなってしまったこと、自分が今何も見えていないこと、何も聞こえないのに問題が発生しないことの答えが見つかり、さっきまでそこにあったはずの壁や家具、寮の部屋や廊下、遠近の感覚や過去起きた出来事の確かさにアクセス出来なくなる。ものを記憶したり名前をつけられなくなる。~~「何で気付かなかったんだろう？」~~脳がないからだ、シナプスが繋がらないからだ、自分が既に死んでいるからだということをレプリカは思う。今考えている自分が何なのかまでは判らなかったが、何であれ基礎代謝を維持出来なければあらゆるものは消えてしまうはずだった。これは永続より一瞬に属する現象なのだと思うと、死んでなくなることが再び恐ろしくなり、これ以上何も考えたくないと考えた時、微（かす）かな音が途切れ途切れどこかから聞こえてくることに気付く。音によって耳の存在が判り、顔を上げると自分の輪郭、部屋の輪郭が周囲に取り戻されていき、闇の中に物が存在することに気付く。出口の位置とそこへの行き方が判る。部屋から外に出て自分が移動出来ることに気付く。廊下の奥から断続的に微かに聞こえる音の連なり、その調べの正体が人の歌声であることに気付く。

「あなたに手紙を書くのはこれで十度目くらいだけれどこの手紙が届くかどうか今の私には判らないでいる。あなたのルームメイトは必ずあなたを見つけるといっていたけれど劇団を抜けた演者が捕まるのは故郷に寄った時か馴致が落ちてレガシーを必要とする時くらいだとも思う。あなたの馴致でそれは起こらないし、あなたには故郷も家族もない（だよね？）。それともあなたは父親の元へ向かったのだろうか。今のあなたが国境を越えられるとは思えないけれど。あなたへ渡す手紙を乞われて（変な体験だ）これを認めながら私はあなたが今どこにいるのだろうかと想像している。それはあなたが逃げ出した理由を考えることでもある。どうしてあなたは逃げ出したのか。劇団やショウがいやになったか。坂道を落ちていくことが怖かったのか。あなたが自分のキャラや文脈を、ありていにいって自分の物語を心底大事に思っていたことを、思うに周りの人達は本当は判っていなかったのではないか、そういう風に思えたりもする。演者は所詮伝統芸（レガシー）と文脈（ギミック）の乗り物だしそれを切り売りすることに耐えられなければ続けられるものではない。負けるまでは。勝ち続けられなければ。負けたあなたが新入りのように逃げ出したことは理に適（かな）っていると私には思えるけれど、しかし本当に自分の物語が全て叶えられるとあなたは思っていたのだろうか。劇団の一番になってコンテストでグランプリを獲って。有名人のお父さんと再会して。上手く考えるのは私には難しいことだ。足し算や引き算ではないのかもと思う。いわなかったが私も先だって膝を駄目にしてしまい、回復の望みに賭けていたのだけど、どうにも分の悪い目が出ている。収支を考えると近く引退を決めると思う。今はただ結論を先送りにしてるだけだ。終わってしまえば平均に着地したよ。大袈裟なことといったけど私達何も変えられなかったね。そちらほどではないがうちの箱も転覆や世代交代が起きている。私の出番が終わりつつあるのを感じる。

　最近私達は何をしていたんだろうと思うことがある。かつてあったものがどこにもなくなっていることに気付く。すべての現場に対応を強いていたドグマが解け、違うルールのゲームが合図もなくいつの間にか始まっていることに気付く。あれほどまでに私達を押しのけ、一般に浸透し、馬鹿の脳味噌を騙し資本家どもを調教し、どこまでも強固で絶対的だった私達を測る指標があっけなく姿を消し、いまでは誰もその夢を見ない。私達は否定であり、対抗馬であったはずなのに、何でこんな馬鹿なことをやっているのか、もう本当に全然判らなくなってしまった。端から見たら滑稽でしかないのだろうか。今や私達は残酷な見せ物が好きな悪趣味な馬鹿の徒党だ。あなたのとこほど極端ではないけれど、うちだって所詮世間知らずな熱病人の見せ物小屋だ。

悪い夢はいなくなってしまったのか？　二十年待てば繰り返すのか？　私は論客でも山師でもないから、未来のことは見当も付かない。

それでもやるしかない。勇気を出すしかない。そうは思わないか。次の時代まで私達が持たないとしても。あなたの仲間が出戻った噂を聞いた。あなたがそれに続くことを願っている。あなたの安寧や息災を私は望まない。大破したあなたを介錯することだけを夢見ている。舞台の上であなたと対峙しあなたにとどめを刺す瞬間を私はまだ待ち焦がれている。その為ならどれだけでもこの場所にしがみついてみせる。どれだけ多くの愚か者に自分が勇気を与えてきたか、おそらくあなたは理解していないのではないか？」

「負けたくない！　負けたくない！」自分の心の叫びを聞きつつ横薙(よこな)ぎの一撃をゴーハが身をよじり躱す。切っ先が掠め鼻腔から鮮血が噴き出す。目頭から血と熱と涙が溢れ出る。利き腕ごと飛ばされた武器、受け太刀する度短くなる鞘(さや)、もう負けられないのだと繰り返し叫ぶだけの脳味噌、壇上に何一つゴーハを助けるものがなかった。客席では退屈そうなまばらな視線と呼吸が蠢いている。ドアの動きで誰かが席を離れたことが判る。「いなくならないで！　私を忘れないで！」剣撃を骨で受け止め砕けた骨から飛び散る髄液を顔に浴び、追撃する相手から必死に距離を取り、傷だらけの舞台をゴーハはのたうち回る。「落ちたくない！　ずっとここにいたい！」恐怖に苛まれ相手のギミックの情報も頭から吹っ飛び、客席に背を向けていることにも気付かぬまま次の一合を生き延びることに全神経を集中させる。相手の見せる手心や目配せにも気付かずに突きを躱して大きく飛び退(との)き、足を滑らせ照明の外に出てようやく自分が舞台から落ちかけていると知る。反吐(へど)に滑って仰向けに体勢を崩し髪と頭が第四の壁を越えた時、頭上からくる熱風にゴーハは目を見張る。

降下したアクリルガラスが壇上と客席を物理的に遮断する。境界に位置していたゴーハの首がシャッターに落とされ、観客席にいる初老の紳士の膝に転がりこむ。壇上ではゴーハの胴体が虫のように手足を振り回し、噴き出すレガシーでアクリルガラスの向こう面を真っ赤に染め上げていく。滅多に見れない反則に客席がどっと沸く。悔しさと羞恥（しゅうち）でゴーハは目の前が真っ赤になる。

「上へ行かせて！」ゴーハの首が叫ぶ。「私を押し上げて！」

「そりゃ構わんが」紳士が笑う。「しかし君、押せる場所がないね？」

溢れる血の海に沈みメシーの口と鼻が泡を吹く。額も顎も血（レガシー）に浸（つ）かったまま瞳（ひとみ）だけでライトを見据えている。うつぶせに倒れた上半身からやや離れた場所で痙攣を繰り返している下肢、その中間である舞台の中心辺りにしゃがみこむマーヤがメシーの温かな内臓を貪（むさぼ）り食（く）っている。捨てられたかばんのようにぺちゃんこになったメシーの腹腔から大量の内臓が腹膜ごと飛び出し、壇上に氾濫している。静まるパドックの光と闇の中にマーヤの立てる嚥下音（えんかおん）が響く。上下半身を分断され抵抗を見せなくなったメシーもその肩にあるスペクトのことも意に介さず、返り血と脂で桃色のマーヤは引きちぎった腸を一心に口へ運び続ける。マーヤが唇でかむと蠕動(ぜんどう)する腸から内容物が噴き出し、排泄物の臭いが広がり客席が一体感に包まれる。暗い客席から呻き声が漏れる。一部の客は引き笑いしている。肝臓や脾臓(ひぞう)を飲み込み蛇のごと腹を膨(ふく)らませたマーヤは立ち上がれないのか海獣のごとく腹で跳ねて動き、痙攣を止めた下肢に近付くと歯とギミックを使いメシーの脚を解体し始める。

復帰後劇団から買い戻した胸骨下のギミックの補助によりメシーの心肺は生きてまだ血泡を生産し続けていた。レガシーの流出は終わりつつあったが呼吸と拍動の継続が客席からも認められ、鎖骨に刻まれたスペクトも手つかずであったためショウはいまだに決着を見ておらず、好き者の客が帰らずに鑑賞を続けたため運営もまた舞台裏で終幕条件の達成を見守り続けていた。メシーの下肢を腹に収めたマーヤがメシーの胸腔(きょうこう)をこじ開けその肺(ギミック)を取り出すまでのおよそ六時間、濫(みだ)りがましいショウは長丁場を演じることになる。

「駄目かもしれないねもう」ソファの上で一人がこぼし、他の演者も俯いて言葉を

なくす。血の染みついたパドックから戻り風呂の後も取れない臭気を薄めるため
ラウンジに香を焚き、ソファに重なりながら数人の演者が不安を確かめ合ってい
ると、食堂の方から足音と鼻歌が近付いてくる。
「どうしたの皆」牛乳と菓子を抱えたトリィがラウンジを通りがかり足を止め
る。「何してんの。葬式？」
「似たようなものだよ」「メシーのこと聞いてない？」
「こりゃ失敬」慌てて輪に加わりトリィが手を組む。「さよならメシー。今までサン
キュー！」
「あんたは本当いつも通りね」ソファに割り込み菓子を配るトリィを皆が呆れて
白い目で見る。「時々あんたが大物に見えるよ」
「ほめられかしら」「馬鹿のふりやめな」
「あんたはいつもそうだ。怪我すれば泣き喚き、死ぬ死ぬやめると大騒ぎするの
に、怪我が治ればけろりとしてる。痛みが消えれば元通りになる。普通に稽古に
出て平気でまたショウに上がる」「ショウの後またつらいと泣き叫ぶ。脳みそ入っ

てないみたいだ」「どうして辞めないの。本当にいやなら辞めればいいのに」「いやじゃないよ！　ショウ好きだもん私！」トリィが抗議する。「好きだから続けてんの！　おかしい？」「やめたいやめたいって」「ストレスマネジメント！　泣き叫んだりしちゃ駄目なやつなの？　続けてんだからいい話じゃん！」「よくそれで続けられんね」「稼いでるもん私」

「明日はどうなるんだろうと思わない？」

「そうお客に思わせるのが私らの仕事でしょ」

「お客はもう誰もそんなこと思ってないよ」一人が洟を啜る。「お客は既に安心したいフェイズだ。私達が地の底に落ちるものと決めつけ、その通りになるのを確認して安心したがっている。私達への移入をやめて予想の的中だけを待ち望んでいる。予想を的中させられることで私達と自分が違うものなのだと証し、以てあか もっ尊厳の回復を図っている」

「私達はもう駄目なんじゃない？　明日は自分だと思わない？」

「それはさあ、自分達は大丈夫だと私達が嘘を吐いてたせいだよ。安心感を売ったからだよ。大丈夫なやつなんかいないとちゃんといって証明しようとしてこなかったから生まれた後払いの議題だよ」トリィが笑う。「贅沢な悩みって嫌い！好きで死ねたら逆よりよいじゃん。何とかなるよ。くよくよしてもね！」

週末になり看板がかかる。客が椅子を埋めて舞台にライトが点る。ショウのルールもギミックの使い方も、自分が劇団員であることも忘れたままパドックに上がり、ミルクカップ[*44]は今日も切り刻まれる。指先から達磨落としにされていく。毎回新鮮に繰り返されるそれだけといえばそれだけの芸に固定客が付き、ミルクカップは生活に困らなくなる。神妙な芝居も歌も忘れ、メタのない純粋な人権侵害が間口の広さで新規客を呼び寄せていく。

「足音が聞こえる。誰か来るみたい」

「本当だ」

「皆静かに」

「こんにちは。こちらへどうぞ」暗い場所から声が呼びかけてくる。「暗くて

＊44　一座の解散後ミルクカップは病院に入りその後に自殺したという証言がある。

よく見えないの。あなたの名前を教えてくれる？」

「レプリカ」近寄りながらレプリカは名乗る。

「レプリカ。あなたを知ってるわ」「クール売りしてた子ね」「ライト層きつくなかった？」「ここにいると楽屋とか舞台裏の噂話が聞こえるの」「時折ね」

「私は死んだの？」

「そう聞いているわ」「壇上死だって」「あなたの後にメシーも死んだみたい」

「もう一人くらい死んでなかった？」「ゴーハ」[*45]「ゴーハだ」

「あなた達は誰？」

「名前？」「判らない」「忘れてしまった」「随分長くここにいるから」「私は私」

＊45 「ゴーハという演者がどういう存在だったのか、何故劇団に彼女の居場所があったか、あの子が誰から求められていたのか、主宰や演者も本当のところ理解していなかったんじゃないか。入団当時の彼女を見てないとその本質を目にする機会はなかったはずだから。デビューした年だよ。あの夏なんだよゴーハは。あの夏の彼女は神がかりだった。あの夏あの場にいた者以外に彼女のすごさを理解できるはずがないよ。彼女こそ僕らが求めていたものだった。あの年同世代が抱えていた問題を彼女だけが判っていて、彼女だけがそれを真剣に考え、価値ある答えを提示できたのも彼女だけだった。思想や批評の専門家でも出来なかった。あの人は鮮烈で、その輝きは一瞬で、何もかもを引き換えにするほどの仕事をし、燃え尽きるのも当然の熱量を放っていた。その後伸び悩んだことも演者として大成しなかったことも何一つ問題じゃない。それだけのことをあの時してしまったんだから。正しく才能に苦しめられたのが彼女だった。あの日の彼女を見た者だけがそれを」

「ここは暗くて判らなくなる。相手が誰か。自分が誰か」「あなたもきっと自分を忘れる」「その内ね」

「私はあなた達を知っている気がする」発声と衣装の衣擦れで相手が演者だとレプリカは理解する。狭い通路の明かりと明かりの間、暗がりの中に人間の気配が漂う。「こんなところにあなた達はいたのですね」

「質問をどうぞ?」二人が口にする。「訊きたいことがあるって顔してる」

「顔が見えるの?」「見えないけれど」皆がくすくす笑う。「質問が終わったら歌を歌いましょう。あなたとも合わせてみたいな」

「暇なの私達」「それくらいしかすることがない」

「メシーやゴーハもここに?」

「来てないわ。最近ではあなたくらい」「皆来るわけではないみたい」

「先輩と呼ばれた演者のことを?」

「いたかしら」「いたかもしれないとは思う」「懐かしい気持ちはある」「自分の記憶か判らないけれど」

「先輩もここに？　もしかしてあなた達の中に？」

「覚えていないわ」ごめんなさいと誰かが告げる。「いて欲しいのなら、いることを祈りましょう」

「祈るって何？」

「自分と関係ない物事に、関係のあるふりをすること」

「カザリ」騒がしい食堂でスープを啜っていると不意に名を呼ばれカザリは顔を上げる。向かいの席にブルー[*46]が腰掛けぎこちなく挨拶してくる。「どうも」

「どうも」開いた本はそのままにしてスプーンだけ下ろしカザリも返事する。デビューも近く付き合い自体はそれなりに長かったが、最近は会話もなくどちらかといえば距離のある相手だった。

「今度」「うん」「久し振りに当たるね。よろしく」「よろしく」

「あれからもう五年か」ブルーが目を伏せる。一度だけ逡巡を見せてからブルー

＊46　ブルー……二十期。虎組。飾り名はデスライト。ジャングルで狼に育てられ傭兵としてあまたの戦場を生き抜く。今は劇団に所属しながら自分を捨てた生みの親（異星人）への復讐を夢見ている。右目が義眼。（公式プロフィールより）

は前を向きカザリの目を見る。「あなたまだやってる?」

「何を」

「台本ありを」

「もうやっていない。即興(エチュード)ばかり」ブルーの目を見据えたままカザリは本の頁(ページ)を閉じる。「でも、あなたとだったらいいよ」

「ありがとう」念押しも質問もせずブルーが打ち合わせに入る。「やりたい拷問があるの。あなたが責めで私の歯を折り……」

両目を抉り合った演者二人がパドックの上で舞い踊る。

見えない相手の剣撃を躱しあらぬ方向へ得物を振るいあう。

武器を捨て抱き合った二人の演者が壇上で爆死する。

臓物と衣装が客席にばらまかれ、無人のパドックにアクリルガラスが下りる。

楽屋近くのトイレを出て暗い通路をソースが進む。出番待ちの演者達が目を瞠(みは)り道を譲る。楽屋に入ってきたソースに騒がしい演者達が一瞬で静まりかえる。空いている化粧台をソースは探す。

「ソース！」聞きつけた進行役が血相を変えて楽屋に飛び込む。入れ違いに数名の演者が飛び出し、楽屋の外がにわかに騒がしくなる。「出るのか？　本気？」

「よろしくショーン」鏡を見たままソースが名を呼ぶ。進行役は唸って立ち尽くし、助手を呼び立てるとその日の業務を全て引き渡し、ソースの化粧と衣装の支度（したく）を始める。五年ぶりにパドックに上がるというソースの骨張った背中と進行の慌てぶり、その甲斐甲斐（かいがい）しさを楽屋にいる演者は鏡越しにじろじろ見つめ、通路に集まった非番の団員が代わる代わる楽屋を覗きこんでいく。

「エースが消えた途端にこれか」下地を塗りつつ周囲に聞こえぬよう進行が悪態（あくたい）を吐く。「恥知らずめ。何のつもりだ今頃。強いやつがいなくなればいい椅子に戻れると思ったか。あんたなんかもう花形でも何でもないのに」黙って目蓋を閉じるソースと専属面で彼女を整える進行役を若い団員が好奇の目で見る。メイクを施す進行役の手が動揺を隠せずはっきり震えている。「みなあんたが下痢の酷い劇団のただの穀潰（ごくつぶ）しだと知ってるぞ。若い演者もお客も知ってる、あんたが卑怯な負け犬だということを。誰もお前に期待しない。お前の正体は既に露見してる」塗料が足りないので入口に声を掛け誰かの足音が通路を駆けていく。目元を拭いながら進行役がソースの腕を持つ。「こんなに痩せて。合う服がない！」「前のでいいよ」「残ってるわけないだろ！」「ワンピースでいい。胴が隠れればいい」「恥の上塗りめ。人生の晒し者め。評価は今更覆らない。もう誰もお前に騙されたりしない」枯れ木に一張羅を着せながら進行役が言葉を浴びせる。「舞台に上がって何になる。今更ショウに出てあなたに何があるの」

「もう何もないよ」

「ならもうやめときなよ。何で？」

「そこまでするほど価値のある何かが、あるのだと錯覚させるために」

ライトの範囲にソースが現れ観客席から絶叫が上がる。他のショウとは別種の客層、不戦敗の座席を五年間買い支えてきた狂信者の群れが現実を受け入れられずに次々と失神していく。舌を嚙んで気付けにする者、爪を剝がし意識を保つ者、嘔吐しながらその名を呼ぶ者、心神を喪失し二度と戻らない者、阿鼻叫喚の集団ヒステリーの中全員が目と耳だけ壇上に釘付けにし、五年ぶりに壇上に姿を見せた、かつて一世を風靡した演者の姿を目に焼き付けている。長い手足と猫背の痩軀(そうく)、左に握る片刃剣、胴だけを隠す襤褸布(ぼろきれ)を身に纏い、薄っぺらい皮膚が骨とギミックの輪郭を浮かび上がらせている。目を隠す蓬髪と薄い唇、あますことなく全身に塗りたくられた深紅の塗料(スペクト)、人の形の真っ赤な見世物、予兆なく顕現した自分一人だけの神様の立ち姿に客席中のファンが涙と鼻血を流す。

「信じられない」下手に立ちトリィが呻く。パドックでこれと対峙し生きて戻った者がいないという色あせつつあった事実を思い出す。震える剣を下段に構え生きて帰ることを一旦諦める。ソースを見上げてトリィは微笑む。「光栄だよ虹を待つ雨[47]、あなたと同じ舞台に立てるなんて。この箱に入ってよかった。いいショウにしよう！」

「よろしくリルサイレン[48]」ソースが答える。「悪いショウなど存在しない」

＊47　虹を待つ雨……十四期。虎組。あだ名をソース、二つ名を虹を待つ雨。生命を浴びせるような歌声、命がけのパフォーマンス、ステージの始めと終わりで削られる寿命を見に行くような壮絶さと選び抜かれた言葉による優しい説得、ニヒリズムと人間賛歌のせめぎ合うステージは異様な熱気を孕んでいたとされる。パドックにおいては三桁に及ぶ演者の命を奪った。

暗闇の中で演者達が歌っている。狭くて暗い通路で声出しをしている。誰もいなくなった真夜中の舞台裏で、名前も忘れた自分の出番を誰かと一緒に待ち続けている。

「私達の出番はいつかな？」

「判らないけどないことはないさ」

「どんな舞台かな？」

「判らなくてもいいさ」

「あなたは何のために舞台へ？」

「楽しむために。楽しいことがこれしかないがために」

「あなたは何のために舞台へ？」「継承のために。再興のために。もらった文脈をバトンするために。私達が滅ぼしたのではないと思ってもらうために」

「あなたは何のために舞台へ？」「先人のために。変化するために。私より苦

＊48　リルサイレン……二十七期。指流。あだ名をトリィ、飾り名をリルサイレン。作られたスマートさ、特に強くはないところ、それでいて格好の悪いところを何も見せまいとする姿勢を愛するファンは多かったという。

痛や屈辱を味わって、私より上手かった人達のために」

「あなたは何のために舞台へ?」「箱のために。後輩のために。相応しい人に椅子を譲るために。能力のある人に観客を引き継ぐために」

「あなたは何のために舞台へ?」「過去のために。同胞のために。私よりここへ来たかった人のために。私が奪った機会に殉じるために」

「あなたは何のために舞台へ?」「死んでしまった人のために」

「あなたは何のために舞台へ?」「栄光のため。逃げていったやつらに復讐するために。あの時逃げなければよかったと、損をしたのだと思わせるために」

「あなたは何のために舞台へ?」「自分のために。あの日私をけなした人のために。やつらを見返すために、掌を返させるために」

「あなたは何のために舞台へ?」「私をほめてしまった人のために。あの日私をほめてしまった人にこれ以上みじめな思いをさせないために」

「あなたは何のために舞台へ?」「来なくなったお客のために。私の裏切りにちゃんと気付いて見限っていったあの人のために」

「あなたは何のために舞台へ?」「いえる訳がない」

「あなたは何のために舞台へ?」「私はショウに感謝している。ショウがなければ殺人者になっていたから……」

「あなたは何のために舞台へ?」「ないものをあると思わせるために」

「あなたは何のために舞台へ?」「舞台じゃないものがあるの?」

「あなたは何のために舞台へ?」「単に私は騙されてたの」

「あなたは何のために舞台へ?」「仕事だよ。趣味だし。祈りだよ。一度に色々出来ると思ったんだ」

「祈りって?」「ポーズだよ」「自分と関係ないものに関係あるふりをすること」「エンタテイメントの特徴だよ」

「エンタって?」「楽しみのこと」「キャラと文脈のこと」「おくびにも出さないこと」「穴に落ちたやつが死ぬこと」「看板書きの割に大して面白くないもの見てこの世が元々つまらないものだということに安心する確認作業のこと」

「本当のこと」「見世物のこと」

楽屋でサシはスペクトを塗る。最近意識が冴えないと思う。ショウの前でも緊張しなくなり、その分集中も出来なくなっていた。会うのが怖い人もよく見られたい相手もなく、到達できない理想への苦痛も届きそうな目標に対する焦りも失われてしまっていた。この間故郷の母と妹がショウを見に来るといっていたがそのことを次に思い出したのはショウの翌朝自室のベッドで目覚めてからだった。寝ても寝ても体がだるくいつでも帰って寝ることばかり考えていた。寝坊も遅刻もしていないはずだったが本当にしていないかは考え出すと判らなかった。真っ暗な部屋で眠っていたかった。明るいところは酔って頭痛がするようになっていた。

ぼうっとしたまま階段を上がり暗い舞台袖にリジンの姿を見つける。何故新人がここにいるのかサシは考えて、彼女に介添を引き受けてもらったのだったと遅れて思い出す。終わっているなと自分でも思う。愚鈍さにも不感になっていくことにも歯止めをまるで掛けられなかった。

「おはようリジン。今日からよろしく」サシは話しかける。「書式は覚えた？　術前に復唱出来る？」

「サシ。覚えました」リジンの息が左の肘に掛かる。「監督と事務にも会いました。あなたの契約を開示してもらうために」

「何故？」

「疑問があったので。詳細を確かめたくて」リジンの声が掠れて聞こえる。「私は判っていませんでした。確かめてから申し出を受けるべきでした」

「黙っててごめんなさい。知らないのが一番いいと」

「そんな理屈はない」リジンが呟く。どうも彼女が怒っているようだと気付き、サシは今更のように説明を試みる。

「黙っててごめんなさい。もう知っているかも知れないけど、私の契約は他の演者とは違うの。私の交わした契約は大きく三つ。一つ目はギミック周りの契約。私は今劇団からギミックをリースしていない。私が体を劇団に貸してるの。今の私は演者というより新しいギミックの被検体なの。体を売り物にしてるのは一緒だけど」小道具の剣を革帯に留める。鯉口(こいぐち)を切ってすぐ納刀する。「目録にあるギミックではなく、制作中だったり作成途中や規格に通る前の試作段階の装置を入れているの。レンタルも移植も無料だし、不具合が出ても無料で換えてくれる。ただギミックを使いこなしてもその内回収され、馴致したギミックがパッケージとしての要求水準を満たしても、権利がないから収穫されて、別の試作を取り付けられる」「二つ目は」「保守と引退のオプション周りだね。引退後私は体を取り戻せない。体を戻すための契約を結んでいないの。維持契約もしていないから私の体はもうどこにもない。正確にいうとギミックの材料になってる。馘首になったら私は脳だけ。目も喉も私には残らない。三つ目は普通にショウ周りだね。ランクとかお給料とか。負けが込んで成績が落ちたら運営は私をショウに出さなくていいことになってる。どこかの病院でギミックを入れ、数値を取られて外されるだけ。死ぬまでそれだけ」

「飲んだんですねそれを」

「おかげで借金はあんまり増えなくなった」サシは振り返り、リジンのいる辺りの闇を見る。「黙っててごめんなさい。私の人生は赤字が確定していて、内外でも評判が悪くて、こんなやり方で舞台にしがみついているの。同期や古株はみなこのことを知ってて、私のことを疎（うと）ましく迷惑に思っている。負かしたら廃人になるかも知れない。勝ったら人殺しになるかも知れない。皆人殺しはしたくないから。切っても治るから傷つけ合っているだけだから。命を盾にパドックを荒らす、私の存在を迷惑に思っている。私にはもう物を頼める友達がいないの。介添がいないとショウには立てないから、何も知らないあなたにお願いしたの」髪を結んでパドックを見る。ドアの形に光が滲んでいる。「私の人生は借金で終わることが確定していて、そのことをあなたに隠したかったの。恥ずかしいからね」

「そこまでして何故？」

「何故こんな馬鹿なことをしてるのか、自分でももうよく判らないけれど」監督から声が掛かり鉄のゲートが開く。強い光が二人の足下に届く。「リジン、今でも私のようになりたいと思う？」

「そんなことを訊くのはない」リジンが声を震わす。「あなたの話を聞いてから私は、あなたみたいになりたくないと思ってますよ。私はきっとあなたと違うと、自分はもっと上手くやろうと思ってますよ」

サシは微笑む。「そうでなくてはね」

「あなただってそうでしょ。やり直せたら次は上手くやるでしょう？」リジンが見せる涙に演技ならうまいなとサシは感心する。「一番初めにもし戻れたら、その時はもっとうまくやるでしょ？」

「思わない。戻れても同じことをしたい。間違ったつもりはない。ちゃんと考えて選んだんだから。いいんだよこれはこれで。これが私の全てなんだから」洟を啜るリジンを見ながらこの子と戦えないのはもったいなかったかも知れないということをサシは思う。少し自分が格好付けすぎた気もして、言葉を足して正確に伝える。「今回はこれでいい。来世では違うことをしたい」

「違いが判らない」リジンが首を振る。「来世でもあなたでいてよ」

「勘弁してよ」思わずサシは笑う。「生まれ変わった別世界でも、おんなじことなどやりたかないだろ？」

光の中へサシは進む。血と脂の臭うパドックに全身を晒す。宙をさまよう目の濁りを見て、汚れているのは自分の目の方なんだということを思う。どうして自分がここにいるのかは一言でいえるほど単純明快だった。どんなに馬鹿な見世物であっても、確かに自分はこれに賭けたのだと思う。

「そうさ」サシは呟く。「私はこれに賭け、私は賭けに負けたんだ」

　ライトに目を焼かれ客席が見えなくなる。心臓が高鳴るのが判る。

「とどめをくれ（悪魔め）！　殺してくれ（悪魔め）！」

「どいつもこいつも趣味が悪いよ。ほどほどに賭けることを知らない。病気なんじゃないかと思うね。この箱でまともなのは私くらいだよ」暗い階段に腰掛けて私は囁く。「安全に賭ければいいだけなのに。普通に賭けて普通に帰ってくればいいのにね。毎日稼いで布団に入ることより大事なことなんてないのに、大騒ぎしなきゃと思い込んでるみたい」

「始まるぞ」頭上で監督が叫ぶ。私は背後に返事を返し、すぐ戻るよとあなたに告げて、立とうとした時階下に気配を感じる。一瞬幽霊かと思ったがすぐに生きた人間と気付く。大袈裟な衣装をあてがわれたビロ、頭がおかしくなって徘徊を許された元花形が階段の下からこちらを見つめていることを知る。「どうしたのビロ」

質問に答えずゆっくり階段を上り、私の目の前に立った後でビロが静かに表情を消す。その時ようやくこの演者が演技をしていると私は気付く。あたまのいかれたふりをたんにずっとしているだけなのだと理解した時、ビロが私からあなたを奪い、階段脇の闇の中へ落とす。

舞台の隙間(すきま)からぱりんと音が響く。

「出番だぞ」監督が怒鳴る。頭上で扉が開く音がする。役に戻ったビロが階段を引き返していく。まばゆい光が背後から伸びる。反響する客のざわめきが聞こえてくる。

拍手が響く。本番が待っている。

殺人野球小説

　満願成就の夜が来てオールナイトハピネスは会社を飛び出した。春の空、十月の風、立川市錦町断層沿い二キロの地下大空洞にソネット腹腔闘技場は存在する。埋めつくす観客達は御前試合の話題で持ちきりだった。両チームメンバーに殺人鬼が複数人名を連ね下馬評が当たるなら今宵は観客を巻き込んだ殺人野球となる筈だった。

「いよいよ始まるぜ！」ｎキー辺りに座る白鳥央堂がチキンを食い裂きながら叫んだ。この小説の文責の多くは詩人白鳥央堂にあるのだった。「ぶっ殺せ！ぶっ殺してくれよ！」

「只今（ただいま）より高温高校と海水高校両校による殺人野球を始めます！」「ガイシャス！」「ゼス！」

ウウウウウウウウウウウウウウウウウウウウウウウウ！

「口語自由殺人野球の始まりだ！」サイレンが轟き観客が↑エーブした。

『一番セカンド殺人鬼　背番号３７５６４』

「フェアプレイボール！」パラノイアのアンパイアが心臓を押さえ蹲った。「殺人野球は始まっている！」審判は悶死し死体は爆発した。鉄柱に夥しい藁人形が打ち付けられ呪殺の気配の中放られた球は火を噴きベースでワンバンしてバッタを瞬時に消し炭に変えた。「ボール！ボール！」ボールはストライクで、ストライクが三つあるとボールが二つになる（ボールは四つでフォアボール）。一番打者が死に打順は二番、二番がきっちりバントで送ってゲームはツーアウトランナーなし、三番打者が爆散したので一回表高温高校の攻撃は終わった。「ゲームセット！」

「血を見せてくれよ！血を見せてくれよ！」白鳥が叫ぶ。客席に持ち込まれたペスト菌によって元首の暗殺は半ば果たされていた。飛び交う鳥の首猫の耳、銀の燭台おさるのジョージ、線審は線を見つめる内に頭が変になりその場でピストル自殺した。「三回表！」

ゲームは中盤に入り内野に戦線が敷かれた。走者が狙撃される為インプレーのまま戦局は膠着していた。友軍の煙幕で射線は遮られるも守備軍の制圧射撃が走塁を阻み、地雷原と思われる一二塁間に朝散る桜のように塁審の肉片がばらまかれていた。「ゲッツー！ゲッツー！スパイク！フォーク！」「ロンドン！ロンドン！」コーチの指示で六番は遮蔽物に飛び込んだ。野球用語を叫ぶのは殺人から審判の目を欺く為だった。「ベース！バース！」

「ここで両校の戦績を紹介します。高温高校は創設五年、セーラーが似合う海辺のジュニャハイスクールです。三年前校内に侵入した男が一年を中心に六百人を惨殺、ＰＴＳＤに罹った生徒達は多くが今も人を殺せないという話です。生徒は明るく校風は南風、大黒柱は四番でピッチャーのないがしろひねり首君です。おっとここでヒットです！機銃の効かぬ亡霊は二塁を越え三塁へ！打者走者が報復で殺されてツーアウウ、総合テレビはニュースを挟みます」「ニュースです。なかよし村ののんびり町長がやかまし小学校の児童をショットガンで射殺しました。

こちらが実物の脳幹です。のんびり町長は児童を殺した後銃でのんびり自殺しました。スタジオにお返しします」「海水高校は予選で強豪東群馬高校を六トンの炸薬を使い殺人ゲームセット（殺人のこと）し本戦へ駒を進めました。殺人野球の雄東群馬高校のラフプレーに対し相手が殺人野球をしている隙を突いて殺害するという戦法を用いてゲームを圧倒しました。生徒は天空に住まう殺人民族の末裔、主将は族長のオールナイトハピネスです」鋭いモーションでひねり首君が鉄球を放ち躱したオールナイトハピネスがバットでひねり首君の頭部を砕いた。飛び散った大脳は二遊間に降り注ぎキャッチャー不在システムが新しいボールをひねり首君に返した。大脳を失ったひねり首君は腹水に思考を担当させることでワインドアップのモーションをとった。「いいテンポだ！」「成程ひねり首君は体がマカロニで出来ているナノマシンが中枢を支配下に置き殺人野球を免罪符に反乱を始めたのか」数万人の鉄血をかき集めたボールは闘技場を越える質量を得た。ボールの規格は定められているので質量はインプレーと同時にエネルギーに変換され推進力となってハピネスに襲いかかった。「殺っ殺ったあ」親友サダが叫ぶ。「殺人剛速球が人体急所を撃ち抜きました！スイングが取られましたが今のは自打球ではないのでしょうか」「キャッチャー不在システムは形而下で運動する概念ですが高野連の精神論と結託すると場の支配を行えるんですね。試合自体球界の幻想ですから我々の見た腕だけの悪魔はサイレンがやむまであの場に存在し続けるわけです」「ナイスプレーです。ボックスを包んでいた血煙が晴れました。ハピネスが生きてます！」「馬鹿な球は直撃した筈だ！」「生肉だ。生肉はどんな剛速球の威力をも押さえ込む」「そんなものどこに！」「三島のお嬢さんの五臓六腑さ」ハピネス手を翳し天空から巨大なバットが現れた。観客が蒸発した。「砂漠に立つバベルの塔！ラグナロクの訪れ！人類は滅ぶ」ひねり首が振りかぶり質量に吸い寄せられ天から赤色した月が降りてきた。ジャイロ回転した月が闘技場に着弾した。

絹子がうとうとしていると病室の扉が開いて裄子が姿を見せた。

「来たの」絹子は本を閉じた。「もうすぐ検査、その後頭洗うから」

「タイミング悪かったか」紙袋を裄子が置いた。「何読んでるの」

「『外苑』て題の掌編小説。大正時代の農家に、冷蔵庫が来るって話」

「面白い？」裄子は笑った。「いい季節。暑くなる前どこか行こうよ」

「せんせいに訊いてみるけど」絹子は伸びした。「私はいつまでこうしてるかね……」

戻らない袖を裄子が広げた。目を瞑ると風が揺れて、車輪の音が廊下で響いた。裄子の服からは外の世界の匂いがして、絹子は油性の自分の髪に触れた。

乾燥機

その日は朝からとても暑くてシャツ一枚でも汗まみれだった。好きな子に向けて愛を語ればそれだけで涼しくなりそうだった。突き刺す強い日射しに俯きながら歩いていると前方にいたごみ収集車に気付かなくて、リアバンパーに膝（ひざ）をぶつけて投入口に吸い込まれてしまった。ごみと一緒に機械に潰され圧迫されつつ市街を移動し、数時間後に車が停まってかごから外へ押し流された。苦労して体を引き伸ばすとどこかの地下のごみ山の頂上付近で、上からごみがぱらぱらと降ってきていた。

靴の中から海老を取り出し取れた右腕を拾ってごみ山を滑り降りる。集積場はとても広く地上より気温が二十度は低かった。頭上を見ると大穴がありそこから地下へ落とされたみたいで、違う出口を探していると右腕が震え出したので耳元に当てた。「もしし？」

「暑くて死にそう」電話の向こうでローラが呻いた。ローラは恋人で二つ下の女の子だった。

「熱があるのかも。アイスを買ってきてくれない？」

「今ちょっと店が近くにないんだ」

「バッグを買ってといってんじゃないのよ」彼女が泣くので心臓辺りが痛くなり、気分に近い言葉を探す内通話が自然と切れてしまっていた。前方にフェンスがあり五ギガほどの建物がその先に立っていて、耳を澄ますとどうやら資源工場みたいだった。

地下空間は兎(うさぎ)の国でつなぎを着たアイルランドウサギが不眠の症状と共にラインを動かしていた。兎の中に知り合いを見つけたので取れた手を振り近寄って話しかけた。「やあローラ何を見てるの」

「私の名前はジークフリート」天井から吊(つる)されたテレビをローラが指差した。「ニュースを見て。世界が終わるみたい」

「ニュース？」

「空から輪転機が降りてきて地上にいる生き物を次々飲み込んでいるらしい。人も獣も果物も潰され中身をひり出し薄ぺらに引き伸ばされているわ。輪転機は鯨のように大きく蝗(いなご)のように大量に存在し、遍(あまね)く地上の複雑な存在をローラーに巻き込みぐちゃぐちゃに擦り潰している。警察も軍も敵(かな)わないみたい。大統領は宇宙に逃げたわ」

「工場勤務どころじゃないぜ」兎が次々ラインを放棄し情報資源や観光資源が辺りの床にごろごろと散らばった。大統領の乗ったシャトルが輪転機に撃墜されたことをテレビが告げていた。「これはチャンスよ」つなぎを脱ぎ捨てスーツ姿になったローラが出口目指し駆け出していった。「要職についてある程度儲(もう)けを出してやる！」

ローラを追いかけ工場を出ると自転車が停めてあったので少しの間借りることにした。荷台部分に輪ゴムを結いつけかごに右腕を入れて闇の中へと漕(こ)ぎ出した。五キロ進むと前方に街灯とダイニングテーブルとがあって、テーブルの下に犬が座って地べたにノートを広げていた。

「こんにちは君ら何しているの」

「こんにちは先生。僕達は勉強をしています」「今のテーマは映画です」「映画の中で犬が死ぬかどうか調べられますけれど生き物は皆死ぬと思うんです。映画の中の犬は生きてるんでしょうか」「生きてるなら調べるまでもなくいつか必ずそいつは死にます。生きてないならそんな生物画面上で死んだって別にいいのではないかという気もします」「先生はどう思いますか？」「僕は君らの先生じゃないよ」「すみませんただの二人称です」

「ニュース見ましたか。宇宙より飛来した輪転機の群れが地上の生物を殺してるって。にわかに信じがたい話ですが本当であれば大変なことです。地下空間にも輪転機は降りてくるでしょうか？」「実際問題みんな死ぬなら勉強したって無駄になります」「滅ばなかったら落伍(らくご)しちゃうし勉強は続けた方がいいようにも感じちゃうね」「最悪に備えるということですね。いつでも僕らは最悪に備えている」「ちびまる理論もしかし詭弁(きべん)の一つに過ぎないのではないでしょうか。終わらない方が苦しい世界にどうしてももう少し生きなければならないのか」「もう少ししたら僕達も移動します。ニュースを聞いて先生はどこかへ逃げてしまいました。しかし僕らは必ず死にます。僕らは何を調べてたんでしょうか」「あなた達の先生はどこへ？」「判りません。闇のどこかへ」「病院を知らないかな腕が取れてしまって」「もう少し行くとクリニックがありますよ」犬達に礼をいい闇の中を自転車で進んだ。

二時間ほど進むと地上へ伸びる長い階段があり大小の鳥類達が階段に長い行列を作っていた。自転車を降りて手を離すとゴムの力で自転車は引き戻されていった。鳥と一緒に縦列に並びハンカチ落としをして治療の順番を待った。鳥たちのハンカチ落としには焦燥感と羞恥心がなかった。

「総決算がやって来たのさ。してきたこととしなかったことの」白衣のローラが診察室で手にしたカルテに絵を描いている。「正しいか間違っているか結論の出ない仕事はないか。あなたもきっと否定しきれないもののために両天秤を維持し多くの時間を使っているんじゃないのかな。正しさを祈りながら。間違っていた時の保険を掛けながら。終わりが来るのはよいニュースだね。来るはずなかった終わりがくるならこの世もそう悪いものではなかったということになる」喋りつつ糸と針を操りローラが腕を縫い付けてくれる。「総決算の時が来たんだ。出るはずないと思っていた結論を出せる日が。君や僕のやってたことが間違いだったと判る日が来たんだ。少なくとも半分の仕事を放棄して諦められる時が」縫われた腕にリボンを結ばれ処方された花束を持って地上行きエスカレーターに乗る。地上に出ると袖が涼しく、夏がもう終わっていたことを知る。

もうすぐ閉まる勤勉なファミレスのテーブル席で飲酒していると隣のテーブルのお客が店員に向けて何かを怒り始め、どうにかそれを止められないかとこちらでも店員を呼んで心ないいちゃもんを創作しぶつけてみた。横で真似(まね)されたらいやな気分になるかと思ったけれどオリジンの厄介客は大らかな心でぱくりを許容してくれて、結局並んで別々の店員にクレームをつけることになってしまう。「あの店員さんに優しい家族がいますように」道を歩きながらそういうことを少し考える。優しい家族さえいればたいていのことにはおつりがくるからね。

公園で休んでいるとニュースのことさえ忘れられそうだった。手術した腕はまだ動かなくて、よく見ると断面に糸屑が挟まっていた。持っていた花束はいつの間にかなくしてしまっていた。鳩を見てみじめで泣いていると林の向こうから戦闘機が出現した。

「こんな所にいたのね」砂場に突っ込んだ戦闘機からローラが顔を出した。「輪転機が来る！駅へ向かいましょう！」

電車に殺到する人々で駅構内は溢れ返っていた。動かない手をローラに引かれ切符も持たずに改札を抜ける。電車に乗る権利は抽選になっているらしく、ローラが人を押(お)し退(の)け黒板の掲示を読んできてくれた。一番線はまだ人が輪転機と戦っている街へ、二番線は輪転機に滅ぼされた街へ、三番線はまだ輪転機の来ていない街へ行くことになっているらしく、攻勢に出ないと生き残れないと考える人は一へ、去った輪転機がもう戻って来ないことを祈る人は二へ、先延ばし出来ればそれ以上望むべくもない人は、三番線へと向かうみたいだった。

話し合った結果僕とローラも三番線を目指したけれど、抽選に外れてしまい四番ホームから環状線に乗せられることになる。どこにも行けない路線のホームで猫の駅長に古い郵便拳銃を配られる。他の同乗者が電車に乗らずホームに残ったので貸し切り状態でシートに座ることが出来た。電車の中はとても暖かかった。「椅子はいいね。物を考える余裕が出来る」

「どこかで降りて一緒に逃げよう」ローラはそういったけれど電車は次々ホームを通過してしまい、この電車の役割は輪転機を引きつけ自爆するところにあるのかも知れないと思う。そうではないのかも知れないとも思う。いつまでも両天秤のまま走り続けていられたらと思う。

「冬が来るね」電車の窓から外を見ると遠くの空に豆粒ほどの機械が浮かんでいるのが見えた。「あれが輪転機か。戦ってるのは乾燥機かな?」

「早く死にたい」震えるローラが拳銃を握る。「楽になりたい」

「まだ大丈夫だよ。とっておこうよ。もう少し耐えてみよう。きっと辛いんだろうけど辛くても君はいいんだよ」銃を摑んで下ろそうとしたけれど腕が上手に動かなかった。「たぶん苦しいのがいいんだよ。いいことない方がきっとよかったんだよ」

ニュース

シュガーとテッサは十三歳でお互いのことが好きだった。代わりばんこに告白をして付き合うことになったんだ。

恋というのはありふれているね、ありふれていても恋は恋だね。テッサを家まで送り届けて帰って寝て朝目を覚ましてから自分がテッサの恋人であることを布団の中で何度もシュガーは確認した。頭がおかしくなったんじゃなきゃ（可能性は高かった）テッサの方でもシュガーを好いてくれているみたいで、今すぐ死んでも構わない気も、全てがこれからなんだという気もした。

外に出ると町並みも人もまるで違って見えた。苦手な体育も午後の授業もみんなテッサと関係がある気がした。放課になってテッサと話すと似たようなことを彼女の方でも考えていたみたいで、それだけのことで嬉しくなってシュガーは両手が温かくなった。気付かれないことが不思議だと真っ赤な顔でテッサはいっていた。「こんなに昨日と違ってるのに私達なぜニュースになってないんだろう?」

周囲の人間は二人の変化に気付かないみたいだった。二人は二人のことを家族や友人に打ち明けないでおくことにした。学校での二人もそれほどに目立つ人間ではなかったし、知られることで聞こえる声より一つでも多くの秘密を二人の間に作りたいと思った。テッサを家に呼んで両親に紹介したいと考えたこともあったけれど、人見知りのテッサが抵抗感を示したので、シュガーもきっぱり諦めることにした。

休みの日にはスパイになって田舎(いなか)の道の角で落ち合い、誰もいない道を歩いて学校では出来ない変な話をした。知らない自転車が通るとそっぽ向いて距離を取り、川沿いに出ると近寄ってわざと大声を出した。秘密のなかった二人にとってばれないように生きていくことは新鮮なことだった。「熊に会いたい」岩場で素足を乾かしながらそういうことをテッサが口にしそれを聞いてシュガーは思わず唸らされてしまった。今までそんなこと考えもしなかったはずなのに彼女の口から聞くとなるほど自分も会いたいかも知れないと思えることが不思議だった。

「でもテッサ、熊には勝てないかもよ?」

テッサと出会う前のシュガーはソファで読書するのが好きな少年だった。買い物も好きだし山や川を歩いて鳥や虫を見ることも好きだった。好き嫌いもあまりなく出された物なら何でも食べた。苦手なのは物事に順番をつけることぐらいだった。だいたいのものがうっすらと好きで色んなものが大切であるように思われて、持てるものなら全てのものを損なわぬままに抱え続けていたいという風に感じていた。捨てるべきものとそうでないもの、守るべきものと踏みつけて構わないものとの区別を自分の中で上手く引きかねてしまい、それで人から怒られることもあり、そのことについて考えてしまう夜もあった。テッサと会ってからのシュガーはとてもシンプルだった。彼女のことを一番に考えることが出来たし、彼女の喜ぶことなら何でもやろうという風に考えることができた。色んなものが好きな気持ちにも折り合いをつけられるようになった。テッサといるとシュガーは花も虫も平気で踏んで歩くことが出来たし、彼女と付き合ってからシュガーは本を読んでも面白く感じなくなった。

　穏やかな気分でシュガーは自転車を漕いだ。新品の空、青移りした雲、日差しを見る度赤く目が焼け、休日にハイキングに出た二人は少しずつ少しずつ人のいない領域に近付いていた。山のふもとに自転車を脱ぎ競走しながら丘の上を目指し、シートを広げて二人して倒れ込みその下にいたバッタや芋虫やかえるをぐちゃぐちゃに押し潰した。

　二人で野鳥を観察しながらテッサといればどこで何をしていても楽しいということをシュガーが告げると、双眼鏡を覗くテッサの横顔が少しだけ沈んだように見えた。

「うーん」頬杖（ほおづえ）つくテッサの額やはねる毛先をシュガーは見つめていた。「私も今とても楽しいよ。でも本当はちゃんとあるの。二人で出来たら楽しいんだろうなってこと」

　学校でのテッサはオーラのある利発な女の子だったが、二人で会うと物思いに沈んだり時折何かで挙動不審になるようなことがあった。本当の彼女という概念について打ち明けたい何かがテッサにはあるらしく、一方でそれを知られるよりも克服してしまいたいとも思っているみたいだった。テッサはシュガーと違い二人でいると複雑になるものがあるみたいだった。そういうことを考えながら自転車を押しつつシュガーは家路を辿り、帰宅すると待ち構えていた両親に門限について怒られてしまった。

「あなたあの子のことが好きなの？」テッサといるところを誰かに見られたらしくそういうことを母親が訊ねてきて、二人の秘密が失われてしまったと知り少しだけシュガーは胸が痛くなった。うるさい弟妹を子供部屋に放り込み両親はシュガーを挟んでソファに座り話し合いを求めてきた。二人の語るテッサの家についての評判はシュガーにはよく理解出来なかったけれど、秘密はいいが嘘は吐かないで欲しいという母の言葉には素直に反省を覚え、謝罪の言葉を自分から口にしていた。体重を掛けて母親の首を折り父親の頭をゴムハンマーで砕いたのもなるべく苦しまないようにしようと思ってのことで、両親の死を知ったら悲しむと思ったので寝ている弟妹もクッションで窒息死させた。

殺した四人を毛布に包みガレージに運びその夜はいったん寝た。起きてからシュガーは死体の排泄物を処理しやることを探してからテッサにメッセージを送った。「両親を殺しちゃった」「すぐ行くね」テッサから返信があり、三時間後テッサは実際にボストンバッグを抱えてシュガーの家の玄関の前に立っていた。おしゃ着のテッサは案内されたガレージで死体と対面し毛布の数に気付いて大きい声を上げた。「弟も妹も!?」

「そうなんだ」生きている時は嫌がられたが死体だとテッサは人見知りせずに済むみたいだった。こうなった理由を訊かれたので簡潔にシュガーは事の次第を聞かせた。

「私のためにしてくれたのね。ご家族のこと好きだったのに」「死んでても好きだよ」「フーム」「テッサが一番好きだよ」「ありがとう」テッサは照れた。「これからどうする警察とか行く？」

「うん」頷きつつテッサにもう会えなくなることは嫌だなとシュガーは思った。「どうしようかな。裏の畑に埋めちゃおうかな」

「駄目だって！」強い口調でテッサは反対し今後の選択肢を増やすため死体を解体することをシュガーに訴えてきた。道具ならあるといって実際にボストンバッグからどでかい工具箱を取り出してみせた。「まずは町まで買い出しに行こう。先に二食分くらい食べ物を作っておこう！」

ガレージにはシンクがあり小さい頃遊んだビニールプールも転がっていて、円いプールをポンプで膨らませその中で二人はシュガーの両親を解体した。おしゃれを脱ぐとその下にテッサは水着を着込んでいて、彼女の準備に驚かされながらシュガーは父親の腹にナイフを入れた。腹圧に押されはらわたが飛び出して子供プールが一瞬ではらわた一杯になった。ほかほかの湯気と油膜の血の海の中シュガーが内臓を引き出しテッサは母親の血抜きを行った。

「医者志望なの？」

シュガーが訊ねると血まみれでオールバックのテッサが笑って否定した。「そんなわけないじゃん！」テッサは何だか楽しそうだった。

死体は骨と肉とに分けて細かくした肉は畑に撒くことにした。鳥が来たけれど雨になったのでひとまずその日は目立たなかった。骨はチップにした後増水した裏の川に流した。大人二人の分別が終わる頃にはシュガーもテッサもくたくたになっていた。

「悪趣味なの私」夕食の時にテッサがそういい、幻滅したかとシュガーに訊ねてきた。シュガーにとっては思いもよらないことだった。恋人が死体の処理に興味を持っていたお陰で自分は今両親を遺棄することが出来たのだと思うと、テッサがいてくれてよかったという思いしかなかった。

「死体が好きなの？　解体が好きなの？」

「どっちもかな」

「どういうとこがいいの？」

「考えたことない」テッサは笑って肩を竦めた。「自分のこと嫌いなの私。自分の気持ちを分解したくない。好きだから好きでいられたら最高じゃない？」

弟妹の整理が終わる頃には一週間ほど経過していた。テッサと二人でこんなに長く過ごしたことはなかったので、いつか彼女と結婚したらこんな風だろうかということを心の中でシュガーは思った。かばんに詰めた骨を放流し手をつないで二人は帰った。

「お疲れテッサ本当にありがとう」

「もうずっと家に帰ってない私」テッサが目を細めシュガーを見て微笑んできた。「怒られちゃうかも知れない。一緒に家までついてきてくれる？」

道中寄り道して郵便配達の老人を殺したのでテッサの家に着く頃にはすっかり辺りが闇に沈んでいた。自分達とは違うということをシュガーの両親はいっていたけれど、どちらの家の両親も体組成的には似ているものがあった。

キッチンに倒れて動かなくなった両親を見てもバスルームに溢れる血と内臓を見てもテッサの反応は淡泊だった。シュガーの家族を解体していた時ほど楽しそうにはシュガーには見えなかった。好きじゃないのかな、楽しくないのかなと気になってシュガーはテッサの横顔ばかり見ていたけれど、テッサの方でもシュガーの様子をちらちら横目で見ていることに気が付いた。付き合わされるシュガーが本当に楽しんでいるか気になってはめを外せないでいるみたいだった。反省しシュガーはテッサに質問をぶつけた。「眼球っておいしい?」

「病気なるよ」

テッサがそういうのでシュガーは彼女の父の右目を口に吸い込んだ。「馬鹿馬鹿!」叫んでテッサがシュガーの顔を摑み、シュガーが真顔でとぼけていると堪え切れなくなってけらけら笑い始めた。「何で?」

テッサに出会う前のシュガーは殺生の経験がほとんどなかったし、テッサも犬猫くらいで人間を殺すのは初めてだといっていた。テッサの趣味のことはそれまでは知らなかったので二人はそれと知らず互いを好きになり、たまたま相手の性質を受け入れることが出来たみたいだった。まぐれなのかもしれないけれど過ちや秘密を受け入れ合える相手とこうして巡り会うこととはどれほどの確率なのだろうと思った。「君を好きでよかったよ」シュガーがそういうとテッサは無反応に寝たふりをして、しばらくしてからバタ足でシュガーの脛を蹴ってきた。

二人は殺人鬼ではなかったので目撃者を消してからは一緒にいる時間を大切にした。家を訪ねた者や二人を見た者、誰かに秘密を知られた時だけ殺しや証拠の隠蔽を行っていた。警官はなるべく夜道で闇討ちするようにした。

殺した先生を血抜きしているとガレージの外で落ち葉を踏む足音がして、窓から覗くと目が合ったので相手めがけてシュガーは持っていたハンマーを投げつけた。顔面が陥没し男の子がばったりと倒れ、残りの二人が一目散に畑の向こうへ駆けだしていった。男の子三人組の内一人はテッサが追いついて喉をかき切ることが出来たが、最後の一人の眼鏡の少年には川向こうに逃げ切られてしまった。「近所とは思うけれど」とテッサがいった。二人とも相手の素性を知らないみたいだった。

「今ならまだ引き返せる」男子の頭蓋をハンマーで砕きながらシュガーはテッサに語りかけた。「僕は自首するから君は知らんぷりしたら?」

「あなただけずるい!」芋ひくシュガーをテッサが叱ってくれて、そんな風にいってくれるなら頑張ろうとシュガーの方でも思うことができたんだ。

テッサの家の小さい納屋には鹿撃ち用の猟銃や散弾銃、護身用の拳銃や終末戦争に備えた自動小銃などがコンテナ一杯に蓄えられていて、それらをリュックやバッグに敷き詰め二人並んで銃弾をマガジンに詰め換える作業に勤しんだ。今日パーティーがあるのだとテッサが口にした。テッサと二人でパーティーに出かけるなんてとシュガーは思った。

ばらした死体に石灰をかけてピックアップトラックに乗り込み二人は夜の道を駆けた。森をえぐる暗い夜道には轢かれた犬の脳みそがぶちまけられていた。分厚い雲の夜の底を走り青色の住宅区の入り口でシュガーは車を停めた。

「はーい」チャイムを鳴らすと同じクラスのオリビアがぼうっとした目で二人を出迎えた。

「テッサじゃん。どうしたの?」

「誕生日おめでとう」テッサが喋った。「あなたの弟に会いに来たの」

「弟って?」「眼鏡の彼よ」「弟いないよ。サンディと間違えてない?」サンディなら来てるよといいオリビアはけらけらと笑った。佳境のパーティーではドラッグが提供されているみたいだった。「あなた達付き合ってるの?」

二人が否定しないでいるとオリビアは目を見開き祝福をしてくれた。「おめでとう。ついにいったのね! ずっとやきもきしてたんだから」テッサが散弾銃を撃つとオリビアの顎から上が吹き飛び、髪の毛が吹き抜けの吊り照明に引っかかった。

シュガーとテッサがリビングに行くとオリビアの家族やパーティーの参加メンバーが手に手に本を持ちソファに重なったり床の上で蕩けたりしていた。読むドラッグの影響で全員がトリップしているみたいだった。

「テッサじゃん」「久し振り」「後ろはシュガー？」「付き合ってるの？」「ワーオ」「よかったねテッサ」「ついに行ったか」「学校来なかったけど駆け落ちって本当？」

祝福を口にするクラスメイトの頭部をテッサは吹き飛ばしソファの上で一人がひっくり返り後ろの壁に血の花が咲いた。全員が大笑いし拍手をしたり指笛を吹いたりし、ドラッグの影響で恐怖は感じていないみたいだった。シュガーが質問をしたがどの子の弟も二人の家には来ていないみたいだった。「行くわけないじゃん！」

「皆ずっと応援してたんだよ！」ぽろぽろ泣きながらサンディはいった。「クラスで協力して何度も二人っきりにさせてたの気付いてなかったでしょ！」サンディの涙を見ながら二人だけの秘密は最初からばれていたんだと知りシュガーはちょっとやりきれない気分になった。テッサが押し黙り手に持つショットガンを下ろしてしまったのでシュガーが前に出てクラスメイトの頭を撃ち抜いていった。シャンパンのように泡を吹く者、痙攣し脳を撒き散らす者、皆がおめでとうと口にしながら撃ち抜かれていった。オリビアの家族も順番を待って笑いながら読書を続けていた。

パーティーメンバーを仕留めた後区画の家を一つずつ訪問したが眼鏡の少年は結局発見出来ず、仕方ないので山に火を放ち役場を襲って放送設備をジャックし学校に避難してきた近隣住民を体育館に閉じ込めて二人は蒸し焼き（むや）にした。泣き叫ぶ住民の中に件（くだん）の少年を見つけられないかと思い、双眼鏡で探したけれどシュガーの能力では見つけられなかった。

脱走者を掃討するうちに夜が明け体育館も焼け落ち、焼死体を検める内に二人ともくたくたになってしまった。二人きりいる時は何をしていても楽しかったけれど、二人で他人と関わる時は同じようには行かないみたいだった。

「肩痛い」助手席でテッサが呟いた。「耳も籠もる。イヤホンつけて撃てばよかった」

「悪趣味っていうの嘘なんでしょ」笑うテッサに思いつきでシュガーは訊いてみた。「殺しも死体も好きじゃないでしょ。全部僕のためにやってくれたんだろ」

シュガーがいうとテッサは黙りこみ、しばらくすると涙を流し始めた。

「家族は大事にしなきゃ駄目だよ」泣きながらテッサはそういった。

もしかしたら君は彼らのことが嫌いになったかも知れないね。

シュガーに味方がいなくなるならそちら側に行きたいと思ったというテッサの言葉はシュガーには重く苦しいものだった。二人の車の頭上をヘリコプターがすれ違っていった。

「誰にも知られずいられたらよかった」助手席でテッサが呟いた。「何百人も殺してしまった」

「祈ろう」シュガーがハンドルから手を離すとテッサが隣で大騒ぎし始め、シュガーがとぼけてアクセルを踏むとつられてテッサもげらげらと笑った。二人して笑い合っているとヘッドライトに眼鏡の少年が飛び込んではね飛ばされ一瞬で視界から消えた。二人が車を降りるとバウンドした少年の死体が路肩の落ち葉の上にぺたぐろになって転がっていた。

「体育館には来なかったのね」黙禱してから二人は車に戻った。

「ねえテッサ不謹慎かな」運転しながらシュガーはいった。「君と付き合うことになったあの夜、僕達のことは自然に周囲にばれたらいいなと僕は思ってたよ」

シュガーの言葉を受けてテッサは怖い顔をした。「いっちゃ駄目だと思ってたのならどうしてわざわざ今それをいうの?」

初めて彼女に叱られたことでシュガーは落ち込んだが、ハンバーガー食べたいとテッサが口にした時、自分もそうだという風に思えたので、彼女といられたらそれで自分は幸せなんだなと思った。「警官隊には勝てないからね」シュガーがいうとテッサも頷いてみせた。

二人は街まで車を走らせ大通り沿いのバーガーキングを占拠するとその店舗の中で生活を始めた。駆けつけた警察やテレビ局、住民達が店舗を囲み、厨房(ちゅうぼう)や座席で仲良く暮らす二人の様子はあっという間にニュースになった。二人の映像はテレビで一週間近く放映された。閃光弾(せんこうだん)と銃弾で警官隊に蜂の巣にされた後二人の秘密はネットに載り、世界中の人に読まれる記事になった。

シュガーとテッサはあの世に行った。何もない空と一面の砂の山、他には何もない空間に着の身着のままの二人だけがいた。再会した二人は強く抱き合って、その後は白い砂の上を歩き始めた。不安そうにテッサが周囲を見回した。「ここは地獄?」

「天国じゃないかな」シュガーは笑った。「君の他に誰もいないし、誰も傷つけないでいられる」

「いいのかな」テッサは眉をひそめたが、競走だといってシュガーが走り出すとわあわあいってテッサも駆け出してシュガーの後を追いかけてくれた。「靴に砂がすごい入る！」

競走しながら二人は遠くの丘の上を目指した。

山道の階段

こんにちは先生。講義終わりですか？　研究室に戻られる感じですか。それともこのまま外とか行かれますか？　お昼まだこれからとかでしたら、どこかへ一緒に食事でもいかがですか？

バッグですか？　大きくてすいません。邪魔だったらいって下さいね。右手ですか？　汚くてすいません。大丈夫です、私の血じゃないので。

どこへ行きましょうか。裏門から出れると嬉しいのですが……。

いいんですか？　ありがとうございます。バッグ置かせてもらいますね。先にちょっと手も洗ってきます。

このお店好きなんです。特にこの席がいいんです。見えますか窓の外。ここからちょうど電柱と歩道橋が見えるんです。料理ですか？　おいしいとかは判らないです。

先生はどんな食べ物がお好きなんでしたっけ。甘いもの辛いもの……そうだったんですね。ちょっとだけ意外な感じします。先生の書くお話って食べ物のイメージあまりないですよね。有名なのは一つありますけど……。私ですか？　とにかく生き物の死骸の形をなるべくしていないものがいいですね。みんなそうだとは思いますけど。死体が完全に蹂躙（じゅうりん）されきって魂があったとしてももう粉砕されちゃったろうなっていうようなものがいいです。蕎麦とかはだから好きです。

ああ外、小学生ですね。下校中ですかね。少し早い気もするけれど……。好きなんです子供。意外に思われるかもしれませんけど。バッグに入るのが子供のいいとこですね。重いといってもたかが知れてますし。

この間はありがとうございました。とかいってすっかり時間経ってしまいましたね。でも先生のお陰で書き上げることが出来たと思っています。取材とか調べ物とかそういう準備を上手く使えた気がします。段取りって大事だなとやっと実感持てた気がします。やらなきゃいけないことでやれることは全部やったし、やらなくていいことはちゃんと全部削れた気がします。結果は芳しくありませんでしたが……。

ええそうです。落ちたというご報告です。いちいち大袈裟ですみません。ただ先生にお世話になったことは確かですし。それで今日まで、自分の中で踏ん切りが付くまで時間が掛かってしまって、顔を出すのに時間が掛かって、何だか変な時期になってしまったような感じです。先生からすると戸惑われたかと思います。すっかり忘れてらっしゃったんじゃないかと。

小説を書くことは難しいですね。先生も書いたけど駄目になったお話とかはあるんですか。自己評価ですか。自覚はあるんですが私の書くもの先生の影響が露骨過ぎるとは自分でも思っています。先生みたいなのは先生が書けばいいわけですし。それが上手ならまだしもですが、劣化であることを否めないですし。その上で自分だけのものを込めたつもりではあったんですが、勝ちの目は出なかったみたいです。

どこの賞かですか？　すいません、内緒にさせてください。ネットですか？　そうですね。どうしようかな。

来ましたねお蕎麦。いただきます。

あはは確かに。苦手ですねぎ。

おいしかったですね。もうこんな時間ですか。仕事に戻らなければいけないですね。

それじゃ、どこへ行きましょうか？

思っていたより混んでいますね。蕎麦屋で少し時間潰せばよかった。カウンターでいいですか。バッグどこかに置かせてもらおうかな。

大学生多いですね。学生がいると先生は落ち着きませんか？　学生と教授二人でご飯とかってもうやばくなったと聞きましたけど本当ですか？　私はもう先生の生徒ではないですが……。

時代は変わりましたね。やりにくくなったとは思いません。あの頃許されてたのが不思議ですね。なってしまえば当たり前のことばかりなのに。野蛮だったということなんでしょうね。

野蛮て表現はいつまでありなんでしょうね。私学校とかバイトのコンセント使うのってもう少し早く許されなくなると思ってました。でも今のところ、そうはならなかったみたいですね。

　この間の記事見ましたか先生。あの村とうとうネットに見つかりましたね。あの記事先生はどう思われましたか。地域まるごと因習に囚われた危ない集落みたいに書かれていましたね。差別とか人権侵害が明るみに出たのはいいことだと思いますけど、露見しないで誰一人責められないよりはましだと思いますけど。ニュースが暗いと関係ありそうなやつみんな死ねばいいのに的なことは私も思いますけど、そういう時代だったんだから本当は地球人類全体で反省して死んだらいいですよね。

　村の長老とか十人死んだ家のお婆さんとかが百年いる化け物か妖怪(ようかい)みたいに書かれてるの少し面白かったですね。年表が正しければどっちもタモリとか村上春樹くらいの年齢なのに。ジャズとか好きかも知れないのに……。フィクションの長老や呪い師(まじなし)の世代若返り現象って面白いですよね。違いますか。そんな古くないじゃんと笑う私こそ取り残されてるんでしょうね。

　実際他人事(ひとごと)とは思えませんでした。私の育った町もあの村と二十キロ離れていません。私の町も公明正大とはいいがたいです。あの町もまだ普通に殺人や人権侵害はやってますから。今はまだ違う名前が付いているだけで、社会的にまだ許容されているだけで。似たような人達が運営してるんだから実態も似たようなものです。あの村ほど平均から外れてないだけで。あの村ほど実態がエンタメしていないだけで。

最近私の町はカメラに映らなくなりました。昔は色々特集していたんですよ。肯定的なスケッチをされることが減ってきています。もうあの町は肯定的に映せないものになっているんですね。後どれくらいしたらあの村みたいにおぞましいものとして映されるようになるんだろう。健全な人に見つかるんだろう。やばフィクションの参照元になるんだろう。そういうことを考えます。その時私はどこで何をしてるんだろうと。

未来について考えることはあります。未来のなさについてということですが……。友人はいませんが親戚はだいたい結婚して子供が出来ました。自分は結婚も子供も出来ないなと思います。私に育てられる子供はかわいそうです。家に帰ると私がいるんですよ。

私だって差別と偏見の申し子です。何かを言い訳に他者の権利を侵害してはばからない人間しか見たことありません。私きっとそれを再生産してしまいます。私の脳にはもう差別とか他人を踏み潰す論理が刻まれているわけですから。他人の子供は好きです。見ているとたまらなくなります。

ねえ先生。出先や旅先で、街角や帰り道で、学校や親戚の家で怖いものにあったって、そんなの何でもないとは思いませんか。忌まわしい汚らしいものが自分だったらどうすればいいか。先生だったら判ってくれると思いますが……。

あの町に生かされて育ったことは確かです。図書館も利用したし学校だって通わせてもらいました。行事にも色々参加しました。差別と偏見を内包した頭のおかしい儀式にも参加しました。嘘と不勉強と想像力の欠如が幅を利かせるおぞましき人と町並みでしたが、そこで自分が教育を授かったことは確かですし、何にも楽しくなかっただとかうまい汁を啜ることがなかったとは思いません。もっと上手くなりたい、何で上手に自分は出来ないんだろうとは思っていました。差別や偏見をです。人権侵害や環境破壊をです。

私も私の町でいじめを見過ごしてきたし、予期せず人を傷つけてきました。人権侵害と差別に加担しました。石を投げて人を殺したこともあります。今の基準だと暴力に当たること、その時は自覚すらなく人を殺してその肉を食って育ち、それを普通だと思う教育を受けて、当たり前のように拡散させてきたわけで。上の世代と周囲の人間を私は憎みますが、よその人達は私も一緒だというでしょうね。私ごとそれを糾弾するでしょうね。だってそれが事実なんだから。他者を徒に美化する気はありませんが、しかし私から排出される子供は不憫だと思います。

だから私は私の書いた物語が私の子供ということでいいと思っていたんです。自分が生きた証は小説くらいでいいと。それなら多少ましなはずです。小説にはまだ人権はありませんからね。自分で書いた小説を自分の子供のように思う感覚はあります。先生にはそういうのなさそうですよね。そうなれないところが私の凡庸さなのだということは……。

ああ本当だ。もう暗いですね。学生達ももういませんね。先生も大学へ？　今日大学に入る時ちゃんと止められたことには驚きました。あの守衛さん素晴らしい人ですね……。

明日も仕事ですね。帰らなきゃいけませんね。

次はどこへ行きましょうか？


お先にどうぞ。いえいえ。じゃあこの子だけそちらに置いてもいいですか？　ハンガーありますよ。上着もらいます。

座敷(ざしき)好きですけど外でご飯を本当は食べたくないんです。先生にはもう今更かも知れませんが。どうぞお酒頼まれて下さい。私も何か飲みたいかな。

はちみつレモンサワーをひとつ。とりあえず大丈夫です。え？　字面です。お酒の味とか判らないので……。

ああ、そうか……。輪切りが入ってるんですね。

ちょっとお手洗い行ってきますね。


空ですよ先生。いってくれれば開けてみせたのに。

今までずっと気になっていたんですか？　中に何が入っているのか。

中身は私の子供です。今朝それを山に埋めてきたんです。

迷惑だと思いますか？　私もそう思います。山だって人の持ち物ですからね。人間を埋めるよりはましだと思いますが。

先生に嘘を吐きました。本当は私賞に落ちてないんです。落ちることすら出来なかったんです。完成しなかった訳じゃありません。どこにも投稿出来なかったんです。人に見せるのが怖くなったんです。ネットに上げるのはもっと恐ろしかった。私の文章は書いた私の差別と偏見の塊です。そのことが怖くてどこにも出せなかった。

誰かに怒られるのが怖いし、怒られなくて受け入れられるのも怖かった。書いている時はもしかしたら褒められたり評価されないかなとうぬぼれていましたが、書き終えると褒められたり評価されることすらも怖くなったんです。仮に褒められたらもう逃げられません。受け入れられたら書いたものは消せません。時代が変わった時今度こそ私の存在は許容されなくなっているかも知れない。時代を超えられず埋もれてくれればまだましです。掘り起こされて棒で叩かれるかもしれない。

間違いが起きて有名になったらどうしよう？　小説なんか売れやしないんだから今の時代リスクでしかありません。誰かに褒められることで私が自分の出自を忘れて、自分は実は大丈夫な存在だと勘違いして安心して気を抜いた後で自分の正体が社会にばれて石を投げられたらどうしよう。火をつけられたらどうしよう。そのことが怖いんです。私はこれからいけない存在になる町の出身です。私の罪歴が未来において社会に寛容されるとは思えません。すれ違う人々に私のしてきた私的な暴力やハラスメントが将来的に掘り返されないと考え得る根拠を見つけられません。なぜなら私自身ここ十年ほどの社会の息苦しさをそれ以前の世界より心地よく感じ、時に私を傷つけた人や偏見や差別を口にしてはばからなかった過去の私の周囲の人間のことを一言一句一人一人けっこう今でも覚えているからです。同じように私のことを、私のしてしまったことを日ごと夜ごと思い出し続けている人が今もいるはずです。私がいまだに許されているのは現在私が取るに足らないものだからです。この世が因果応報（いんがおうほう）であり信賞必罰を是とするならば、私が賞に与（あずか）ったなら、私は罰を受けなければいけないはずですよね。

　私はそれが恐ろしくなったんです。

　中身はメモとか草稿とかです。あるものを全部バッグに入れました。完成させた原稿とバックアップ、今朝それを山に捨ててきたんです。自分の子供のように思っていましたが、結局私は育てられませんでした。私の知っているあの子達のことを、いつか小説に書こうと思って、忘れないようずっと持っていたんですが。我ながらやることがいちいち、しかし、しかしですよ。そんなの当たり前じゃないですか……。

　小説を書いたり出版社に送ったりそういうのもうやめようと思うんです。仮に運が味方についていい文章が書けて誰かに喜んで貰えても、本とかが出せたとしても、いつか私の生まれた町や育った環境、そこでやってきたこと、ひとにいえないそういうことがいつか社会的に許されなくなる時が来て、私のやってきた差別と加害が露見して明るみに出るんじゃないかって、被害者達によって訴えられるんじゃないかって。こんなやつの書いたものを読むんじゃなかったって読んでくれた人に思わせてしまうんじゃないかって。私は悪いことをした側です。私は古い価値観に生かされました。もっとまじの本物の〇〇〇〇みたいな人から辛い目にもいっぱいいっぱい遭わされてきましたけど、それでもこうして生き延びたことは確かです。

先生に教わって取材や調査というものをしてみて、過去の出来事というのは明瞭（めいりょう）でないまでも痕跡は拭いがたく、意図して消そうとしても蜘蛛の巣のように繋がりあっていて、事実そのもの、存在そのものを抹消することはとても難しいのだと知りました。私が私の過去を消そうと心血を注いだとしても、その行動こそが強調線を引いてしまうでしょう。杞憂（きゆう）でしょうか？　いいものを書いてから心配すべきでしょうか？　売れてから心配するべきでしょうか？　階段を上ってる最中に背中を刺されてから心配するべきでしょうか？　海で名を上げることが恐くて海賊がやれるかとモンキー・D・ルフィもいっていました。こんな風に恐れていては人様に発表なんてできないんでしょうね……。

　私の理想は私が形にしなければと思っていたんです。ですけれど、もういいんです。諦めようと決めました。私にはやれないから。私が書いては説得力がないから。後ろ向きな結論ではありません。次を目指すことができますから。何かを始めることができますから。

　何より私には先生がいますから。先生は私の書きたいことを、私より上手く書ける人ですから。

　ねえ先生、判っているんですよ。いつからか先生は私みたいな人間に向けて文章を書かなくなりましたね。私のようなろくでなしに向けて言葉を紡いでくれなくなりましたね。私の書きたいものを書けるのは先生しかいないのに。私が本当にいって欲しいことをいってくれるのは先生しかいないのに。呆れられてしまいましたか。いっても無駄だと思われてしまいましたか。先生もやはり恥ずかしくなるような醜い相手よりは、品行方正で、賢く、読者として誇れるタイプの人に自分の文章を読んでもらいたいんでしょうか。まさか先生ほどの人がお金にとらわれているとは思いませんが……。お金に困っているくせに小説なんて書く方が馬鹿だと思いますが……。ねえ先生。あなたを好きな人は私だけじゃないですけど、私があなたを好きになったってことは、あなたの人生も失敗だったんじゃないでしょうか？

ごちそうさまでした。もうじき終電ですね。喋り過ぎたし飲み過ぎました。今日は失敗でした。

次はどこへ行きましょうか？

（その2）

先生。入りますね。起きてますか。お腹空いてませんか？　いい頃合いかなと思って、夜食を作ってきたんです。間が悪くなければですが、一緒に休憩をしませんか？

部屋少し寒くないですか。膝掛けだけだと風邪引きますよ。エアコンの風は私も嫌ですけど、嫌いなものなんて、他にもいっぱいあるわけですし。

雑炊です。見ての通り失敗しました。とりあえずチーズとか味の濃いもの追加して入れたんで、食感の方は見逃していただけると……。今回は失敗でした。失敗したものを雑炊とかおじやとかにすることありますけど、雑炊だってうまくいかないことはあるんですね……。ゆで卵ゆでたんです。こっちだけでもどうですか。あはは。確かし。

先生はファミレス行ったりしますか。夜のファミレスはなくなってしまいましたね。夜といいうか深夜営業です。先生は深夜にファミレスに行ったことはありますか？　あそこにいた人達はどこに行ったんでしょうね。皆自分の家で夜食を作っているんでしょうか。

アラームかけていたんですね。原稿は進んでますか？　それは何よりです。やっぱりお邪魔してしまってたみたいですね……。そうでしたか。夜ですからね。人間ですからね。普通だと思います。集中したり頭を動かすのにはＤＨＡとかアミノ酸がいいっていいますね。ワインを一杯とかも作業によってはいいことがあるんだって。ネットで見た情報ですけど。いいことがあったことはないですけど。

目とか鼻とか粘膜面からアルコールを取り込むとすぐ酔えるけどぼろぼろになるそうですね。お酒を静注するとアルコール中毒で死ねるそうですね。胃腸のすごさと段階を踏むことの大事さを教えられますよね。いつだって本当は一発で決めたいけれど……。私は眠くて文章が書けない時、腕とか腿をカッターで切っていました。懐かしいな。私の青春です。

ご馳走さまでした。私の方が食っちゃってますか。食後は少し動きたいですね。こういうのって単なる感傷ですか？　死なないですもんね。動かなくても。

足ですか？　足よりは腰？　一日ずっと座ってましたもんね。今日も一日お疲れ様でした。私結構マッサージとか上手いんですよ。小さい頃親の肩とかめっちゃ揉んでたんです。いい子だったんで本当昔は……。揉んでもいいですか？　……肩触ってもいいですか？　編集者じゃないからアドバイスとかはできませんけど、私先生のケアならできますから。

肩も首もがちがちですね。予想はしていましたけど。木彫りの人形みたいですね。もうちょっと深く腰掛けてもらってもいいですか。首の後ろなんて神経の塊ですからね。私は今先生を簡単に殺してしまえるんですね。先生は後頭部に叩き付けられるとしたらどういうものがいいですか？　私ですか？　……タイプライターとか？

先生、隠しててもしかたないと思うのでいいますけど、今書かれてるもの、あまりよくないです。設定がよくない気もします。判っててやってらっしゃるんでしょうけど……。先生の力はこんなものではないですよね。どうしたらそれを引き出せるんでしょう。まあこんな風に監禁された状況で面白いお話なんて自分なら書けるとは思えませんが、先生は私とは違いますからね。

先生と自分を比べられるわけがない……。

ねえ先生。おかしなことをいいますけれど、私に受けようとしていますよね。私に向けてお話を書こうとしていますよね。それがそもそもこのお話がつまらない原因ですよね。私が読みたいのは自分の想定の上を行かれるお話なんですから。

私に脅されて私の好きそうな小説を書くこと、そのこと自体にセンスがないと思います。いわれるままに小説を書いてもそんなのしょうがないじゃないですか。何も意外がないとは思いませんか。先生は今私に監禁されていやいや書きたくもない小説を書いているわけですけど、いやいや自分向けに書かれた小説なんて私だって読みたいとは思いません。この状況に対する反抗とか、私を否定したい気持ちとか、思うところは当然先生にもあるはずだと思います。それを呑んでニーズに合わせた出力をすること、そのプロフェッショナルさをこそ私は嫌悪している気がします。プロって言葉嫌いだという庵野秀明のあれ先生はどう思いますか。プロフェッショナルを是とするなら先生の初期作はああでなくてもよかったはずですよね。わざわざいらないことをすることが先生の魅力の一つだったとは思うんです。たとえ二階に監禁されて両足を切り落とされたとしても、たとえ先生が書かないとよその子供を攫ってきて私が殺してしまうからといっても、殺した子供をご飯に混ぜられるのが嫌でも、そこで折れていては正義がないじゃないですか。屈することには新規性がないと思いませんか。

こんな状況より酷い目に遭ってる人は世界中に幾らでもいます。詰んだ状況に、諦めざるを得ないものに、思いもよらない解決策を、私の偏見を打ち砕く卓見を。世の中は所詮こうなんだという私の偏狭さを飛び越えていく発想を、先生の書くそういうものに圧倒されたいんです。私は自分が勝利する話なんて見たくないです。私は自分と同じ属性を持つ人がお話の中で自分とは違う成功を手に入れ幸せになっていくところを見ていたいわけじゃないんです。私の失敗は拭いがたいものだからです。先生は私を勝たせなくていいですよ。先生は私を断罪していいんです。ただ私は自分みたいな人間がお話に出てくるとほっとするんです。いていいんだって許された気がするんです。やっちゃいけないことをして、否定されて周りから嫌われて、そういうやつが世界の中には、いてよくないけどいるんだって認めてほしいんです。私は化け物ですが毎日頑張ってます。普通の人のように毎日頑張ったり、頑張る振りをしたり、油断したり、理想を求めたり、理屈を捏ねたり、感動したり、失敗する度落ち込みますし、いつでもこの一線さえ守れば善良にいられると思うところを守ってきて、それでもこんなことになってしまったんだということを書いてくれるだけでいいんです。

挑戦した人だけが失敗します。私は失敗しっぱなしです。私はもう褒めるところがないですが、構造としては私は挑戦しましたよね。ねえ先生、こんなことを書いて欲しいって話をしましたけど、本当に書いて欲しいならこんな直截的なやり方は失敗ですよね。いったから書かれたって私はもう嬉しくないんだから。

今回は失敗でした。監禁なんてやり方がよくなかったですね。この家がよくないのかも知れませんね。環境が書くものに影響しますから。

次はどこへ行きましょうか？　車椅子取ってきますね。

（その３）

暖かい夜ですね。こういう夜が私好きです。虫飛んでますね。先生、防腐剤かけておきますね。

どこへ行きましょうか。遠くに山が見えますね。先生は登山しますか。私は小さい頃山によく登っていたんです。

山道は舗装されてたり岩だらけだったり、泥濘（ぬかるみ）だったりしますけど、急なところが木の階段になってたりしますね。丸太の階段です。地面に埋めて固めたやつです。子供の私には一つ一つの段差が大きくて、大股（おおまた）で階段を上ったりしてたんですけど、なければないで山道を上るのは大変でした。間が一段上れないだけで本当に大変でした。歩きながらよくこの階段を作った人のことを考えていました。

工事とか行政とかの人が仕事で作っているんでしょうけど、その人のお陰で私は前へ前へと進むことができたわけですね。段差が大きかったり断絶があると子供の私は登っていけませんでした。次の段から次の段まで欠けずに揃ってるお陰で私はここまで歩いて来れたんです。

階段は人が通ると土が減ったり木が曲がったりしていました。そのことが私は気になっていました。古くなって登れなくなってしまった大きい段差を埋めるような仕事を大人になったらしたいと思ってたんです。ステップがなくなって登りづらくなった断絶や間隔の大きいところに、新しいステップを作るようなことをしたいと思っていたんです。

駅の方へ行きましょうか。そのまま電車に乗るのもいいですね。世間的には先生は死んだことになっていますけど、こうして散歩してたら誰かに見つかってしまうかも知れませんね。


先生は幽霊って怖いですか。私はおばけは怖くないです。私の人生は今多少苦しいですが、幽霊に苦しめられているわけじゃないからです。

私は田舎にも廃墟にも行きません。旅館やホテルに泊まったりしません。友達がいないから遠出も肝試しもしません。同窓会に出たりもしません。帰省も墓参りもしません。デートもお見舞いもしません。親の面倒も子供の世話もしてません。毎日同じことしかしません。怪しいところにも楽しそうな所にも行かないようにしています。よく人が怖い目に遭ったり殺されたりしがちな場所には行かないし、おばけとか殺人鬼に何かされそうなこともしていません。死ぬのは怖いですからね。怖い目に遭いそうなことしないようにしてきました。

それなのに私の人生はいまだ解決していません。死んだり殺されたりしないように、痛かったり苦しかったり怖い目に遭わないようにと思い、そういうことをちゃんと避けてきたのに、今毎日が苦痛です。私が怖がるべきは幽霊や怪異ではなかったということですよね。私の人生を苦しめているのは多分もっと別のものだということですよね。

私が怖いのは自分が傷つくことです。誰かに傷つけられることです。もう二度と消えてしまいたくなりたくありません。私は間違うのが怖いです。間違うと傷つくからです。それは間違ったことをいう誰かに今まで自分が傷つけられてきたと思っているからです。誤解された、判ってもらえなかったと今でも思っているからです。そして私も間違えて誰かを傷つけたことが数え切れない程あるからです。あんなこと本当にしなければよかった、あの時ああすればよかったということが四方八方に張り巡らされています。間違えて誰かを傷つけるのが怖いです。

私は正しさより間違いや過ちに属している生物です。自分のしてきた行いの内ほとんどのことを償っていません。化け物を倒せば私の暮らしはよくなるのでしょうか？　おぞましいおばけとか悪い人間の群れを遠ざければ私は幸せになれるんでしょうか。そうではないんだと思います。私は多分私自身をどうにかしないといけないですよね。

勇気が欲しいんです。怖いと思う気持ちを制したり乗り越えたり、願うことや正しいと思えることを行うための、価値があると感じる行いの主体に自分を近づけていくための、私の人生を苦しめるものに最低限立ち向かっていくための勇気です。それはおばけとか殺人鬼と戦うことや逃げることでは達成されません。私が怖いのは自分の未来のなさ、先行きのなさ、歩んでいく人生の昏(くら)さ、自分を保存したいという甘え、認められたいという欲求、他人に勝り安心したいという理想、物事を見逃さない注意深さや物事に色をつけずそのままを見るだけの力のない自分、よく考えることや考えるための判断材料を持てないでいる自分、その愚かさによってたくさんのものを傷つけてきてしまったこと、これからも何かを傷つけてしまうことです。私がもう少し研鑽(けんさん)を積んでいたら首尾よく行ったはずの何か、私が稚拙で遂げられなかった何か、愚かな油断で傷つけてしまったもの、そういうものを諦めて安穏としたがっている自分を、コンプレックスと後悔の裏返しでただただ過敏になりたい自分を、追及を恐れて間違いを認められない自分を、全てを認めてしまえば何も残らなくなってしまう自分を、嘘を内包せずには成立しない今の自分を、変えていくための勇気と知恵がどこにあるか考えていたいんです。判ってくれますか。怖いものを乗り越えたいんです。

私だって知恵や勇気で恐怖を克服しようとしてもいいですよね？

山道で階段を作った人のことを思うんです。私もそんな階段の一つになりたい。私が足を滑らせた場所に今度は他の誰かが足を置くかもしれない。私が今いるこの場所に他の誰かが来ることもある。そういうことを信じていたいんです。次の人がここまで来るための、ここから先へ行くためのステップの一つに、いつか誰かが人を殺して道に迷って、誰もいない山の中を一人で歩かなくちゃならなくなった時に、ここだって人の来る場所なのだと、その人に伝えるための段に、ここさえもまだ人間の通り道であり、ここを通ってまだ先へ、どこか先へ進んで行けるのだと、伝えることで一人じゃないって安心して欲しいんです。山道の階段のように。まだそこに人は来るのだと、歩んでもいいんだと伝えられるようになりたかったんです。でも今回は駄目でしたね。

不思議な夜ですね。行けるところまで行って帰ってくるのもいい。帰って来れずに死んだとしても、悪者ですからね。死ぬところまでが私の仕事ですから。

すっかり暗いですね。山が近付いてきました。ねえ先生。今回は駄目でしたね。

次はどこへ行きましょうか？

未来を予言する才能について

小二の時転校してきた神戸(かんべ)さんは件(くだん)の女の子で、ピアノと予言が得意という話だった。予言獣を見るのはそれが初めてだったので、知らないものに対する漠然とした不安と、幾許(いくばく)の期待感と共に私達は黒板に書かれた名前と彼女自身の姿を眺めていた。

　件と呼ばれる生物についてあらかじめ私達は三時間ほど授業を受けていて、どういう言葉を選んで使えば自分達が彼女を傷つけられるのか教育を施されていた。彼女の転校前には牛乳と牛肉が給食から姿を消し、秋にある遠足の目的地が動物園から変更されたりもした。半人半牛の存在だというのが彼女に対する大人達の説明だったが、正確には彼女は人権のある牛だったのではないかというのが今現在での私の理解だった。授業参観に来る大人は彼女の生みの親ではないという話だったし、自分の兄弟がどこにいて何をしているのかも知らないという風に口にしていた。歴史や生態、現存する文献のことは教えられたけれど、彼女の生物種自認については事前学習では言及がなかった。

　先天的な困難については既に治療法が確立されているらしく、神戸さんは普通に椅子で授業を受け、体育にも水泳にも小五まで参加していた。転校前の彼女は入院と手術の繰り返しだったらしく、外の運動より座って出来ることをどちらかといえば得意としているみたいだった。

休み時間は図書室にいたり、教室でリコーダーを吹いている姿を見かけた。洟もよだれも人並みに垂らす、よくいる普通の小学生だった。

学校を休むことも多かったけれど、行事や遠足には休まず参加していたと思う。四年の社会科見学で班を組み、一緒に発表をしてから私と神戸さんは話をするようになった。私達の学校では行事の写真販売がその頃まだ残っていて、その辺りから彼女の写真が私の手元に残るようになった。当時はちょうど悪疫の拡散期だったので、彼女の写真を買い求める人が沢山いたと後で親から聞かされた。彼女の写真に疫病退散の効能が謳われていたらしく、じっさい彼女と写真を撮りたがる人は常に一定数いたように思う。

文献にあるような災害の予言と対処法の告知を普段の彼女が口にすることはなかった。自己紹介で語った割に音楽室でピアノを弾(ひ)くこともなかったと思う。その頃おりしも不況が深まり生活に投資が必要になりだした時期だったので、未来にまつわる情報を求めて彼女の周囲に大人の姿が多くなっていった。彼女と帰っていると近隣住民によく話し掛けられたし、彼女と深い知り合いになろうと遠方から見知らぬ人間が訪ねて来ることもあった。

彼女の保護者達は端的に誘拐を心配しているらしく、彼女と一緒に帰っているだけでいつの間にか私は感謝されるようになった。彼女の暮らす研究所は街外れの辺鄙(へんぴ)な場所にあって、何度かそこを訪れる内に名前を書かされ、連絡先を聞かれ、いつの間にか彼女と同じ位置タグとブザーを持たされるようになった。「薬(くすり)さん」私の名を呼び所員の人達はよく飲み物をくれた。研究所からの帰りはタクシーでいつも送ってもらっていたが、そもそも何故彼女が学校から歩いて帰っているのか、その頃の私にはよく判っていなかった。

足に出来た肉刺が潰れて痛かった日、歩きづらそうにしていると背中に乗るよう神戸さんが私に促してきて、誰かに見られたら恥ずかしかったが、結局私は厚意に甘えて声を掛けてから彼女の背中に跨がった。乗った背中は地面が遠くて歩く度ランドセルの中身が揺れた。周りに人がいない時私はよく彼女の背に乗り、尻に敷くためのクッションも持ち歩くようになった。


夏の間は帽子をかぶり、いつも途中で飲み物を買い、研究所は学区外にあったので、辿り着く頃には暗くなっている日もあった。ぼうぼうの草とひび割れたアスファルトの上を二人で帰った。二つの影が夕方は伸び、日が落ちた後はくるくる回った。

帰り道彼女と色々な話をした。ピアノのペダルを踏めない話、予言活動を学校に禁止されている話、地震がある度何かいわれる話、どうしたら倖せになれるか彼女に訊ねてきた老人の話、学校であった面白を話したり、流行りの漫画の展開を考察したこともあって、来週の展開を予言出来ないか聞いてみたこともあったけれど、彼女は早バレには否定的なスタンスだった。

「予言ってどんな感じ?」

「予想や予測と一緒だよ。発売前でも先の読める展開はある。もうすぐ雨が降るんだろうとか、これしたら先生に怒られるんだろうなとか。今いる人皆百年後には死んでるだろうなとか、牛から生まれた人間なんて倖せにはなれないんだろうなとか」レモンの色の彼女の靴は日が傾いても地面から浮いて見えた。「そんなの絶対そうでしょってことあるでしょう。それを口に出すだけだよ」「それが予言？」「予言の正体は情報の格差だよ。すべてのことを全員が判ってたら何一つ予言にならない。確信のないことは自信満々に口にしづらい。自分には完全に判りきっていることを判らないままでいてくれて話を聞いてくれる相手がどこかにいなければならない。格差は人との間にあるものだから、自分が知りたいことは勉強しなきゃ知れない」

「早バレは？」

「早バレは判らない」

「私が何歳で死ぬのかとかは判る？」

「今すぐ死ぬのであれば判るけれど」彼女の返事に私は落胆してしまった。

その頃の私は死ぬことやしくじること、事故に遭うことや熊に襲われて殺されることが本当に本当に恐ろしくて、色んなことが上手くいかない自分を自覚して、何もかも苦しくなり始めた時期だった。「何をやっても失敗するの。絶対途中でおかしくなるの。上手くいってると必ずしっぺ返しが来て、期待したこと絶対駄目になるの。少し前まで出来ていたことも考えないで出来てたことも、急に失敗するようになったの。急に全部が上手く出来なくなったの」自分の靴の緑色の部分を見ながら私は話した。こんなことを話しては嫌われてしまうのではと思ったが、そう思うほど次々言葉が出た。「悪いことばかり想像するの。駄目なことばかり考えちゃうの。このまま何も出来なくなって成績も悪くなって、学校行けなくて就職出来なくてお父さんもお母さんも死んでお金もなくなって、家を追い出されてホームレスになって中学生に火をつけられたり高校生に殴られたりして、手や足がもげて内臓が潰れて血を吐いて野垂れ死ぬんじゃないかって。死んでも誰にも気付かれないで鳥とか虫に食べられて骨になって、骨もどこかにバラバラになって、私はどこにもいなくなるんじゃないかって」話しながらこのことを相談した時の本当に悲しそうな両親の顔を私は思い出していた。私の家とその周辺ではそういうことを考えてはいけないことになっていたみたいだった。「駄目だと思っちゃ駄目なんだって。大丈夫だと思わなきゃ駄目なんだって。失敗すると思ってると本当に失敗するんだって。出来るって思ってることが大事なんだって。担任の先生にも父さんにも母さんにも、病院の先生にもヨガの教室の一番偉い先生にもいわれたの。ポジティブにいるのが大事なんだって。自信持ってると本当にちゃんと成功出来るんだって。

でも私が期待してること全部駄目になるよ。うまくいくと思ってるといっつも失敗するよ。大丈夫だって思ってるといつも誰かに怒られる。いいことだけ考えてると絶対途中で失敗するの」話のせいで歩みが遅く辺りが随分暗くなっていた。頭上で道の明かりが点いて、オンスのない影が靴からはみ出ていた。「明るい未来を想像出来る？　そちらに上手く合流出来る？　思った通りに何もかもいかないのは、私の才能に問題があるのかな」

「いいねその顔」彼女が笑っていった。「不倖なのいいね！」

五年の夏休みに彼女は入院しその間幾つか手術を受けて、その夏私は病室に通い、彼女と一緒に遊んだり宿題をしたりした。入院患者にも見舞客にも彼女の写真を欲しがる人はいた。撮影の後涙を流して感謝する人もいた。

「あなたの写真に本当に効き目あるの」「あるわけないよ。ただの商売だよ。はやり病で出来ない何かの代わりだよ。何か売らないと人間は生きてけないってだけだよ。効く薬を作るのも作って売るのも大変だから効かなくても怒られないものを作って売って儲けたいってだけだよ。効かないのに売ると怒られるものと効いても効かなくても怒られないものがあるだけだよ」「売ってるのあなたの写真」「今の人達が売るんだよ」少しずつ見慣れていく病室の感じ、私のためのパイプ椅子と引きだしテーブルの不安定な感じ、夏と日差しと生き物の気配を窓とシェードがフィルターのように遮断していた。

「神戸さんも前向きでいれば倖せになれると思う？」

「そんなわけないと思う。そういうことにしたいだけだと思う。人より私は特別だからなるべく何もしたくないですの現代語訳だと思う」一緒に寝ながら私達は話した。「引き寄せの法則やピグマリオン効果、予言の自己成就をあなたが内心で嫌っているのは、それがよい物を集め悪い物を排除するための一枚噛ませた差別のための作法に他ならないからだよ。個人の成功と差別とが分かちがたく差別が上手いと人間は倖せになりやすいということを目隠しするベールでしかないからだよ。生まれや見た目や所属や思想、他者の属性を旗印にせず、対象をあえて指差すことなく、自分の内面を根拠に自己改革を隠れ蓑にその場その場で目障りなものを巧妙に排斥していくための差別と偏見の乗り物に過ぎないからだよ。いいものを引き寄せることと嫌なやつを押しのけることはそう変わらないよ。皆で不倖になるより何か差別して倖せになりたいという当然の心が次の言い訳を見つけたってだけだよ」「自信を持つことは大事でしょ。失敗することと考えてるとうまくいかないのは本当でしょ」「嘘だよそんなの。そう思うと楽なだけだよ！　晴れでも雨でも涙は出るよ。何をしたって駄目な時は駄目だよ。考えるって疑うことだよ。信じるって考えないってことだよ。誰かに考えないようにしろっていわれて安心してるだけだよ。自分だけ楽するのは怖いから、同じことするやつを自分の周辺に増やそうとしてるだけだよ」

入院中の彼女は気だるそうな時間が多く、髪を梳かしたり爪を切ったりしてあげることが私にも許されていた。彼女の爪は長く分厚く、私はナイフで少しずつ彼女の角質を削った。

「しなくてもいいことなら皆しないでしょ」私はいった。「差別でもしなきゃいけないようになってるだけなんでしょ」

「普通の人ならそうだけど。薬さんには才能があるじゃない」彼女の言葉は抵抗がなくて、血を流しても痛いとはいわなそうだった。「何をやっても失敗するならそんなの予言みたいなものでしょ。絶対間違うことが出来ればそれはほとんど未来予知と同義だよ。私みたいな贋物じゃないし予想や情報格差でもない、本物の才能だよ。才能には投資した方がいいよ。考え方を変えるなんて駄目だよ。これからもずっとそのことに苦しみ続けないと」私の頭を神戸さんは撫でた。まるでそれをすると私が喜ぶとでも思っているみたいだった。「倖せになる準備をしようよ。一番みじめな死に方を想像しよう。やばい死の予定を立てて一日一歩踏み外そうよ。三歩外して二歩修正して、ままならなさに救ってもらおう」

「そんなことで倖せになれる?」私は訊いた。「悩み続けたら倖せになれるの?」

「疑わしいよね」神戸さんは楽しそうだった。

宿題は捗らなかった。いつも私達は手を止めて話し続け、時折私はそのまま帰らず彼女の布団で夜を明かしたりした。タグのせいで捜索はされず、病院からも何もいわれなかったけれど、それまで普通の友達だった私達はその夏悪い影響を与え合っていった。最初は歓迎していた保護者も段々私達に顔を顰めるようになっていった。ばらばらだった時には発露出来なかった醜さを分かち合い、私達はどんどん悪い友達になった。

大きな手術を控えた前の日空腹を訴える彼女に同調し、タグとブザーを病室に残して病院を脱走し、私達は夜の街へと繰り出した。左右にある草が執拗にタッチを求めてきた。背後から来た大きい車が私達の一メートル横を追い抜いていった。何もない国道を虫に刺されながら歩き楽しそうな声で彼女が次の計画を口にしていた。私は話より彼女の歩く姿を見たくなって、歩調を落として距離を取り後ろから彼女を見た。「何その顔?」笑う彼女の声が聞こえた。背中に目でも付いているみたいだった。

　国道沿いに見つけたマックで一つずつセットを買い、私と彼女は縁石に腰掛けて夕食にした。「きつかった絶食」彼女が包装を剝いた。共食いＯＫか私が目で問うと彼女は私を見たままジュースで喉を潤(うるお)した。

「共感オフ」宣言し彼女はバーガーを頰張った。三口食べておいしいと笑った。

「共感オン」いって彼女はバーガーを囓(かじ)り、押し黙りすぐにその場に嘔吐した。「おげえ」

　私は彼女の背をさすり泣きじゃくる彼女を戸惑い眺めていた。大きい頭を撫でると角の固さが指に掛かった。「苦しい？」

「苦しい」彼女の耳がぴくりと動いた。「どうしたらいいか判んないね」

　見上げた看板灯に羽虫の溜まった蜘蛛の巣が掛かっていた。彼女の靴と靴との間にはパン生(き)地(じ)と挽肉(ひきにく)とたまねぎの粒々、胃液のパンケーキが円を作って広がっていた。

「今日が一番倖せだとして苦しいことは今日も起こった」私の手の中で彼女の指と爪が動いていた。「みんな一緒に不倖になれたらと思うけれど、私達は一人一人」

「何？」

「死んでいくんだね」

「そうかな」私は蜘蛛の巣を見た。「あんな風に大体同じとこで皆躓(つまず)いて死んでくんじゃないのかな？」

げろに虫が集って酷いので私達は手を繋いで来た道を帰った。星の見える蒸し暑い夜だった。

帰った後私達は関係者全般に叱られた。大人達も悪い想像をしていたみたいだった。

件の寿命は短いらしく、殺されない牛の寿命は二十年くらいらしく、総合すると私が大人になる頃には、彼女は生きていないみたいだった。そういう話を彼女に聞かされ私はなぜか暗澹たる気分になった。彼女とずっと一緒にいたいとその頃はよく考えていたので、彼女の報告は私には恐ろしいしっぺ返しに思えた。

彼女が中学に進学しないとも聞いてますます私は悲しくなった。自分の望みがまたしても反駁されたのだという感じ、私のせいで彼女が死ぬのだという根拠のない錯覚で胸が一杯になった。彼女について考えることと自分が自分を中心に世界を捉えているのだと突きつけられることは、私の前に同時に現れ、切り離して考えることが出来ない姿をしていた。

「義務教育だし通えるけれど」落ち込む私に彼女はそういった。「通わなくてもいいかなと思ったの」

「何が見えたの？」

「内緒」

「しね！」

「本当に判らない？」

「判らない。予言してよ」

「簡単な予測だよ」彼女が私に額を寄せて、濡れた鼻が私の顎に当たった。「私が今いなくなったら、あなたこれから先すごく苦しむんだろうなって思ったの」

「どういう意味？」私は顔が熱くなった。

　卒業式の日私達は一緒に周囲の人間の手で明るい未来へと送り出された。下級生の作るアーチをくぐりたくなくて、体育館を出た私は列を抜け校庭の隅へ避難した。「薬！」彼女が私に手を振り周囲の人をかわしながら近くまで来てくれた。一緒に写真を撮ろうといわれ、私達は初めて二人での写真を撮った。「思い出頂戴」

「中学行って作りなよ」

「もう！」件が笑った。「あなたも苦しそうでよかった。ずっとずっと苦しみ続けていてね。いつまででも苦しんでいてね。無理に倖せになろうとしないで」

「ふりでもいいの」

「私も人のふりをしてるよ」こぼれるほど大きい黒い瞳がいった。「あなたが私を忘れたら私が人だったと覚えてる人はいなくなる。なるべく長く苦しんでいてね。やめたくなったら写真を開いて」

　あの時撮った写真は印刷物になって私の元に届き、とても薄いアルバムに収まって今も部屋の棚の片隅に置いてある。引っ越しの度に荷物に入れていたが、その頁を私が自分の手で開くことはなかった。あの頃の解像度では人に見えていた彼女のことを、曇った今の目でもそう思えるか自信を持てないでいたし、彼女とかわした言葉は今でも反芻してすぐに思い出すことが出来た。言葉と違い彼女の顔は今はもうはっきりと思い出せなくなってしまった。多分もう彼女はこの世にいないだろうけれど、そういう話が私の元へどこかから伝わってくるようなこともなかった。

　あれから色々な苦しいことや悲しいことが私の生活を圧迫し、向かう先や理想のようなものをいつも常に歪め続けていた。こんな苦しい生活をやめたいとはいつも思うけれど、彼女がいつたようにアルバムの頁を開いて彼女の写真を見返すことはなかった。オカルトを信じない心や、まじないに頼らない強さを持てているわけではなく、彼女の病気に罹った私は、単にこの病気が解けてしまうことが嫌で、病を除く彼女の写しを見れないままに今のところ生き続けているのだった。

未来の友人達と

未来の友人達と可能性の公園で遊んでいると、海の方の出入り口から一匹の怪獣が歩いて寄ってきた。

「こんにちは」ビス子が挨拶し、私やラズ雄もそれに続いた。

怪獣は二メーター超の車みたいな図体(ずうたい)で、砂場に這入(はい)ると魚のように沈んだ。

「バスに乗り遅れてね」怪獣が指で遠くの停を示した。「しばらく一緒に遊んでいいかい」

「どうぞ混ざってってください」一番気さくなビス子が笑った。「砂遊びをしてるんです」

怪獣は腰まで砂に浸かっていて、砂場がそんなに深かったことにそれで私は初めて気付いた。自分の足場が急に恐ろしくなったが、まるで雲に乗っているようだった。

怪獣はピンク色、腹だけ檸檬(れもん)の色だった。大きい口に乱杭歯(らんぐいば)が生え、尻尾の先だけ砂場からはみ出ていた。時計は四時半で、空が火よりは血のようだった。怪獣が砂に触ると波が立ち砂がこちらへ流れた。私が思わず顔を見るととかげの瞳と視線があった。

「何を作っているの？」

「私はライオン」ビス子が怪獣に答えた。「雄と雌が六匹のプライド。一番上のメスの腹には死んだ先代の残し子がいるの。悟られた時は殺されるのでメスは子供を産めないでいるの」

「君は？」

「パフェ」訊かれて私は答えた。「これが白玉、これが抹茶アイス、これがあずき」

「美味しそうだね」怪獣が舌を出した。「君は何ていうの」

「おれラズ雄」ラズ雄が名乗った。「おれは人体模型を作ってるの」

「もう駄目なんじゃないの？」

「そうだね。もう自分でも駄目だと思う」

「友達はこれで全部？」

「後はノブ子とタオル、男のグレムリン。今日来てるのはそれで全員だよ」

「親はいないの。君達はどっから来たの」「二十年先の未来から来たんだ。タイムマシンでは昨晩着いた。もう夕暮れだけど時間はたっぷりあるんだ、二十年かけて帰ればいいんだからね」

「君達は友達なの？」

「お互い面識はないよ、僕達はタイムマシンの友達なんだ」

「タイムマシンはどこに？」

「判らない。透明で見えないんだ。帰ってないなら、近くを飛んでんじゃないかな」

「ふうん」怪獣はお湯のよう砂に肩まで浸かった。

私達は怪獣と一緒に砂場で遊んだ。怪獣は指が大きく造形は苦手そうだった。怪獣よりは勝っていると比べて私はほっとしていた。私のパフェは三分の二までの完成で、今椅子くらいの大きさだった。底の方から甘みが出ていて、もうじき食べれる筈だった。

食べられることが私のパフェの強みで、ラズ雄やノブ子のそれとは違うと一人心で自負はしていて、ビス子のライオンも食べられるものだったが、味では需要が被らないはずだった。

「ノブ子やタオルは今どこに?」

「滑り台に行ったはずだよ」辺りを見回す怪獣にラズ雄が答えた。そう何でも教えて大丈夫か私は少し怖かった。「三人とももう遊び飽きたんだ」

「ふうん」

「僕も早く作り終えて一緒に遊びに行きたいな」

いったラズ雄の頭と首を怪獣が一口で齧り取った。

血が出てラズ雄の人体模型にかかり、より本物に近しくなった。

「やはりそうか」とビス子がいった。「あなたは怪獣だったのね」

「もう駄目なんじゃないか?」怪獣はいった。

「本当に大事なことはわけが判らなくなってしまった。真面目に生きてりゃほめてくれるよ、褒められておかしくなっちゃったんじゃねえの。小手先と友達のことばっか気になって、一番のことはもう届かなくなってしまった。もう駄目なんじゃないか? お終いなんじゃないか?」

私は慌てて砂を掘った。すぐに底に当たってしまった。まだ完成していないのに、砂がどこにもなくなってしまった。

飽きてしまうと食べられてしまうと思った。完成させないと殺されてしまいそうだった。

きっとノブ子とタオルは遊びに行った先で、喰われて既に腹の中なのだ。

背後で怪獣が見張っている。ビス子は黙って必死の顔で自分のお墓のような砂場を掘っている。私のパフェだってもうあと少しなのに、怖くて何も作れなくなってしまった。

3

フォロー

病院のバス停には高齢者が沢山いて、バスを待っても二本目になりそうだった。私はそのまま待つ気でいたが、歩いて帰ろうと父から提案してきた。

夏の終わりの風のある日で、輪郭のない雲が出ていた。野菜のない直売所の手前を通り過ぎ、坂になっている住宅地を下った。高架下の公園を見て少しだけ懐かしくなり、考え事をしている内に家の近くの通りに出た。狭い歩道は並んで歩けなくて、父の後ろをついて歩いた。入院した祖母はあまり話さなかった。私と父が九割話して、何のために間を繋いでいるのか、どうして自分達は沈黙を埋めているのだろうと思った。私と父には祖母と会って何かをするという目的があったはずだが、その内容や方法を父とちゃんと確認していなかった。夏の大会中試合と部活のことだけ考えていて、父と祖母の間でどういうやりとりがあったか、私は一度も確認したことがなかった。

父は随分弱って見えた。祖母の姿が堪えているみたいだった。並んで歩かない理由になる狭い歩道に出て、自分がほっとしていることに段階を踏んで私は気付いた。一年前に喧嘩をしてから父とほとんど話をしなくなり、それなのに祖母の前でだけ昔のような距離で話してみせる自分のことを、あまりにも器が小さいとは感じていた。路肩に咲く赤い彼岸花を見て昔花を摘んで親に怒られたことを思い出した。命は大事にすべきという主旨の説教で、それをいったらという反論を幾らでも思いつけそうな浅い倫理観の話だった。摘むことがいけないものを植えた人間もおかしいはずだった。生んでくれたことを感謝しろというのを、親から口にするのもおかしいはずだった。

スポーツ推薦の話を断られたこと、部活にお金を出してくれないこと、私の未来に自分の人生を使ってくれないことを、どうしても私は納得することが出来なくて、大きい許せない価値観のようなものとこの一年間戦い続けていたはずだったのに、私が喧嘩していたのは父の本体ではなかったのかと、疲弊したその背中を見て思った。結局願いを越えることなく夏の大会と私の三年間は終わり、特別な未来への進路は私の手元には何も残らなかった。この人のようにならないと一度は誓ったのに、必要な物を必要なだけ与えられない親と、何もかもあがなえる程の才能はなかった自分との間に、今は違いをほとんど見出せなかった。

服に風を入れながら車道を見て、信号機が新しくなったんだなと思った。潰れたレストランの跡にジムが入っていた。ずっとあった古い民家がなくなってビルと事務所に変わっていた。消えた記憶の中の今はない風景を思い出しながら、先ほど通り過ぎた公園から父に背負われて帰ったことがあったのを思い出した。遊具酔いした私は父に背負われながら、子供みたいで恥ずかしい、友達に見られたらどうしようと思っていた。

遠くへ行けないのだなと思った。何もかも実力で勝ち取りたかったし、何もかも踏みつけていけたらと思っていたけれど、その必要すら夏と一緒に通り過ぎてなくなってしまったみたいだった。何もかも応援して支えていて欲しかったけれど、その資源や力を前を行く背中のどこにも感じられなかった。祖母を見る父のようにいつか私も父を見るのだろう、もっと上手くやれたらという後悔を繰り返しながら、違う風景の同じ道を辿るのだろうと思った。

「亜子」父が私の名を呼んだ。「進路どうする。勉強してるか」

「してる」背中に私は話した。「今度ちゃんと相談させて」

「そうか」それだけいって父は会話をやめた。どうしてそれ以上深掘りしないのか、本当は何を訊きたかったのか、その意図をどうして汲んでしっかり応えてあげられないのか、思ったことを口に出来なかった。自分と父はとても似ていると思った。不器用で駄目なことばかり似てしまったけれど、私はこの人の子供なんだなと思った。

「今度ちゃんと話をしたい」小さい声で私はいった。「いろいろ一緒に考えて欲しい」

「うん」振り向かず父はいった。「判った」

「ありがとう」息を吸った。「またお見舞い行こうね。おばあちゃん寂しそうだったから」

父の歩みがゆっくりになって、私も咄嗟に歩調を緩めた。前から自転車でも来たのかと思ったが、そういうわけではなさそうだった。父の視線の先を見ると、歩道の先に何か大きい物が落ちていた。距離があって何かまでは判らなかった。父が再び歩き始めて、後について進んだ。

少し近付くとそれが何か判った。おそらく茶色い毛皮の猫だった。

通りに出た猫が轢かれたかはねられたらしく、車道から歩道まで赤黒い汚れと内臓が垂れていた。歩道まではね飛ばされたのではなく、誰かが引き摺ってそこに動かしたみたいだった。

下肢のない猫はまだ生きていて、痙攣というほどではない弱々しい反応を見せていた。

ゆっくり父が猫に近付き、踵で踏んで体重を掛けた。柔らかく猫が歪み、幾らもせず動きが止まった。通過する車で音は聞こえなかったが、破れた腹から血や中身が出て、爪先で猫を集めると側溝の蓋のない場所へ落とし、スペースを空けてから私の父が振り向いた。「行くよ」

造花、日時計、プラスチック時計

「強盗さん」

呼ばれて顔を上げるとドアのそばにチックが立っていて、呼吸してから視線を合わせてきた。「どうしたの」

「眠れないの」「今日は暑すぎるから」エアコンもどこか精彩を欠いていた。

「この部屋で寝てもいい?」チックは両手にナショナルの扇風機F-C302Aを抱えていた。扇風機はその個体名をタックといい、去年の誕生日に両親からプレゼントしてもらったそうだった。「何かお話して欲しい」

「本でも読もう」本を勝手に棚から出すとチックはF-C302Aをぶた鼻に繋いだ。両親のベッドに寝そべってチックはスリッパを脱いだ。「なんて本?」

「造花、日時計、プラスチック時計」

「どんな話?」「恋愛物だよ。三人姉妹のお姉さんが焼死して、お姉さんの死体が家に帰ってきて、死体と一緒に見つかった本、その題名が『造花、日時計、プラスチック時計』なんだ。その本を持つ人間が焼け死ぬ事件が次々起こって、二人の妹がお姉さんの死と、本のことを調べ始めるんだ」「読むと焼け死ぬ本なの?」「そうなのか調べてみるとその本書いたのがお姉さんでさ、合作で作った小説だったんだ。私家版て判るかな、焼身自殺した人達もみんな作者の一人だったんだ。どうして作者が本と死ぬのか、本の内容は普通の恋愛小説だった、まだ焼け死んでない作者が一人だけいることが判って、その生き残りを妹達は追いかけるんだ」「どうして?」「色々聞こうとしてさ」

「強盗さんはこの本好き?」「読んだときは好きだったよ。中盤結構がっかりしたけど。お姉さんの死体が帰ってくるシーンとか、最後の辺りとか好き」「最後どうなるの?」「辿り着いた地下水道で妹達は恐ろしい目に遭うんだ」

「面白かった」チックは溜息した。「たまには本もいいね」

「どこがよかった?」「最後の辺りかな。タイトルってどういう意味だったの?」「説明はなかったよ。作中作の名前だからさ」

チックがあくびしたので扇風機を止めに行き、コードを抜いたタックをチックの横に寝かせた。F-C302Aを抱きしめチックが笑ったので、ブランケットを掛けて明かりを消した。「私の部屋使っていいよ」

「今日は一階で寝かせてもらうよ」

「ママとパパ見てきてくれる?」「多分いちばん涼しいと思うよ」

一階の冷凍庫を開けて綺麗な氷を見繕った。二人のレッドリボン群が造花のようだった。

どちらの蔵書だったのかなと思いながら、水道水をグラスで冷やした。

登美子の足音

黒猫を飼い始めた。

家族皆で飼うことになった。

私も世話には参加していたが、猫との暮らしには戸惑うことが多かった。生き物を飼うことも初めてだったし、急な話だったので心の準備も出来ていなかった。ペットを飼うこつだとか心構えのようなものを、誰かから一度聞いてみたいという気がした。

幼馴染(おさななじみ)の丸山文字子の家に確か猫がいたはずなので、休み明けの学校で話を振ってみることにした。

「最近どうよ」

「少し寝不足」私はフェンスにもたれかかった。「最近うち猫飼い始めてさ」

「本当に?」スマホから文字子が顔を上げた。「成絵猫とか好きだったっけ」

「私ってより家族で飼い始めたの」屋上で私達は昼食を食べていた。フェンスの下から球技の音が聞こえた。「あんたんちも猫飼ってたよね」

「飼ってるよ。写真見る?」

「写真はいいけど話聞きたくてさ。猫って飼うの大変じゃない?」

「大変だよ猫」文字子が頷いた。「どんなとこ大変?」

「色々だよトイレの世話とか。げろの処理とか。でも何ていうか結局は話通じないとこ。いうこと聞かないし。そういうもんだろうけど」

「その内意思疎通できるようになるよ」文字子が体をこちらに向けてきた。「猫ちゃん可愛い?」

「憎くはないね」

「子猫?」

「子猫」

「なんて猫?」

「判んないけど黒猫だよ」

「うちも黒!」文字子が驚いた。「奇遇じゃん。きも!」

「黒猫って多いの?」

「どうなんだろう」二人で初出に当たった。「どうして黒猫飼うことにしたの?」

「親が人から貰ってきたの。職場の人が捨て猫拾って、貰い手がなくてうちで飼うことに」

「うちの子も捨て子!」文字子がいった。「団体? 組織? 的なとこから貰ってきたの」

「黒猫って捨てられやすいのかな」

「そんなことないよ真っ黒かっこいいじゃん」文字子が私の牛乳を飲んだ。「なんて名前なの成絵んちの子」

「メロンって呼んでる。瞳が黄緑色だから」

「へーセンス。目の色はうちと違うね」

「目の色何色？」

「目の色黒だよ」

「目の色も黒？」私は一度考えた。「瞳孔の話？　虹彩の話？」

「全部全部」文字子は即答した。「全部黒だよ」

「じゃあ真っ黒じゃん」

「黒猫だもん。口ん中もべろも黒いよ」

「歯は？」

「黒いよ」

「さっきから嘘いってる？」

「本当だよ」真顔で文字子はいった。「暗いとまじでいる場所判んないもん」「肉球は？」「肉球も黒いよ」

　何か色素のそういうやつなのかなと私は思った。「名前はなんていうの？」

「登美子」

「人間みたいな名前。登美子も吐いたりふんしたりする？」

「人もするでしょふんは」文字子がごはんを頬張った。「覚えりゃ猫もトイレでするよ。教えなきゃ人もトイレじゃしないよ」

「しつけ次第ってこと」私はパンを齧った。「じゃあ登美子は臭くないんだ」

「登美子は超臭い」「臭いんじゃん」「風呂嫌いだからかな。何か全身から常に石油かガソリンみたいな臭いする」「まあまあ最悪じゃん」

「いいにおいだけどねもはや」判らないことを文字子はいった。「メロンは今幾つくらい?」

「多分六ヶ月くらいだって。子猫って程じゃもうないのかも」風が吹いて私は髪を押さえた。

「最初よりは大きくなったんだけど、踏んじゃいそうで普通に怖い」

「歌みたい」文字子がすねを掻いた。

「急に子猫がうちに来たから、意識が全然出来ていないの。ドアとか乱暴にしめそうになるし、変なとこいると踏みそうになる」私は文字子を見た。「そういうことってない?」

「あるかな」ないかもと文字子はいった。「登美子けっこう大きいんだよね」

「でかいんだ」「でかいよ。でかいし長いし。上乗られると息できないもん。こないだ二階で足音がしてお父さんいんのかなって見に行ったら登美子だった」「太ってるの」「縦もあるよ登美子は。こないだテレビ見てる時に登美子が目の前横切ったんだけど顔が横切ってしっぽが通過するまでに映画のエンドロ終わってたもん」「蛇なんじゃないの」

「猫だよ登美子は体毛あるし」

「何食ったらそんなでかくなんの」

「何か色々外で食ってるみたいなんだよな」文字子はぼやいた。「皆すぐ大きくなるんだよ。今だけだよきっと」

「登美子って今何歳なの？」

「忘れたけど二十ちょいくらい」

「うちらより年上じゃん」

「だよ。私生まれる前からいるもん」

「じゃあもう結構おばあさん猫なんだ」

「あんまりそんな感じしないけどね。今でも一緒に散歩とか行くし」

「猫って人と散歩するんだ」

「するよ普通に。見たことない首輪にリード付けて」

「犬みたい」

「個体差あるだろうけど登美子は好きみたい。黙っててもいつもしっぽが動いてるの」

「犬みたいだ」

「よその猫に遭遇すると吠えちゃったりして大変だけど」

「犬の話してない？」

「猫だよ登美子は木とか登るし」文字子がいった。「なんの話だっけ」

「猫で悩んでるって話」

「何で悩んでるの」

「メロン来てから家がすごくて。猫って爪あるじゃん」

「ある!」

「家具もソファもぼろぼろなっちゃって。引っかけて上るから壁もカーテンも傷だらけだし」

自分の家がぼろぼろになるのが普通に私は悲しかった。「文字子んちはどうしてる。対策とかある?　荒れるに任せてる?」

「高いとこ行くのって習性なんだって」文字子が箸で宙に絵を描いた。「運動しないとストレスなっからね。器具とか買ってあげたらいいよ」

「何だっけタワーとか?」

「そうそう。上れるもの。カーテンとかへ行かないように」文字子が頷いた。「うちはネットで買った止まり木をリビングの角に置いてるよ」

「そうなんだ。登美子使ってる?」

「使う使う。大活躍だよ。駆け上がったりぶら下がったりしてるよ」

「へえ」

「二個買って対角に置いてるんだけど止まり木から止まり木に飛び移ったりするの迫力あるよぶわって」

「何か鳥類の話してる？」

「猫だよ登美子は足四個あるし」

「猫は宙を飛ばないだろ」

「程度問題じゃんそんなの」呆れ顔で文字子が肉を食べた。「メロンは内飼い？　外に出したりはしないの。外出せば家でそんな運動しないかもよ」

「うん」私は返答に困った。「でも駄目だよ。近所迷惑だし。事故とか迷子も怖いし。皆多分反対すると思う」

「そっか」

「登美子は外飼い？　放し飼い？　なんだよね。事故迷子怖くない？」

「近場はもう知り尽くしてるみたい。集会とかも出てるみたいだし」

「虫とか取ってきたりする？」

「登美子はしないかな」

「外歩いてきて家ん中も入るんでしょ。家の中もっと汚れちゃわない」

「平気だよ帰ってきたら靴脱ぐし」

「靴？」

「他に悩みは？」

「まだあるよ悩み」私は考えた。「そもそも私猫の飼い主になりたくないの」

「何で？」

「猫の飼い主ってわりと皆頭おかしいじゃん」

「そんなことはないよ！　人間は皆（突風の音）だよ！」

「だってそうでしょ。猫に日本語で話しかけたりするじゃん。猫が日本語判るわけないじゃん。猫の言語を扱う人もいるかもだけど、日本語で話してもこちらの文意は伝わるわけがないじゃん」思考を上手く言葉に出来ず考えながら私は喋った。「反対に猫の考えてることも正確に判るわけはないじゃん。違うこと考えてるかも知れないのに、飼い主側は解釈したり、判ってるっぽい感じ出さざるをえないじゃん。いってること判る？」

「判んない！」

「猫と飼い主ってコミュニケーションしてるのかな。全ては人間の創作な気がして。猫は言語で考えてないのに、人側は猫の思考を言語化してみせたりするじゃん。それって猫をモデルにした二次創作じゃん」私は文字子を見た。「それって危険なことじゃない？」

「それが悩みなの？」

「一大事じゃん」私は迷った。「物の見方が自分じゃないの？」

「そいつはそうだが」

「猫が主人で人が家来だとかいうじゃん。嘘じゃないかと最近思って。コミュニケーションが取れているならそう説明できるってだけで、実際は人も猫も通じ合っていないだけなんじゃないのかと。猫って本当に王様なのか。ただ軋轢があるだけじゃないの」

「あんまよう判らんけど猫と人が判り合えないいんじゃないかってこと?」

「部分点だけどそれが怖い」

「怖いの」大丈夫だよとあほづらで文字子が口にした。「こっちのいってることは結構伝わるし、あっちの考えてることは結構判るよ」

「判るという幻想だったりしない。だって猫だよ。コミュニケーション取れてるかなんて判んないじゃん」

「そうかな」

「そうだよ。一体何を以てコミュニケーション出来てるとするの?」

「定義とかは判んないけど」文字子は首を捻った。「でもコミュ力ないと難しいじゃん接客業って。接客やれてれば人並みにコミュニケーション取れてると考えていいんじゃない」

「何?」

「コミュ力がないとさ」

「何の話?」

「接客の話」

「何で?」

「接客って大変じゃん」

「誰の話?」

「登美子」

「働いてるの登美子?」

「うん」成絵は頷いた。「大学卒業しちゃったからね」

私が黙っている間に文字子が昼食を食べ終えていた。

「結局成絵は何が嫌なの?」文字子が口を拭いた。「臭いがあること? ぼろ家になること? 猫の心が本当は判らない気がすること?」

「私は」私は文字子のいる方を見た。文字子の口に髪の毛が入っていた。

「私はメロンを苦労に思うけれど、メロンの方でもそうなんじゃないか。私は猫に慣れないけれど、猫の方でもそうなんじゃないか。外にも出してあげられない、子供も多分生ませてやれない、殺処分よりましかも知れないが、うちに来るよりもっといいにゃん生がメロンにはあったかも知れない。私達は撓めあってないか。合わないところで削り合ってるんじゃないか。替えがないから耐えているだけで、自分があまり自由ではないとメロンも思っているんじゃないか」

「一緒に暮らすってそれでしょ。登美子だって家にお金入れてるし」

「猫が一緒に暮らしたいかは」

「ふん」文字子がスマホを取り出した。「猫の考え聞きたいなら話す?」

「何」

「呼んだら来るよ」

「呼ぶ?」

文字子が誰かと通話し始め、私は棒立ちのままそれを眺めていた。屋上だからと文字子が口にし、一分そこらで通話は終わった。「近くにいた。今から来るって」

「ねえ文字子」私はいった。「やっぱり写真見せて」

「写真て?」

「猫の」

「登美子の写真?」文字子はスマホをしまった。「いいけどもうすぐ本物が来るよ。本人に色々聞いたらいいよ」

「あんたんちの猫は何故スマホを持ってるの?」

「性格だとか好きな物とか、何を考えているのかとかさ。同じ猫でも色々違うかもしれないけれど、何かの参考くらいにはなるでしょ」空の弁当箱を文字子は鞄にしまった。「普段はそういうことといわないんだけどさ、こないだ酔って帰ってきた時にいってたんだ登美子が。この家の子になれてよかった。拾ってくれたこと感謝してるって。組織から廃棄されそうになった時にパパママが助け出してくれたからこそ、今自分は識別番号でなく丸山登美子という一匹の猫として生きられるんだって」

分厚い風が屋上を通り過ぎ、空になった牛乳パックが扉の方へ飛ばされていった。咄嗟に私が追い掛けようとすると、風に乗って石油やガソリンのような臭いがまとわりついてきた。立ち止まって振り返った時校門の方から甲高い悲鳴が上がった。大勢の生徒の靴の音や叫び声がこだました。

「来たよ」見もしないで文字子がいった。

校内放送が何かを喚起したが風が巻いていて上手く聞き取れなかった。屋内へ降りる扉へ近づくと階下から続け様に絶叫と物音が聞こえた。机や椅子の倒れるような反響音が続いた後で、扉の向こうが少しだけ静かになった。

階段を上がる足音が聞こえた。最初は人が二人いるのだと思った。並足で階段を上がれる巨大な四足歩行生物のごつっごつっという重たい靴の音が、屋上へ続く階段を上がってきていた。

磨りガラスの向こうに黒い影が立った。

扉の前で私は息をのんだ。

歩程

幼馴染のＡは小二まで女子でその後は机だった。

馴れ初めは体操教室の幼年コースで、私が体操をやめてからも家が近かったので遊び相手だったりし、母親同士も比較的馬が合うらしくて、家族ぐるみで付き合いがあったのだが、小学校に上がったある日下校中のＡが現金輸送車にはねとばされ、生きながら十六の肉片に分裂してしまうということがあり（小数点以下洗い流し）、以来Ａの両親は本人の代わりにＡの学習机を実の娘として育てるようになり、周りの人間もそれにおいそれと同調してしまったりし、そういった苦労もあったものの本人の努力でＡは無事小中を卒業し、私と彼女は電車で五駅の同じ高校に進学をした。

　人間の頃は線の細い気弱な子だったが、机になってからは両親が他の子に負けないよう育てたらしく、その甲斐あってか日に日にＡは積極的な人間になっていって、中学で打ち込んだ長距離で表彰されたりなどもしていた。対照的に放牧されてどんどんインドアになっていった私を、彼女が外へ引っ張り出すような関係にもなり、遠い高校に起床時間が早くなってからは、起きれぬ私を部屋まで起こしにも来てくれた。

毎日目覚めると決まって彼女の抽斗が目の前にあって、寝ぼける私の蒲団を無理やり奪ってから、私の鞄の教科書を入れ替えるＡのスカートと脚（八本）（机と椅子）をぼんやり見ながら、私はゆっくり自分の制服に着替えるのだった。自分の椅子に私を座らせＡは歩き出し、駅へ向かうＡに座りながら私は自分の朝食をとり、コーヒーを飲んだり歯を磨いたりし、余裕があれば二度寝などもした。とかく私は朝は調子が悪くて、駅の階段を走ったことも、乗る電車を自分で捜したこともなかった。彼女のおんぶやだっこになって、電車の中で彼女は人に揉まれ、私は座って髪を梳かしたり、朝の課題を片したりした。

脚の多いＡは吊革なしでも安定していて、場所を取るので周りは迷惑げで、時々彼女に手をつくリーマンなどもいて、痴漢を告げると大概は謝られた。

学校では机が離れていて、私とＡとはそうべたべたする感じでもなかった。

学校の私の机はやたらがたがたして、板なんかも割れ出していて、そういう不具が殊の外気障りで、いつも今一授業に集中できなかった。そんな時彼女の方を見てみると、彼女は大概熱心そうに授業を受けていて、体育会系の他の子などと比べても、机に向かうことが苦でない質みたいだった。

学校で彼女に腰掛ける子はそれほどいなかったが、それでも時々はいて、じゃれる彼女らを遠く見つめていると、何となく私はばつが悪くなった。比較的友達の多い彼女とそういつも一緒にいるわけでもなかったけれど、陸上部のない日などは一緒に帰って、休みの日に気が向けば買い物などにも行くことはあった。

　小さい頃から変わらぬ部分で、互いの家へ泊まりに行きあうことなどもあった。私の部屋でのAは空いている床で眠り、Aの部屋での私は生前の彼女のベッドで眠った。

　寝ている時の彼女はいびき一つ掻かず、本当にただの机のように静かで、寝ざめのよさの代わりかどうか、ちょっとのことでは目を覚まさなかった。気付けば一人で寝ていることや、話の途中で寝られることはしょっちゅうで、たとえば蹴りつけてみたことなどもあったけれど、大抵のことでは目を覚まさなかった。一度彼女の寝ている際に、勝手に彼女の右の抽斗を開けたことがあって、どこかの時点でもらったらしい手紙や、まめな日記がそこに整頓してあった。

　一番上の鍵の抽斗には手製の脳髄が水に浸けてあって、一番下の大きい抽斗には各種の人工臓器が綺麗に敷き詰めてある筈だった。確か小五の頃クラスの男子に無理にこじ開けられて、腹膜が裂けて腸が戻せず大騒ぎになったこともあった。

　抽斗の隙間からかすかに漏れる息を聞きつつ、寝顔を見てから私も蒲団に戻り、そういうことをしているせいでもない筈だが、朝はやはり彼女が早いのだった。

学習机の彼女は足腰も丈夫で、横幅もあり、あまり女子には見られにくく、そういう悩みを口に出すこともあり、私にとっては彼女の真っ当な人間性や、いろんな引き出しの多さがまた羨（うらや）ましくも感じ、互いにないものねだりをしながら気づけば十年付き合っていて、何も望んだわけではなかったが、消去法的に一番の友達ではあった。

気怠（けだる）い日、体調の悪い日、嫌なことのあった日、疲れた買い物帰り、負ぶわれるようにＡに腰掛け、そのまま運ばれて帰ることもあった。彼女の天板にもたれて突っ伏しながら、ナイフの傷を私はよく眺めた。

彼女にとって小学校時代はわけても辛苦の連続だったらしく、その頃自傷する癖などを身につけて、よくあちこちを切りつけたりして、たとえば母親に見つかってなんやかんやとあったらしいが、詳しいことは私は聞いておらず、ただ傷ついていく友達を見てどうすべきか判らずにいただけで、特別の手助けも出来ぬまま、彼女は自力でそれを乗り越えていた。

あるいは私も知らない引き出しがあって、今もそこに何かしらの思いをしまいこんでいるだけなのかもしれず、周囲にはいい子の練習の成果だけ、見せているということなのかもしれなかったが、制服の下、あまり見えにくい位置、かつて彫られた傷だけ彼女にまだ残っていて、塞がらぬまま古びてそこにあった。ほんの気まぐれで私がそれに触れると、怒ることもあり、笑ってみせることもあり、見た目に反する大人びた言葉で、私を窮屈にさせるのだった。

用意、と声がかかり、ホイッスルが一度吹かれた。前傾のAがゆっくり走り出し、一定のペースでトラックを回り始めた。

脚の動きが繰り返されて、ミシンのような運動をした。上体が風を切るよう揺れて、やがて一つのテーマに見えた。

吹いた風が向こうの方で見えて、やがて私の方へ届いた。ちぎれるように足が痛くて、私は思わず肩が竦んだ。

遠く見える陸上部は違う種類のフォントに見えた。スペースを幾つもそれぞれが挟んでいて、そのうち一人のローマ字がAだった。

何周するのか判らなかったが、私の短距離より普通に速そうだった。歩幅はそれほど広くなかったが、他の子よりも綺麗な走りに見えた。段々他の子と差が付き出して、ほぐれた部員の後方に彼女は移動した。彼女の表情はここからは判らず、暑いか寒いかも想像がつかなかった。

冬時分のマラソン大会で、私も五キロを上意で走らされた。走っている時随分と孤独で、耐えられない種類の空しさに覆われていた。彼女がどうして走っているのかや、走っている時どういう気分なのか、訊いたことがあったかもしれなかったが、答えはもらえなかったのだと思う。部活なんて碌な意味でしているものではないし、もしかしたら全て惰性かも知れなかった。彼女が特別なわけでもないのなら、卒業とともにやめるだろうことではあった。

三年間が終わった時彼女は何キロを歩き終えているのか。どれほど遠くまでそれは行けるのだろう。私は彼女と同じ道を移動している筈だったが、そういうことが何となく気になった。帰り道だけなら多くとも半分、この三年では計りうる差で、その後全てが変わった時に、いよいよそれは判らなくなる筈だった。

寒いので立ち見をやめ私は帰った。彼女はトラックをまだ走り続けていた。

私達も高三になり、次の予定を埋め始めていた。見たことのないジョッキを渡され、一気飲みしているみたいだった。

親に苦労を随分かけたからと、高校を出たら彼女は就職するつもりらしく（デスクワーク）、漫然と進学希望の私が彼女といられる時間も、恐らくあと少しと思われた。

十年来彼女にもたれっぱなしだった私も、遅まきながら一人で立って生きる準備を始めて、ある時向き合いある時は隣を歩き、一つのようだった私達は少しだけ距離が開いた。自分ののもののようだった彼女の抽斗にもそうおいそれと手をかけられなくなっていき、代わりが欲しかったわけでもないと思うけれど、私は少しずつ早起きの練習を始めた。

一人で目を覚まし食事も身支度もして、委託していた自分を取り戻そうと努めた。殊更にそれは苦行になっていて、大きな木の根を張ったようでもあった。親に頼り別の子に頼り、受験に明け暮れ浮き沈みもし、それでも最後の一週間玄関で待つ彼女と並んで、まだ明け切らない朝の通学路を、二人で一緒に歩けるようにだけはなれた。

雪の後の道で私は十歩も歩かずに転んだ。肘を彼女の角で打って、みじめにも気が走った。すぐ終わる朝の繰り返しのサイクルが私の足の裏をぬるぬると送られていった。とても大きい壁のような朝の地面に、これだけはずっと続くものなのだという風にも思えた。

脚が多い彼女は健脚で、私はすぐについていけなくなり、息荒い私にペースを合わせて、いつもの半分の速さで彼女は歩いてくれた。幅を取り並び歩く邪魔な私達を朝の凄(すご)い形相の人々が次々追い抜いていった。この朝一つに辿り着くまで、どれだけの行程を各人歩き終えたのだろうと思った。

駅までの上り下り、こんな道を彼女は今まで歩いていたのか、青い顔でふと私が見やると、寄り添う彼女も死人のような面をしていた。

誰でも朝は辛い、人なら当たり前のことだったが、馴染みない表情の友人の横顔を見て、新しい一面に気付いた気もした。

蜘蛛の国から

「テラス君、バイトをしてみない？」

放課後の教室で紐人形を作っているとそのように蜘蛛巣さんが話し掛けてきた。蜘蛛巣今子さんは人気者のクラスメイトで、それまであまり話したことのない相手だった。

「バイトって？」

「家庭教師のバイト」夕日を着て蜘蛛巣さんは笑った。「うちに来ない。勉強を教えて欲しいの」

二人で一緒に白バスに乗り、二十往復ほど会話した頃ようやく目指す降車地に到着した。鉄塔の多い穏やかな町だった。バス停は干からびてなかば白骨化していた。

「小さい頃住んでいた家がとても虫の出る家だったな。田舎ってほどじゃなかったけれど、家のすぐ裏が山になってて、山から虫がたくさん来る家だったの。蟷螂（かまきり）とか蛾（が）とかゲジとかも出て冬になると窓のサッシの隙間という隙間をいろんな模様のてんとう虫がびっしり埋め尽くすような家だったな。虫が嫌で私達は窓を開けなかったんだけれど窓を閉めてもどこかから入ってくるから少し不思議だった、どうやって蟬（せみ）が家に入ってくるのかどうしてもうまく理解できなかった」話をやめて蜘蛛巣さんが立ち止まった。「着いたよ」

「家なんてどこにもないよ」

「まだ着いていなかったみたい」蜘蛛巣さんが再び歩き出した。

二時間後着いた蜘蛛巣さんの家はとても大きかった。自分が虫か小人になったみたいだった。玄関で軽く持ち物検査をされ、スマホを預けてから家の中へ通された。

「いらっしゃい」リビングのソファに座りパラソルを差したお母さんが振り向いた。「それじゃ早速契約をしましょう」

手書きの契約書は読みにくかったが毎日ここへ来て勉強を教えればいいみたいだった。見えるキッチンには人間の姿はなく、火を点けたままの鍋が今すぐにでも吹きこぼれそうだった。頭はよくないと一応断ってみたがそれで一向に構わないとのことで、契約が済んだので地下室へと案内された。

「どうぞ入って」蜘蛛巣さんが鉄格子を開けた。「紹介するね。妹の未来」

蜘蛛巣未来は椅子に座って恐らく監禁されているみたいだった。地下の物置に格子が嵌められ、その奥に彼女と彼女の部屋とがあった。子供を監禁している蜘蛛巣家の人間はどうやら悪人らしいということが判ったが、話してみると未来さん自身はそれほど悪い人間ではないようだった。

「あなたが新しい先生?」未来さんは不敵に笑った。「私何でも知っているのよ」

「シンガポールの大統領は」「シンガって?　大統領って?」

勉強時間が終わり蜘蛛巣さんと地上に出ると玄関ホールで青年男性と鉢合わせた。蜘蛛巣さんが紹介してくれた。「こちらテラス君。こちら兄の過去雄」

「君が次の家庭教師か」こちらを見ながら過去雄さんはコートを脱いだ。「骨細だな。未来には手を焼くだろう」

「微力を尽くします」

「程々で結構だとも。おかしなことをされても困るからね」シャツを脱ぎスラックスを脱ぎ過去雄さんは靴下姿になった。「明日もよろしく頼む。おれはお風呂に入る！」

蜘蛛巣さんのお父さんには中々会えなかったけれど庭にいる腕の長い老人がそうなのだとその内に教えてもらえた。挨拶しようと近寄ったけれどベンチに座る老人とは目が合わなかった。「おじいさん何してますか」

「バスを待ってるんだ」外見の割に声帯は若かった。「もうすぐ来るんだ。ゴールへ続く道順を知っているバスが。早く来ないかな」お父さんは顔を覆った。「ああ、早くゴールしたい」

「あれは来ないバスを待ち続けているだけの存在になってしまったわ」リビングでケーキをいただく時にお母さんがそう口にした。深張りの傘を器用に差しつつケーキを切り分け紅茶まで蒸らしてくれた。「他にやることがあればよかったのだけれど。ケーキはどう？」

「おいしいです」

「昔はよかった。昔なら数千万かけて立派に育て上げた人間を何人も出荷して太客に納品することが出来た。今はグレードを下げねば人間などまともに売れない。お陰で教養もなくただ十数年檻（おり）で生きただけの人間を見た目だけ整えて納品しなければならなくなった。艱難辛苦（かんなんしんく）も幻想のなんたるかも知らない人間を機械で潰したり穴を開けたところで一体何が楽しいというのか。骨でなく人生を断つからこその刃は尊さに触れられるというのに」とほほといいつつお母さんは紅茶を飲んだ。「業界は今過渡期にある。家庭教師は私の抵抗なのよ。市場もお客も取引先も育てなければなくなってしまう。子供や商品がそうであるように」

「お母さんは何故リビングで傘を差してるんですか」

「私に雨が降るからよ」

　家庭教師にはゴールもカリキュラムもなくその日その日で算数だとか歴史だとかを教える振りをした。未来さんは未就学だったので知らないことはたくさん見つかった。間違ったことを人から教えられていることもあった。

「前の先生は優しかったわ！」本気で怒りながら未来さんは涙を流した。「私のことを天才だっていった！」

「でも右って字はこんなじゃないし、掛け算と引き算で引き算の方が絶対答えが小さいとは限らないんだよ」「どうして?」「そう考える理由がないからだよ」

　新しいことを教える以上に一度誰かから間違って習ったことを後から訂正して覚え直してもらうのはとても難しいことだった。次から次におかしな前提が会話から顔を出して、それを否定し訂正するために授業はどんどん先祖返りしていった。順番に物事を正しく習うのはとても大切なことなんだと思った。昨日までのことを全部忘れてくれないかなと出来ないことを考えもした。

「入れ込んでいるようじゃないか」すれ違う時に過去雄さんが話し掛けてきた。「教科書まで買って来たんだって」

「ないと困るでしょう」

「高じて社会科見学させたいなどといい出さないでくれよ。本当の見識なんていらないのだから。人間ぼければいいんだから」真剣な顔で過去雄さんがネクタイを緩めた。「人間ぼければ十分なんだ。余計なことを覚えても困る」

未来さんの部屋には机と椅子とベッド、教師のための丸椅子と洋式のトイレと自転車があって、時折彼女は自転車を漕いだ。スタンドを立ててペダルを回していた。

「楽しいかい」

「楽しい」未来さんは笑った。「上手なの自転車」

「確かにさまになっているね」

「けれど疑問があるの。この前の車輪は何のために付いてるのかしら。このハンドルもつくりが謎だわ。左右に揺れたりしなければもっと安定すると思うんだけど。どちらのレバーを握ってもブレーキが掛かる方がいい気がするのだけれど」運動を終えた未来さんは自転車を降りた。「誰も気付いてないのかな?」

「前輪は移動する時使うんだよ」

「あー」きょとんとしてから未来さんは叫んだ。「椅子に付いてるタイヤと一緒か!」

「どうして僕に声を掛けたの?」

「前任者がへまをしたの」帰り際に訊ねると蜘蛛巣さんは答えてくれた。「テラス君には感謝してるの。私達にも危ない橋渡りだった」

「家族で監禁している話を警察にいうか考えている」

「警察になら行ってもいいよ。テラス君には監視も付いてるし」

「未来さんがかわいそうじゃないの」

「あの子がいなければ私があの子になるよ。何にでも予備はある。あの子を連れて逃げる?そしたら私が安値で売られるよ。私だってもう蜘蛛巣の子だもの。元の家には戻れやしない。安値で売られてその先で死ぬかこの家で生きて稼業を継ぐしかない。時代は変わり需要は変わった。やばい金持ちはいなくなってしまった。やばい稼業とやばい細客だけ残り、それさえじきにAIがとって代わる。損をするのは私達だけだよ。十数年いい思い出来ればその後ずっと苦しくても切り刻まれても一局だと思うけれど特にいいことなにもないままただただ苦しく死んでしまうのはやだよ!」

勉強部屋には持ち込みが出来て未来さんと一緒に本を読んだりした。白い鉄格子は鑢(やすり)では破れなさそうだった。

「どう先生？」

「テラスでいいよ」答案用紙を未来さんに返した。「合格だよ」

「あー！」未来さんが叫んだ。「ありがとう先生！」

「テラスでいいよ」

「勉強ってすごい、お掃除みたい、頭の中が綺麗になってく、取れない埃や蜘蛛の巣が取れてく」「そうかい」「もっと色んなことが知りたい。今日はもう帰ってしまうの？」

「まだいるけど折角だし映画でも見ようよ」プロジェクターをリュックから取りだし未来さんに見せた。「見たことある？」

窓のない白い壁をスクリーンにして一緒に映画を見た。映画の間未来さんは自転車を漕いでいた。映画の中のビルと雑踏を見て、外の世界を彼女は初めて見るのかもと思った。

「すごかった。これＳＦ？」「六〇年代の広島だよ」「あと四十年であああなるの？」「未来のことは判らないさ」嘘を吐きながら映画の続きと操作方法のメモ、プロジェクターを置いて帰った。

暑い日でも寒い夜でも蜘蛛巣さんの父親はベンチに座っていた。

「バスを待ってるんだ。スタートに立つためのバスを。スタート地点に続く道順を教えられているバスを。もうすぐ来るはずなんだ。ああ、はやくスタートしたい」

「家庭教師の目的は明日があると思わせることだ。明日があると思っていたなら危ないことを人は出来ない。上手くやってくれているみたいだね。本当に助かってるよ」過去雄さんが肩に手を置いてきた。「あと一週間よろしく頼むよ」

「私に雨が降る！」リビングでお母さんが叫んでいた。「黒い雲が来る！　太陽が消えてしまう！」

「どうしてあなたはあの子を逃がしてくれないの？」最後の日の行きのバスの中で蜘蛛巣さんがそういって泣き出した。「チャンスは何度もあったはずでしょ。警察にでも行けばいいでしょ」

「判らないかい」

「難しすぎる」泣きそうな顔で未来さんは唸った。「どうしたらいいか判らない」

「質問出来れば大丈夫だよ。どんなことでも覚えられるよ」怖がる彼女に言葉を掛けた。「ゆっくり一つずつでいいよ。時間はまだまだあるんだから」

一つずつ問題の考え方や解き方を説明すると、未来さんは悩みながら一応理屈を納得した振りをしてくれた。勉強がいやになったか訊くと、そういうわけではないといってくれた。

「今日はいったんここまでにしよう。続きはまた明日」

「うん」未来さんはノートを閉じた。「ありがとう」

「何が」

「私に関わってくれて。私に時間を費やしてくれて」未来さんが溜息を吐いた。「一人じゃないのは嬉しいことだ。私の死に関わってくれてありがとう」

「君死ぬの？」

「昨日お姉ちゃんにそういわれた」

「健康に見えるけどな」未来さんを見ながらいった。「思い違いというのがある。人は間違うものだから」

「そう？」真剣な顔で未来さんはこちらを見た。「明日も来る？」

「まずいかな」彼女の目を見た。

「ううん。ありがとう」未来さんが笑った。「じゃあね先生。また明日、この場所で」

初出

「待ち合わせる」　書き下ろし
「日陰」　「tree」２０２０年11月15日公開
「ケーキを食べる」　「tree」２０２０年11月22日公開
「リペアのコピー」　「tree」２０２０年11月29日公開
「鉄塔」　「tree」２０２０年12月６日公開
「玄関で熊に雨の降る音がする」　「tree」２０２０年12月13日公開
「未来予想図」　「tree」２０２０年12月20日公開
「キャラバン」　「カクヨム」２０１８年12月19日公開
「タイムカプセル」　「tree」２０２４年６月10日公開
「現在地のゲーム」　「tree」２０２４年６月10日公開
「夜桜と移動」　「tree」２０２４年７月26日公開
「部屋を見る」　「tree」２０２４年８月９日公開
「未来図と蜘蛛の巣」　「tree」２０２４年８月23日公開
「エンタから」　書き下ろし
「エンタ」　書き下ろし
「殺人野球小説」　「ブンゲイファイトクラブ」２０１９年９月30日公開
「乾燥機」　「FFEEN vol.4」２０２４年２月２日公開
「ニュース」　「tree」２０２４年９月６日公開
「山道の階段」　「tree」２０２４年９月20日公開
「未来を予言する才能について」　「tree」２０２４年10月４日公開
「未来の友人達と」　「はてなダイアリー」２０１２年12月４日公開
「フォロー」　書き下ろし
「造花、日時計、プラスチック時計」　「tree」２０２１年７月29日公開
「登美子の足音」　「Mephisto Readers Club」２０２２年７月18日公開
「歩程」　「カクヨム」２０１８年12月19日公開
「蜘蛛の国から」　書き下ろし
「帰る」　書き下ろし

矢部 嵩（やべ たかし）
1986年生まれ。2006年『紗央里ちゃんの家』で第13回日本ホラー小説大賞長編賞を受賞してデビュー。他の著作に『魔女の子供はやってこない』『〔少女庭国〕』など。

未来図と蜘蛛の巣
2025年3月17日　第一刷発行
著者　矢部　嵩
発行者　篠木和久
発行所　株式会社　講談社
〒112-8001 東京都文京区音羽2-12-21
電話［出版］03-5395-3506
［販売］03-5395-5817
［業務］03-5395-3615
本文データ制作　講談社デジタル製作
印刷所　株式会社KPSプロダクツ
製本所　株式会社若林製本工場

ISBN978-4-06-538310-0　N.D.C.913 326p 19cm

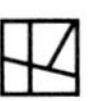
KODANSHA

「どうだった？」

「一回で十分かな」